우리
선시
삼백수

우리 선시 삼백수

스님들의 붓끝이 들려주는 청담清談을 읽는다

제1판 제1쇄   2017년 1월 5일

엮은이   정 민
펴낸이   주일우
펴낸곳   ㈜문학과지성사
등록번호   제1993-000098호
주소   04034 서울 마포구 잔다리로7길 18(서교동 377-20)
전화   02) 338-7224
팩스   02) 323-4180(편집)   02) 338-7221(영업)
전자우편   moonji@moonji.com
홈페이지   www.moonji.com

ISBN 978-89-320-2963-4 03810

이 도서의 국립중앙도서관 출판예정도서목록(CIP)은 서지정보유통지원시스템 홈페이지
(http://seoji.nl.go.kr)와 국가자료공동목록시스템(http://www.nl.go.kr/kolisnet)에서
이용하실 수 있습니다. (CIP제어번호: CIP2016032012)

문학과지성사

우리
선시
삼백수

정 민 평역

스님들의
붓끝이 들려주는
청담清談을
읽는다

들어가며

새로 맡게 된 학교의 직무로 일에 집중할 수가 없었다. 토막 난 시간들 사이가 너무 메말랐다. 사막의 마음에 바람 한 줄기, 냇물 한 웅큼을 건네주려고 자투리 시간마다 한 수 두 수 정리했다. 그동안 바빠 마음을 가누기 힘들 때마다 늘 이런 작업을 해왔던 것 같다.

앞서 '우리 한시 삼백수' 시리즈로 두 권을 펴냈다. 이번에는 특별히 스님들의 5, 7언 절구시만 삼백수를 추려 따로 모았다. 옛말로 소순기疏筍氣, 즉 채소와 죽순만 먹고 살아 기름기가 쫙 빠진 담백한 언어들의 향연이다. 툭 던지는 말씀, 같지만 다르고 다른데 같다. 선시禪詩는 그저 보면 다 그게 그거다. 왜 맨날? 행간을 훑자 그 속에 그 사람이 있다. 비슷해도 같지 않고 달라서 다 똑같다. 월인천강月印千江이 저마다의 달빛이요, 염화시중拈花示衆은 알아들을 귀가 따로 있다. 이언절려離言絶慮, 언어를 떠나 생각마저 끊긴 자리, 묘합무은妙合無垠, 이음새가 교묘해 가장자리가 없다. 영양羚羊의 뿔은 어디에 걸려 있나? 달을 가리키는데 손가락을 어이 보리. 말의 길은 이제 다 끊겼다. 진흙 소는 바다로 가고 없다. 백척간두에서 진일보하는 형형한 정신은 어디에 있는가? 중생의 미망迷妄이 제자리걸음을 못 면해 깨달음의 언어는 먼 허공을 맴돈다.

영각靈覺의 깊이야 나 같은 속말俗末이 가늠할 길이 없다. 그저 말 뜻이나 헤아려 참구의 방편이 되었으면 한다. 작업의 과정 내내 무엇보다 나 자신에게 큰 위로가 되었다.

2016년 겨울
행당서실에서 정민

차례

세월 앞

눈앞의 세월은 따를 수가 없느니
포환泡幻 같은 사람일은 거의 글러버렸네.
헛되이 살다 그저 죽음 참으로 부끄러워
장단長短과 영고榮枯를 의심치 못하겠네.

過眼年光不可追　幻泡人事幾成非
과안년광불가추　환포인사기성비
虛生浪死眞堪恥　長短榮枯未足疑
허생낭사진감치　장단영고미족의

── 우세 의천(祐世 義天, 1055-1101), 「유감(有感)」

過眼過眼: 눈앞을 지나가다 | 연광年光: 세월 | 환포幻泡: 헛것과 물거품 | 기幾: 거의 | 허생낭사虛生浪死: 헛되이 살다가 멋대로 죽음 | 장단영고長短榮枯: 오래 살고 일찍 죽음

허생낭사盧生浪死, 허망하게 살다가 이룬 것 없이 죽는 삶이 부끄러워 아등바등 애쓰며 살았다. 눈앞의 세월은 벽 틈으로 해가 지나가듯 사라졌다. 내가 본 것은 헛것이었나. 내가 붙든 것이 물거품이었을까? 사람의 운명이란 것이 미리 정해져 있음을 이제 알겠다. 이루고 못 이루고는 하늘에 달린 일이지 내 뜻이 아니다. 끝까지 부끄러움 없이 사는 일은 내게 달린 일이라 하늘도 어찌할 수가 없다.

헛수고

깨달으면 이웃이란 그 말 믿을 만해도
미혹되면 막힌다는 그 말 어이 뱉겠는가?
구구한 말세 풍속 교화 진정 어려우니
어이 굳이 헛수고로 정신을 손상하리.

　　道契卽隣言可信　心迷便阻語堪陳
　　도계즉린언가신　심미편조어감진
　　區區末俗誠難化　何必徒勞自損神
　　구구말속성난화　하필도로자손신
── 우세 의천(祐世 義天, 1055-1101), 「언지(言志)」

도계즉린道契卽隣 : 도를 깨달으면 모두가 이웃이다 | 가신可信 : 믿을 만하다 | 심
미편조心迷便阻 : 마음이 미혹되면 문득 가로막히고 만다. 조阻는 험하다, 가로막히
다 | 감진堪陳 : 진술할 수가 없다 | 구구區區 : 잗달아 얽매는 모양 | 말속末俗 : 말세
의 풍속 | 난화難化 : 교화시키기가 어렵다 | 도로徒勞 : 헛수고 | 손신損神 : 정신을
손상하다

큰스님도 회의와 좌절에 들 때가 있었던 모양이다. 도와 만나 하나가 되는 계합契合을 이루면 천지사방이 다 내 이웃이다. 미혹에 빠진 마음은 모든 것을 거부한다. 근기根基를 갖춘 사람과 만나 깨달음을 매개로 이웃이 되는 것은 쉽다. 하지만 마음에 자욱한 안개가 끼어 미혹 속을 헤매는 중생조차 건질 수 있어야 보살의 마음이 아니겠는가? 말은 쉬워도 막상 닥치면 견디기가 참 어렵다. 중생이 원하는 것은 재물과 권세, 부귀와 영화뿐이다. 그들을 깨우쳐보겠다고 내 입술이 마르고 혀가 타도 그들을 바꾸기가 어렵다. 가끔씩 이런 헛수고를 내가 언제까지 되풀이해야 하는지 의심이 들 때가 있다. 반성한다.

봄꿈

부귀영화 모두 다 봄꿈이거니
취산聚散과 존망存亡도 물거품이라.
정신 쉬고 마음 편히 내려놓을 뿐
무슨 일 따져가며 추구할 건가.

榮華富貴皆春夢　聚散存亡眞水漚
영화부귀개춘몽　취산존망진수구
除却栖神安養外　算來何事可追求
제각서신안양외　산래하사가추구

―우세 의천(祐世 義天, 1055-1101), 「해인사로 물러나와

지내며 짓다(海印寺退居有作)」 4-4

취산聚散 : 모였다가 흩어짐 | 존망存亡 : 삶과 죽음 | 수구水漚 : 물거품 | 제각除
却 : 제외하다 | 서신栖神 : 마음을 차분히 내려놓다. 서栖는 깃들이다 | 안양安
養 : 마음을 편히 하고 몸을 쉬게 함 | 산래算來 : 따지다, 헤아리다

돌아보면 인간의 부귀영화란 것이 봄날 꾼 한바탕 꿈같다. 헤어져
아쉽고 만나서 반갑던 일, 죽어서 슬프고 살아남아 기쁘던 자취도
한순간에 스러지고 마는 포말과 다름없다. 아서라. 마음을 내려놓
고 정신을 기르리라. 해인사 절집으로 물러나와 지내노라니 무얼
이뤄보겠다고 작위하고 계교하던 시간들이 물끄러미 떠오른다.
부끄럽다.

차 달이는 향기

시자 부르는 소리 송라松蘿 안개 속에 지고
차 달이는 향기는 돌길 바람에 전해온다.
백운산 아랫길로 막 접어들자마자
어느새 암자 안에서 노사를 만나 뵌 듯.

呼兒響落松蘿霧　煮茗香傳石徑風
호아향락송라무　자명향전석경풍

纔入白雲山下路　已參菴內老師翁
재입백운산하로　이참암내노사옹

──무의 혜심(無衣 惠諶, 1178-1234), 「제목 잃음(失題)」

호아呼兒 : 시자를 부르다. 시자侍者는 노승을 시중드는 사람 │ 송라松蘿 : 여라女蘿
넝쿨이 드리워진 소나무 │ 자명煮茗 : 차를 달이다 │ 석경石徑 : 돌길 │ 재纔 : 겨우,
막 │ 참參 : 참알參謁하다, 뵙다

1205년 가을 보조국사普照國師 지눌知訥 스님이 강진 월출산 아래 백운암白雲菴에 머물고 계셨다. 혜심 스님이 선승 몇 사람과 함께 국사를 뵈러 가는 길이었다. 산자락 아래서 한숨 고르고 막 일어서려는데 멀리서 아련히 "누구 없느냐?" 하시며 시자를 부르시는 스승의 그리운 목소리가 들린다. 절까지는 아직 일천여 보나 떨어진 지점이었는데도 들렸다. 어서 빨리 스승을 뵙고 싶다는 갈증이 환청을 낳은 걸까? 나 혼자 들은 게 아니니 그럴 리 없다. 벌떡 일어난 일행은 다시 산길을 서둘러 오른다. 문득 코끝에 차 달이는 내음이 스친다. "어서 오너라. 내 너희가 올 줄 알고 차 끓이고 있었느니라." 아직 절까지는 거리가 상당한데 그는 소리라도 지르며 달려갈 기세다. 벌써 큰스님 앞에 절이라도 올릴 기세다. 사제의 심법心法은 늘 이렇게 전해져왔다.

소림 소식

봄 깊은 절집은 깨끗해 먼지 없고
조각조각 진 꽃이 초록 이끼 점 찍네.
소림 소식 끊겼다 그 누가 말하는가
저녁 바람 이따금 암향暗香 보내오느니.

春深院落淨無埃　片片殘花點綠苔
춘심원락정무애　편편잔화점록태

誰道少林消息絶　晚風時送暗香來
수도소림소식절　만풍시송암향래

—— 무의 혜심(無衣 惠諶, 1178-1234), 「국사께서 입적하신 날
(國師圓寂日)」

원락院落 : 절집, 사원 | 무애無埃 : 티끌 하나 없다 | 잔화殘花 : 시들어 떨어진 꽃 |
점點 : 점을 찍는다 | 녹태綠苔 : 초록 이끼 | 수도誰道 : 누가 말을 하는가? | 소림소
식少林消息 : 소림사 달마대사로부터 전해온 깨달음의 소식 | 시송時送 : 이따금씩
보내오다 | 암향暗香 : 잘 맡아지지 않는 희미한 향기 | 원적일圓寂日 : 입적하신 날

깊은 봄 비질한 절집 뜨락은 먼지 하나 없이 정갈하다. 푸른 이끼 위로 꽃잎이 떨어져 무늬를 만든다. 세상엔 아무 일도 없는 것 같다. 하지만 오늘 스승이신 보조국사께서 세상을 떠나셨다. 진 꽃잎 이끼 위로 하강하듯 사뿐하고 날렵하게 떠나셨다. 봄 따라 가셨다. 그래도 보라. 맥 놓고 울음조차 잊은 내 코끝을 무심히 간질이는 저녁 바람 끝에 묻은 이 향기를. 소림의 봄소식은 여태도 살아 있다.

흰머리

산 나이 어느덧 냇물처럼 빨라서
늙은 빛 날마다 머리 위로 올라온다.
다만 이 한 몸뚱이 내 소유가 아니거늘
두어라 이 몸 외에 또 무엇을 구하리.

行年忽忽急如流　老色看看日上頭
행년홀홀급여류　노색간간일상두
只此一身非我有　休休身外更何求
지차일신비아유　휴휴신외갱하구

── 무의 혜심(無衣 惠諶, 1178-1234), 「마음을 가라앉히는
게송(息心偈)」

행년行年 : 살아온 나이 ∣ 홀홀忽忽 : 갑작스런 모양. 덧없다 ∣ 간간看看 : 보아하니 ∣
일상두日上頭 : 날마다 머리로 오른다. 머리털이 희게 센다는 의미 ∣ 지只 : 단지, 다
만 ∣ 비아유非我有 : 나의 소유가 아니다 ∣ 휴휴休休 : 아서라, 그만두자 ∣ 갱更 : 다시
∣ 식심게息心偈 : 마음을 가라앉혀주는 게송. 게송偈頌은 불교의 교리를 담은 한시

어 하다가 한세월이 다 갔다. 흰머리는 하루가 다르게 늘어간다.
이렇게 쌩쌩 달려가니 인생의 종착지도 멀지 않았다. 내 몸뚱이
하나 내 마음대로 못하는 인생이다. 그런데 자꾸 제 몸 밖의 것에
마음을 쏟으니 손에 쥐는 것 없이 마음만 텅 비었다. 들뜬 마음을
차분히 가라앉혀보자. 바깥으로만 달리는 마음을 거두어 안으로
돌려야겠다.

차향

산마루 구름 걷히지 않고
시내의 물은 바삐 달린다.
소나무 아래 솔방울 주어
차를 끓이니 더 향기롭다.

嶺雲閑不徹　澗水走何忙
영운한불철　간수주하망

松下摘松子　烹茶茶愈香
송하적송자　팽차차유향

── 무의 혜심(無衣 惠諶, 1178-1234),「묘고대 위에서

짓다(妙高臺上作)」

영운嶺雲 : 산마루에 걸터앉은 구름 | 불철不徹 : 구름이 걷히지 않다. 철徹은 통하
다, 뚫다 | 주하망走何忙 : 내달림이 어찌 이다지도 바쁜가? | 적摘 : 따다 | 송자松
子 : 솔방울 | 팽차烹茶 : 차를 끓이다 | 유향愈香 : 더욱 향기롭다 | 묘고대妙高臺 : 지
리산 정상의 전망 좋은 곳의 이름

산마루에 턱을 걸친 구름이 꿈쩍도 않는다. 냇물은 무에 그리 바쁜지 허둥지둥 산 아래로 내려간다. 구름을 닮을까? 냇물을 따라 할까? 올려다보고 내려다보다가 이도 저도 말고 어슬렁 걸어가 솔방울을 따 모은다. 화로에 불씨를 살려 솔방울을 태워 찻물을 끓인다. 찻물은 불기운이 너무 세도 안 되고 너무 약해도 못쓴다. 화후火候 조절은 솔방울이라야 잘된다. 세지도 약하지도 않아 꼭 알맞아야 차 맛이 향기롭다. 알맞게 달여 내온 차향을 혀끝으로 간질이며 너무 느린 구름과 자꾸 바쁜 냇물 사이를 가늠한다.

탁족濯足

냇가에서 내 발을 씻고
산 보며 내 눈 맑히네.
그깟 영욕 꿈꾸잖으니
이 밖에 무얼 구하리.

臨溪濯我足　　看山淸我目

임계탁아족　　간산청아목

不夢閑榮辱　　此外更何求

불몽한영욕　　차외갱하구

── 무의 혜심(無衣 惠諶, 1178-1234), 「산에서 노닐다가(遊山)」

임계臨溪 : 냇가에 임하다 | 탁濯 : 씻다 | 한閑 : 등한시하다, 별것 아니다 | 갱更 : 다
시

냇가에서 발을 씻는다. 산을 보면 두 눈이 시원하다. 그깟 영욕은
마음에서 지운 지 오래다. 이만하면 됐다. 더 바라지 않겠다.

고향

한번 고향 떠나온 뒤 십오 년이 지났더니
이제 오매 옛 생각에 한 차례 눈물지네.
만나는 사람 반쯤은 알아보지 못하여
입 다물고 가만히 가버린 세월 탄식하네.

一別家鄉十五年　此來懷古一潸然
일별가향십오년　차래회고일산연
逢人半是不相識　嘿思悠悠嘆逝川
봉인반시불상식　묵사유유탄서천
──무의 혜심(無衣 惠諶, 1178-1234), 「옛 고을을
지나다가(過古鄕)」

가향家鄉 : 고향 | 산연潸然 : 눈물이 흐르는 모양 | 봉逢 : 만나다 | 반시半是 : 반쯤,
절반 | 묵사嘿思 : 묵묵히 생각하다 | 탄서천嘆逝川 : 냇물처럼 흘러가버린 세월을
탄식하다. 『논어』「자한子罕」에서 공자께서 물가에서 "흘러가는 것이 이와 같구나.
밤낮 그치지 않으니!逝者如斯夫! 不舍晝夜"라 한 데서 따왔다 | 과過 : 가는 길에 들
르다, 지나다

출가하고 십오 년 만에 고향 마을에 들렀다. 그 사이에 아이들은
어른이 되고, 어른들은 노인이 되었다. 반갑다고 손을 잡는데 누
군지 모르겠다. 속정俗情은 다 마른 줄 알았더니 눈에 익은 풍정風
情에 나 모르는 눈물이 흐른다. 강물 따라 흘러간 그 세월 너머로
머리 땋고 골목을 누비며 놀던 꼬맹이가 있다. 그가 난가? 내가
나인가?

연못

바람 자니 해맑게 물결도 없어
눈에 뵈는 형상들 빼곡도 하다.
어이 굳이 많은 말 기다리리오
그저 봐도 뜻이 이미 넉넉한 것을.

無風湛不波　有像森於目
무풍담불파　유상삼어목
何必待多言　相看意已足
하필대다언　상간의이족

──무의 혜심(無衣 惠諶, 1178-1234), 「작은 못(小池)」

담湛 : 맑다 ｜ 불파不波 : 물결이 일지 않다 ｜ 삼어목森於目 : 눈에 빼곡하다 ｜ 대
待 : 기다리다

바람 한 점 없으니 작은 연못이 거울 같다. 하늘을 떠가는 구름이며 못가의 나무, 이따금 날아가는 새도 그 거울에 다 붙들린다. 여여如如하고 요요了了하여 명명백백하다. 감출 수가 없다. 그렇구나. 내 마음에 일렁임이 없어야 사물이 투명하게 그 거울에 비치는구나. 깨달음에 어이 많은 말이 필요하리. 수면 한 번 보고 마음 한 번 본다. 일렁임 없게 잘 간수해야겠다.

적막

봄 깊은 옛 절은 적막해 일이 없고
바람 잔데 한가한 꽃 섬돌 가득 졌구나.
저문 하늘 구름이 해맑음 어여뻐라
어지런 산 이따금 두견이가 운다네.

春深古院寂無事　風定閑花落滿階
춘심고원적무사　풍정한화락만계
堪愛暮天雲晴淡　亂山時有子規啼
감애모천운청담　난산시유자규제

── 무의 혜심(無衣 惠諶, 1178-1234), 「늦봄 연곡사에 놀러가 당두

노승에게 주다(春晚遊燕谷寺贈堂頭老)」

풍정風定 : 바람이 잔잔하다 | 한화閑花 : 한가로운 꽃 | 감애堪愛 : 너무도 사랑스럽
다 | 청담晴淡 : 날이 개어 담백하다 | 시유時有 : 이따금씩 들린다 | 자규子規 : 두견
새

종일 가야 아무 일도 일어나지 않는다. 적막 속에 시간이 슬로모션으로 간다. 나는 천천히 아주 천천히 물 위로 떠내려가듯 이 무상의 시간 속을 흘러간다. 한가로이 피어난 꽃이 심심해 못 견디겠다고 바람도 없는데 제풀에 진다. 이렇게 담박한 하루하루가 잘 믿기지 않는다. 저문 하늘 희끗한 구름도 어여쁘고, 이제 제 시간이 왔다며 이따금 우는 두견이 울음도 정겹다. 이제 나는 아무렇지도 않다.

뜬 인생

뜬 인생 참으로 쏜살같이 지나가니
얻고 잃음 슬픔 기쁨 어이 족히 헤아리랴.
그대 보라 귀천貴賤과 현우賢愚를 가리잖고
마침내는 똑같이 무덤 흙이 되는 것을.

浮生正似隙中駒　得喪悲歡何足數
부생정시극중구　득상비환하족수
君看貴賤與賢愚　畢竟同成一丘土
군간귀천여현우　필경동성일구토

─ 원감 충지(圓鑑 沖止, 1226-1292),「사람에게 보이다(示人)」

극중구隙中駒 : 망아지가 달려가는 것을 문틈 사이로 보는 것을 말함. 세월의 빠
름을 비유하는 말로『장자』「지북유知北遊」에 나온다 ∣ 득상得喪 : 얻고 잃음 ∣ 수
數 : 헤아리다, 손을 꼽다 ∣ 현우賢愚 : 어진 이와 어리석은 자 ∣ 필경畢竟 : 마침내,
끝내 ∣ 일구토一丘土 : 한 언덕의 흙. 한 언덕은 무덤을 가리킴

쏜살같이 달려가는 말을 문틈 새로 보면 무엇을 볼 수 있겠는가? 뜬 인생이 이 세상을 살다 가는 것이 꼭 그 짝이다. 그 덧없는 시간 속에 무엇을 얻고 잃었는지, 얼마나 기쁘고 슬펐는지를 따지는 일이 무슨 의미가 있으랴. 귀한 이도 천한 이도, 어진 이도 어리석은 사람도 결국은 땅속에 묻혀 흙이 되고 만다. 우리는 어쩌자고 아웅다웅 아귀다툼을 그치지 못하는가?

날마다

날마다 산을 봐도 자꾸만 보고 싶고
때때로 물소리는 들어도 물리잖네.
저절로 귀와 눈이 모두 맑고 상쾌하여
소리 빛깔 가운데서 고요함을 기르리라.

日日看山看不足　時時聽水聽無厭
일일간산간부족　시시청수청무염
自然耳目皆淸快　聲色中間好養恬
자연이목개청쾌　성색중간호양염
— 원감 충지(圓鑑 沖止, 1226-1292), 「한가한 중에
혼자 기뻐(閑中自慶)」

시시時時 : 때때로, 틈날 때마다 | 무염無厭 : 싫증남이 없다 | 양염養恬 : 고요함을
기르다

날마다 보는 푸른 산, 늘 듣는 냇물 소리지만 보고 들을 때마다 개운하다. 푸른 산 한 채가 내 안에 들어와 산다. 맑은 시내 한 줄기가 내 속으로 흐른다. 늘 맑고 깨끗해서 눈곱 끼고 귀지 찰 날이 없다. 그 빛깔 그 소리를 동무 삼아 내 마음을 늘 청정하게 비워내고 씻어내리라.

기쁨

배고파 밥 말아 먹자 밥이 더욱 맛있고
잠깨어 차 마시니 차 맛이 한층 달다.
궁벽한 곳 문 두드리는 사람이 아예 없어
빈 암자서 부처님과 함께 지냄 기쁘다.

飢來羹飯飯尤美　睡起啜茶茶更甘
기래갱반반우미　수기철다다갱감
地僻從無人扣戶　庵空喜有佛同龕
지벽종무인구호　암공희유불동감

── 원감 충지(圓鑑 沖止, 1226~1292), 「한가한 중에
우연히 쓰다(閒中偶書)」

갱반羹飯 : 밥을 국에 말아서 먹다. 갱羹은 국 | 철다啜茶 : 차를 마시다 | 갱감更
甘 : 한층 달다 | 지벽地僻 : 땅이 외지다 | 종무從無 : 아예 없다 | 구호扣戶 : 지게문
을 두드리다 | 동감同龕 : 감실龕室을 함께 쓰다

배고프면 국에 밥을 대충 말아서 후루룩 먹는다. 꿀맛이다. 실컷
자다가 일어나니 입이 텁텁하다. 차 한 잔 끓여서 마시니 이뿌리
에 남는 단맛이 유난스럽다. 종일 이렇게 혼자서 논다. 이 궁벽한
암자까지 날 찾아올 사람이 있을 리 없다. 종일 말 한마디 할 일
이 없다. 암자래야 감실에 작은 부처님 한 분 모셔놓고 세간도 없
다. 그런데 자꾸만 좋아서 입이 벙싯벙싯한다. 미소가 번져간다.

고사리

새벽녘 바구니 들고 푸른 산에 나가서
숲 아래서 한가로이 들나물 메고 온다.
이 가운데 무한한 뜻 그대 알고 싶은가
흰 구름 때때로 저녁 새 함께 돌아온다.

提籃曉出碧崔嵬　林下閑挑野菜來

제람효출벽최외　임하한도야채래

欲識箇中無限意　白雲時與暮禽迴

욕식개중무한의　백운시여모금회

─ 원감 충지(圓鑑 沖止, 1226-1292),「대중과 함께 고사리를 캐러 갔다가

돌아와 함께 있는 승려들에게 보이다(率衆採蕨迴示同梵)」

제람提籃: 바구니를 들다 │ 최외崔嵬: 높은 산 │ 한도閑挑: 한가로이 어깨에 메다 │
야채野菜: 들에서 나는 채소. 여기서는 고사리를 말한다 │ 개중箇中: 이 가운데 │
시여時與: 때로 더불어 │ 모금暮禽: 저물녘 둥지로 돌아가는 새 │ 회迴: 돌아오다

새벽 일찍 대중들과 함께 바구니 들고 고사리를 캐러 나간다. 종일 캔 고사리가 바구니마다 수북하다. 이것이면 한철 공양이 너끈하겠다. 숲속 여기저기 제멋대로 웃자란 그것들을 말끔하게 솎아내어 오니 내 마음이 다 가뜬하다. 뭔가 말하고 싶은데 말로 할 수가 없다. 저 흰 구름도 저녁 새와 함께 하루 일과를 정리하는구나. 새들이 둥지 찾듯 나도 집으로 돌아온다.

폭설

밤 깊어 달빛 비쳐오는 것만 알았지
뜨락에 눈이 잔뜩 쌓인 줄은 몰랐네.
동틀 무렵 일어나 성 안쪽을 바라보니
일만 그루 매화가 간밤 새 피어났네.

　　但認更深月照來　不知庭院雪成堆
　　단인경심월조래　부지정원설성퇴
　　平明起向城中望　萬樹梅花一夜開
　　평명기향성중망　만수매화일야개

—— 원감 충지(圓鑑 冲止, 1226-1292), 「밤에 내린 큰 눈을 전혀 모르고 있다가
새벽에 일어나서 성안을 바라보고서야 알았다

(夜大雪都不覺知曉起望城中有作)」

단인但認 : 다만 알다 | 경심更深 : 밤이 깊어가다. 경更은 일경, 이경과 같이 하룻밤
을 나누어 부르는 시간의 이름 | 설성퇴雪成堆 : 눈이 쌓이다 | 평명平明 : 새벽 동틀
무렵 | 일야개一夜開 : 하룻밤 사이에 피어나다

창밖으로 희부윰한 달빛이 비치길래 눈 온 줄을 아예 몰랐다. 동틀 무렵 일어나 멀리 성 안쪽을 바라보니 온 천지에 흰 매화꽃이 밤을 틈타 한꺼번에 꽃망울을 터뜨렸다. 대체 무슨 일인가 싶어 정신을 차리고서야 그 흰 꽃이 매화가 아니라 밤새 가지마다 소복소복 내려 쌓인 눈꽃인 줄을 알았다. 달빛이 위장 전술로 나를 안심시켜 재워놓고 흰 눈으로 기습해서 온 성을 단숨에 점령해버린 것이다. 성안은 밤사이에 주인이 바뀌었다. 개벽을 했다.

바다 보물

어제 새벽 해를 쫓아 푸른 산을 내려가
오늘 저녁 볕을 따라 절 문으로 드누나.
두 어깨 무거운 걸 괴이타 하지 마라
용궁의 바다 보물 짊어지고 왔다네.

昨趁晨曦下翠微　今隨夕照入松扉
작진신희하취미　금수석조입송비
諸人莫恠雙肩重　擔得龍宮海藏歸
제인막괴쌍견중　담득용궁해장귀

── 원감 충지(圓鑑 冲止, 1226-1292), 「무인년 11월 6일 대중을 이끌고

산을 나서 이튿날 대장경을 나눠 지고 돌아오며 지은 게송

(戊寅十一月六日, 率衆出山, 明日分負藏經迴有偈)」

작진昨趁 : 어제 쫓아가다 │ 신희晨曦 : 새벽 햇살 │ 취미翠微 : 푸른 산 │ 석조夕
照 : 저녁 볕 │ 송비松扉 : 소나무 문. 절의 출입문 │ 제인諸人 : 여러 사람 │ 막괴莫
恠 : 괴이하다 하지 말라 │ 쌍견雙肩 : 양 어깨 │ 담득擔得 : 짊어지다 │ 해장海藏 : 바
다가 간직한 보물. 여기서는 말씀의 바다인 『팔만대장경』을 뜻함

1278년 강화 선원사仙源寺에서 대구 팔공산 수선사修禪社로 옮기던 팔만대장경판을 도중에 맞이하여 나눠 운반할 때 지은 시다. 이른 새벽 미명의 햇살을 받으며 산을 내려가서 이튿날 저녁 저마다 대장경판 몇 개씩 머리에 이고 줄을 지어 산을 올라왔다. 어깨가 빠질 듯 아픈데 마음은 터질 듯 기쁘다. 해인海印의 장경藏經은 우리에겐 바닷속 용궁의 보물과 다름없다. 부처님 말씀의 바다가 바로 이 판목 하나하나에 아로새겨져 있다. 이 말씀 두 어깨에 얹어 든든하게 돌아왔으니 삶도 이처럼 가뜬해져야겠다.

분명分明

천 봉우리 우뚝 솟아 흰 구름을 찌르고
한 줄기 물 흘러 흘러 푸른 바위 쏟아붓네.
저절로 듣고 봄이 몹시도 또렷하여
그대들께 알리노니 밖에서 찾지 말라.

千峰突兀攙白雲　一水潺湲瀉蒼石

천봉돌올참백운　일수잔원사창석

自然聞見甚分明　爲報諸人休外覓

자연문견심분명　위보제인휴외멱

── 원감 충지(圓鑑 冲止, 1226-1292),「게송을 지어

여러 스님에게 보이다(作偈示諸德)」

돌올突兀 : 갑작스레 우뚝 솟은 모양 | 참攙 : 찌르다 | 잔원潺湲 : 물이 흐르는 모양 |
사瀉 : 쏟다, 쏟아내다 | 문견聞見 : 듣고 봄 | 심甚 : 몹시 | 위보爲報 : 위하여 알려주
다 | 휴외멱休外覓 : 밖에서 찾지 말라

천봉은 구름 위로 솟았다. 시내는 푸른 바위 위로 쏟아진다. 그 웅자雄姿가 내 눈에 또렷하고 그 소리는 내 귀에 분명하다. 명백지 아니한가? 공연히 딴 데 가서 기웃거릴 것 없다. 답은 네 안에 있다. 귀로 듣고 눈으로 보는 일거수일투족이 다 수행이다. 똑바로 보고 제대로 들어야지 현혹되면 못쓴다.

새해

추위 더위 갈마듦은 보통의 일이거니
사람들 어지러이 한 해 축하 분주하다.
묵은해 가고 새해 온들 기뻐할 게 무언가
귀밑머리 한 오리 흰 터럭만 느는걸.

寒暄代謝是尋常　人盡奔波賀歲忙
한훤대사시심상　인진분파하세망
舊去新來何所喜　鬢邊添得一莖霜
구거신래하소희　빈변첨득일경상

— 원감 충지(圓鑑 冲止, 1226-1292), 「초봄에 열 선백께
부치다(春初寄悅禪伯)」

한훤寒暄 : 추위와 더위. 계절의 바뀜 | 대사代謝 : 시든 것을 대신하다, 새것이 묵
은 것을 대신하다. 신진대사新陳代謝의 의미 | 심상尋常 : 보통의 일, 일상 | 인진人
盡 : 사람들 모두 | 분파奔波 : 물결처럼 내달리다 | 하세賀歲 : 새해를 축하하다 | 망
忙 : 바쁘다 | 구거신래舊去新來 : 묵은 것이 가고 새것이 오다 | 빈변鬢邊 : 살쩍, 귀
밑털 | 첨득添得 : 보태지다 | 일경一莖 : 한 오리 | 열선백悅禪伯 : 이름에 '열悅'자가

더위가 물러나면 추위가 오고, 추위의 끝에서 봄을 맞는다. 이처럼 묵은 것이 새로운 것과 자리를 바꾸는 신진대사新陳代謝는 우리 몸에서뿐 아니라 계절의 섭리 속에도 있다. 새해가 왔다고 사람들은 이리저리 몰려다니며 세배를 올리고 덕담을 나누며 선물을 돌리느라 와자하다. 묵은해가 지나가고 새해를 맞은 것이 무슨 대수라고. 내게는 흰 터럭 하나 더 늘어난 것 외에 어제와 오늘이 꼭 같다. 사람은 바뀔 줄 모른 채 그대로인데 달력만 바꾼다고 새해가 아니다. 내가 새로워져야 새해다.

들어가는 스님. 선백은 상대 승려를 높여서 부르는 호칭

솔바람

비 갠 뒤 정원은 비질한 듯 고요하고
들창에 바람 들자 가을인 양 서늘하다.
산 빛과 냇물 소리 솔가지 퉁소 소리
진세의 일 어이해 마음에 이를쏘냐.

雨餘庭院靜如掃　風過軒窓凉似秋
우여정원정여소　풍과헌창량사추
山色溪聲又松籟　有何塵事到心頭
산색계성우송뢰　유하진사도심두

── 원감 충지(圓鑑 冲止, 1226-1292), 「우연히 절구 한 수를
쓰다(偶書一絶)」

우여雨餘 : 비 온 뒤 | 정여소靜如掃 : 고요하기가 마치 마당을 쓴 것 같다 | 헌창軒
窓 : 들창 | 량사추凉似秋 : 가을처럼 서늘하다 | 송뢰松籟 : 솔가지 사이로 바람이 지
나면서 내는 소리 | 진사塵事 : 티끌세상의 일 | 심두心頭 : 마음

비가 지나간 뜨락은 마치 새벽에 비질을 막 끝낸 것처럼 정갈하고 고요하다. 들창을 열자 바람이 몰려들어 와 내 몸을 쑥 훑고 방문으로 빠져나간다. 오싹한 기운이 가을 같다. 눈 뜨면 푸른 산빛, 눈 감으면 냇물 소리. 솔가지 사이로 바람이 빠져나갈 때마다 퉁소 소리 같기도 하고 파도 소리 같기도 한 미묘한 가락이 흔들린다. 비는 먼지를 재우고 바람은 찌든 마음을 불어 가고, 산 빛 물소리, 소나무 소리는 눈과 귀를 씻어낸다. 마음에 티끌 앉을 날이 없다.

가을

처마 둘레 대 우거져 빗소리 익숙한데
골짝 가득 물든 단풍 가을빛이 곱구나.
어여쁜 국화는 새벽이슬에 울고 있고
우수수 붉은 잎이 뜨락 가지 떨어진다.

遶檐竹密雨聲慣　滿洞楓殷秋色多
요첨죽밀우성관　만동풍은추색다

艷艷黃花啼曉露　蕭蕭赤葉下庭柯
염염황화제효로　소소적엽하정가

── 원감 충지(圓鑑 冲止, 1226-1292), 「가을날 우연히
쓰다(秋日偶書)」

요첨遶檐 : 처마 둘레 | 관慣 : 익숙하다 | 만동滿洞 : 골짝 가득 | 풍은楓殷 : 짙게 물
든 단풍 | 염염艷艷 : 곱고 어여쁜 모양 | 황화黃花 : 국화 | 제啼 : 울다 | 소소蕭
蕭 : 우수수 | 정가庭柯 : 뜰의 나뭇가지

집 둘레의 대숲이 유난히 수런대는 것을 보니 비가 오는 모양이
다. 골짝 가득 은성殷盛하게 물든 단풍에 가을을 느낀다. 울타리
가 국화꽃은 새벽이슬을 머금었고 붉은 잎은 정든 나뭇가지와 하
직 인사를 나눈다. 가자! 이제 떠날 때가 되었다.

갈까마귀

가을 가지 처량하고 날빛은 저무는데
산 모습 삭막하다 이슬 꽃이 맑구나.
문 닫고 앉아 졸며 문득 꿈을 꾸다가
숲 까마귀 두세 소리에 놀라 잠을 깼다네.

秋杪淒凉日色薄　山容索寞霜華淸
추초처량일색박　산용삭막상화청
閉門坐睡便成夢　驚起林鴉三兩聲
폐문좌수편성몽　경기임아삼량성

── 원감 충지(圓鑑 冲止, 1226-1292), 「잠자다 깨어(睡起)」

추초秋杪 : 가을날 나뭇가지 ┃ 처량淒凉 : 처량하고 쓸쓸한 모양 ┃ 박薄 : 엷다, 해가
저물어가다 ┃ 삭막索寞 : 삭막한 모양 ┃ 상화霜華 : 이슬 꽃 ┃ 좌수坐睡 : 앉아서 졸다
┃ 편便 : 문득 ┃ 경기驚起 : 놀라서 벌떡 일어나다 ┃ 임아林鴉 : 숲속 갈까마귀

앙상한 가지만 남은 가을 숲에 저녁 빛이 희미하다. 산도 덩달아 삭막한 표정으로 물러나 앉는다. 서리 이슬이 돋아나는 초저녁, 찾아올 사람 없어 일찍 산문을 닫아걸었다. 앉아서 꾸벅꾸벅 조는데 숲속의 배고픈 갈까마귀가 갑자기 까악까악하며 외마디 소리를 지르는 바람에 꿈이 번쩍 깨고 만다. 오늘도 이렇게 가고, 올해도 이렇게 가겠지.

동행

맛난 채소 한 사발로 아침 식사 너끈하고
일곱 근 먹장삼에 봄잠이 아주 달다.
묻노라 암자에서 그 누구와 함께 있나
감실 안에 만수동자 나와 함께 지낸다네.

香蔬一鉢卯餐足　黲衲七斤春睡甘

향소일발묘찬족　참납칠근춘수감

且問庵中誰與共　曼殊童子是同龕

차문암중수여공　만수동자시동감

—— 원감 충지(圓鑑 冲止, 1226-1292),「한가한 거처(閑居)」

향소香蔬 : 향기로운 채소 ǀ 일발一鉢 : 한 사발 ǀ 묘찬卯餐 : 묘시에 먹는 아침식사를
말함. 묘시는 새벽 다섯시에서 일곱시 사이 ǀ 참납黲衲 : 검푸른 먹물빛 장삼 ǀ 칠
근七斤 : 장삼의 무게 ǀ 춘수春睡 : 봄잠 ǀ 수여공誰與共 : 누구와 더불어 함께 지내는
가? ǀ 만수동자曼殊童子 : 문수보살의 다른 이름. 만유滿濡 또는 만유曼乳라고도 한
다. 만수실리曼殊室利 묘길상妙吉祥 부처님으로 동자의 모습으로 현현한다 ǀ 동감

채마밭에 나가 갓 캐온 싱싱한 채소로 아침을 먹는다. 새벽 염불로 지친 몸에 잠이 소르르 오면 먹장삼을 입은 그대로 누워 한숨 잔다. 암자에서 혼자 지내기가 적적하지 않느냐고? 천만에, 나는 혼자가 아니다. 감실 안에 모셔둔 만수동자가 천진한 눈빛으로 늘 나와 함께한다. 외롭지 않다.

同龕 : 감龕은 부처님을 모셔둔 감실. 거처에 만수동자의 상을 모셔둔 것을 두고 하는 말

득실

부귀해도 오정五鼎 음식 외려 가볍고
빈궁하나 소쿠리 밥 충분하도다.
백 년간 떠돌기야 한가질러니
피차간 어이 잃고 얻음이 되리.

富貴猶輕五鼎飱　貧窮自足一簞食
부귀유경오정손　빈궁자족일단사

等是浮休百歲間　此何爲失彼何得
등시부휴백세간　차하위실피하득

── 원감 충지(圓鑑 冲止, 1226-1292), 「우연히 쓰다(偶書)」

유경猶輕 : 오히려 가볍다 | 오정손五鼎飱 : 고대의 제례에서 대부가 다섯 개의 솥에
양과 돼지와 물고기 등 다섯 가지 음식을 올렸던 데서 나온 말. 이후 귀한 신분의
호사스런 생활에 대한 비유로 쓴다 | 단사簞食 : 대소쿠리에 담은 밥 | 등시等是 : 매
일반이다, 다를 게 없다 | 부휴浮休 : 떠서 노닐다 | 차하위실此何爲失 : 이것이 어찌
잃음이 되랴 | 피하득彼何得 : 저것이 어찌 얻음이 되랴

아무리 대단한 부귀로 오정五鼎의 귀한 음식을 평생 누린대도 그
게 별게 아니다. 뼈에 저미는 빈궁 속에서도 마음만 넉넉하면 단
사표음簞食瓢飮, 즉 소쿠리 밥과 표주박 물로도 흐뭇할 수가 있다.
부귀의 사람이나 빈궁의 처지거나 백 년 인생을 떠돌다 가기는
매일반이다. 가난하다 해서 실의의 삶이요 부귀하다 해서 득의의
삶이라 할 수 있는가?

한바탕 꿈

한단의 베개 위 일 황당하긴 하지만
총욕寵辱이란 참으로 한바탕 꿈 진배없다.
내 능히 이 이치를 궁구했다 할진대
이 같은 순경順境 만나 두서없음 물리치리.

邯鄲枕上事荒唐　寵辱眞同夢一場
한단침상사황당　총욕진동몽일장

盡道吾能窮此理　逢些順境却顚忙
진도오능궁차리　봉사순경각전망

── 원감 충지(圓鑑 冲止, 1226-1292), 「우연히 쓰다(偶書)」

한단침邯鄲枕 : 한단의 한 소년이 도사 여몽의 베개를 빌려 베고 낮잠 한숨 자는
동안에 인간의 온갖 부귀영화를 다 누리는 꿈을 꾸고 깨달음을 얻었다는 고사 │
황당荒唐 : 종잡을 수 없다, 황당하다 │ 총욕寵辱 : 총애와 오욕. 임금의 사랑을 받
고 욕됨을 입는 것. 영욕榮辱과 같다 │ 몽일장夢一場 : 한바탕 꿈 │ 진도盡道 : 다 말
하다 │ 봉逢 : 만나다 │ 사些 : 어조사로 여기서는 이러한, 이와 같은의 뜻 │ 순경順

마음의 걸림은 어디서 오나? 영욕으로 인해 부리는 욕심 때문이다. 이래야 하고 저러면 안 되는 궁리에 골몰하다 큰일을 그르친다. 인간의 부귀와 빈천이란 한바탕 꿈이다. 한단의 여관집 소년은 힘들게 일하느라 인생이 고단했다. 찌든 얼굴로 투덜이의 삶을 살았다. 그러던 그가 도사 여몽의 베개를 잠깐 빌려 나무 그늘에서 잠이 들어서는 이제껏 상상도 못한 부귀영화를 실컷 누렸다. 그러다가 잠을 깨니 모든 것이 원래 그대로였다. 그런데 소년의 표정이 펴졌다. 다 똑같은 한바탕 꿈인 줄을 깨달은 것이다. 아무 걸림 없는 순경順境의 삶을 누리고 싶은가? 마음에서 욕심을 걷어내는 것이 먼저다. 미친 듯 바쁜 일상을 내려놓아야 목에 걸린 생선가시가 빠진다.

境 : 순조로운 경계 | 각却 : 물리치다 | 전망顚忙 : 미친 듯이 바쁘다

죽 한 사발

아침이면 함께 모여 죽을 마시고
죽 먹고는 발우를 물에 씻는다.
여러분 선객禪客에게 다시 묻는다
여태도 알아듣지 못하셨는가?

朝來共喫粥　粥了洗鉢盂

조래공끽죽　죽료세발우

且問諸禪客　還曾會也無

차문제선객　환증회야무

—— 원감 충지(圓鑑 冲止, 1226-1292), 「우연히 써서

여러 스님에게 묻다(偶書問諸禪者)」

끽죽喫粥 : 죽을 먹다 | 죽료粥了 : 죽을 다 먹다 | 발우鉢盂 : 밥그릇 | 차문且問 : 장
차 물으려 한다 | 선객禪客 : 참선하는 승려 | 환증還曾 : 여태도, 이제껏 | 회야무會
也無 : 깨달았는가 깨닫지 못했는가?

아침에 죽 한 그릇 먹고 함께 그릇을 씻었다. 나도 먹고 그대들도 먹었다. 이제 묻는다. 무슨 말인지 알겠는가? 여태도 모르겠는가?

차 석 잔

새벽 미음 한 국자 든든히 먹고
낮엔 밥 한 그릇에 배가 부르다.
목마르면 차를 석 잔 달여 마시니
깨달음 있고 없곤 상관 않으리.

寅漿飫一杓　午飯飽一盂
인장어일표　오반포일우
渴來茶三椀　不管會有無
갈래차삼완　불관회유무

── 원감 충지(圓鑑 沖止, 1226-1292), 「한 스님에게 대답하다

(有一禪者答云)」

인장寅漿 : 인시寅時에 미음을 먹다. 인시는 새벽 세시에서 다섯시 사이 | 어飫 : 실
컷 먹다 | 일표一杓 : 한 국자 | 오반午飯 : 오시午時에 밥을 먹다. 오시는 낮 열한시
부터 한시 사이 | 포飽 : 배부르다 | 일우一盂 : 한 그릇 | 갈래渴來 : 목이 마르다 | 삼
완三椀 : 석 잔 | 불관不管 : 상관치 않다 | 회會 : 깨달음

동트기 전 미음 한 그릇 먹고 점심 때 밥 한 그릇 먹는다. 달고 맛있다. 중간에 목마르면 차를 달여 몇 잔 마신다. 혀 밑에 침이 고인다. 내 하루는 이것뿐이다. 이것으로 족하다. 여기에 깨달음의 유무가 무슨 상관인가? 끼어들 틈이 없다.

아마도 어떤 스님이 깨달음에 대해 묻자 일상사 그 자체가 깨달음이니 깨달음의 유무조차 인식하지 않을 때 진정한 깨달음이라고 일깨워주신 듯하다.

코뚜레

들소는 천성이 길들이기 어려워
너른 밭 여린 풀에 몸이 자유로웠지.
생각지도 못했네, 코끝에 줄을 꿰어
끌려가고 오는 것이 사람 손에 달릴 줄은.

野牛天性本難馴　細草平田自在身
야우천성본난순　세초평전자재신

何意鼻端終有索　牽來牽去摠由人
하의비단종유삭　견래견거총유인

— 원감 충지(圓鑑 冲止, 1226-1292), 「야우송野牛頌을 지어
동인들에게 보여주다(作野牛頌示同人)」

야우野牛 : 들소, 길들여지지 않은 소 | 천성天性 : 타고난 본성 | 난순難馴 : 길들이
기가 어렵다 | 세초細草 : 여린 풀 | 자재신自在身 : 몸이 자유롭다 | 하의何意 : 어이
생각이나 했겠는가? | 비단鼻端 : 코끝 | 종유삭終有索 : 마침내 줄이 있다. 코뚜레를
꿰었다는 의미 | 견래견거牽來牽去 : 끌려가고 끌려오다 | 총유인摠由人 : 온통 모두
사람에게 달려 있다

길들여지지 않는 정신으로 풀밭에서 마음껏 풀을 뜯던 시절이 내게도 있었지. 한번 코뚜레를 꿰어 고삐에 묶이자 사람 가자는 대로 이리저리 끌려다녀 다신 내 뜻이 없게 되었네. 꼼짝할 수가 없더군. 이 코뚜레를 누가 좀 벗겨주게. 한 번 더 풀밭에서 마음껏 뛰놀며 이 눈치 저 눈치 안 보며 살아보고 싶으이.

우레 비

근자에 조계曹溪에 시냇물이 얕아지니
오래 서린 늙은 용이 잠자기가 어렵다지.
하루아침 홀연히 우레 비 쏟아져서
갈기를 휘날리며 만연사로 향해 가네.

近日曹溪溪水淺　難容舊蟄老龍眠
근일조계계수천　난용구칩노룡면
一朝忽爾興雷雨　奮鬣揚鬐向萬淵
일조홀이흥뢰우　분렵양기향만연

── 원감 충지(圓鑑 沖止, 1226-1292), 「만연사로 새 장로
묵공默公을 보내면서(送萬淵新長老默公)」

조계曹溪 : 송광사 앞의 냇물 이름. 송광사의 비유 | 천淺 : 얕다, 얕아지다 | 난용難
容 : 용납하기가 어렵다 | 구칩舊蟄 : 옛날부터 서려 있던 | 홀이忽爾 : 갑자기 | 흥
興 : 일으키다 | 뇌우雷雨 : 우레를 동반한 비 | 분렵양기奮鬣揚鬐 : 수염과 갈기를 떨
치다 | 만연萬淵 : 전남 화순에 있는 송광사의 말사인 만연사

여보게 묵공! 이곳 조계의 냇물은 날마다 수위가 낮아져서 자네처럼 해묵은 용이 더 이상 깃들어 지내기가 어렵게 되었네. 내 자네를 만연사 주지로 보내는 뜻을 잘 헤아려주게. 하루아침에 천둥번개 우르릉 꽝 쳐서 말라가던 시내에 새 물줄기가 콸콸 넘치니 얕은 물속에서 답답하던 갈기를 힘껏 떨쳐 만연萬淵의 드넓은 못 속으로 건너가 지내시게. 그 속에서 포부를 마음껏 펼쳐보시게.

나는야

약초밭에 샘물 끌어 국로國老에 물을 주고
대밭에는 가시 울로 조동朝童을 보호하네.
흥망의 시끄러움 문을 닫고 안 받으니
나는야 세상 속의 일없는 늙은일세.

藥圃引泉澆國老　筠庭揷棘護朝童
약포인천요국로　균정삽극호조동

杜門不受興亡擾　我是世間無事翁
두문불수흥망요　아시세간무사옹

── 원감 충지(圓鑑 沖止, 1226-1292), 「한중잡영(閑中雜詠)」 6-1

약포藥圃 : 약초를 심은 밭 | 인천引泉 : 샘물을 끌어오다 | 요澆 : 물을 주다 | 국로
國老 : 감초甘草라 원주가 붙어 있다 | 균정筠庭 : 대나무 밭 | 삽극揷棘 : 가시나무
를 꽂다. 가시나무로 울을 만들어 함부로 드나들지 못하게 한다는 의미 | 조동朝
童 : 고사리의 별칭 | 두문杜門 : 문을 닫아걸다 | 흥망요興亡擾 : 흥망의 번잡스러움

약초밭에 감초 잎이 토실토실 살졌다. 대통으로 샘물을 끌어와 물을 듬뿍 준다. 대밭에는 고사리 새순이 쭉쭉 올라와 손끝이 이내 도르르 말린다. 천진한 아이 같다. 저것이면 내 양식이 넉넉하리라 생각하자 마음이 흐뭇하다. 대문은 열지 않겠다. 살려달라는 일, 죽겠다는 얘기는 듣고 싶지 않다.

아무 일도

비 온 뒤 담장 아래 새 죽순이 솟아나고
뜰에 바람 지나가자 지는 꽃잎 옷에 붙네.
온종일 향로에 향 심지 꽂는 외에
산집엔 다시금 아무 일도 없다네.

雨餘牆下抽新筍　風過庭隅襯落花

우여장하추신순　풍과정우친락화

盡日一爐香炷外　更無閑事到山家

진일일로향주외　갱무한사도산가

── 원감 충지(圓鑑 冲止, 1226-1292), 「한중잡영(閑中雜詠)」 6-2

우여雨餘 : 비 온 뒤 | 장하牆下 : 담장 아래 | 추抽 : 뽑아 올리다, 순이 돋다 | 신순新
筍 : 새 죽순 | 정우庭隅 : 뜰 모퉁이 | 친襯 : 가까이 붙다 | 진일盡日 : 종일 | 향주香
炷 : 향 심지 | 갱更 : 다시금

우후죽순이라더니 한차례 봄비가 지나자 뜰 밑에 새 죽순이 여기저기 고개를 내민다. 비 맞아 지던 꽃잎이 바람에 불려 지나던 내 옷에 달라붙는다. '벌써 땅에 떨어지긴 싫어요!' 하는 것 같다. 종일 방에서 창밖을 내다본다. 향로에 연기가 잦아들면 다시 향 심지 하나를 태워 꽂는다. 비끄러맨 머릿결 같은 향연이 허공으로 고물고물 오르다가 갑자기 화들짝 놀란 듯 허공으로 흩어진다. 나는 뜰에 눈길을 주다가 연기를 보다가 하면서 하루해를 보낸다. 끝내 아무 일도 일어나지 않는 산사의 하루가 적막한 물속 같다.

꾀꼬리

산 푸른데 비 지나고
초록 버들 안개 잠겨.
학은 그저 왔다 갔다
꾀꼬리는 조잘조잘.

山靑仍過雨　柳綠更含煙
산청잉과우　유록갱함연

逸鶴閑來往　流鶯自後先
일학한래왕　류앵자후선

── 원감 충지(圓鑑 冲止, I226-I292),「한중잡영(閑中雜詠)」6-5

잉仍 : 인하여 | 갱更 : 더욱 | 함연含煙 : 안개를 머금다 | 일학逸鶴 : 한가로운 학 | 류
앵流鶯 : 꾀꼬리 | 자후선自後先 : 혼자서 앞서거니 뒤서거니 하며 조잘대다

산이 유난히 푸르다. 샘이 났는지 비가 지나간다. 버들의 초록빛
은 안개가 심술을 부려 색을 지운다. 마당의 학은 일없이 뜨락을
왔다 갔다 한다. 이중에도 바쁜 녀석은 꾀꼬리뿐이로구나. 가지
사이를 들락날락거리다가 금방 생각났다는 듯이 조잘거린다. 부
산스럽다. 나는? 방 안에서 먼 산 보다가 가까운 버들 보고, 비 살
피다가 안개에 마음을 준다. 학의 심심한 놀이도 구경하고 꾀꼬리
소리도 듣는다. 우리는 다 서로를 구경한다.

하루

시내가 시끄러워 산은 적막코
절집이 고요해 하루해 길다.
꿀 따느라 벌들은 소란스럽고
둥지 얽는 제비는 아주 바쁘다.

溪喧山更寂　　院靜日彌長
계훤산갱적　　원정일미장

採蜜黃蜂鬧　　營巢紫燕忙
채밀황봉뇨　　영소자연망

―― 원감 충지(圓鑑 冲止, 1226-1292), 「한중잡영(閑中雜詠)」 6-6

훤喧 : 시끄럽다, 소란스럽다 | 갱적更寂 : 더욱 적막하다 | 미장彌長 : 더욱 길다 | 채
밀採蜜 : 꿀을 따다 | 뇨鬧 : 시끄럽다 | 영소營巢: 둥지를 짓다 | 자연紫燕 : 자줏빛
제비 | 망忙 : 바쁘다

시냇물이 장광설을 멈추지 않자 그를 지켜보던 산은 더 큰 적막 속에 잠겼다. 사람 없는 절에 시간이 더디 간다. 게으름뱅이 햇살 속에 온통 부산스런 녀석들이 있다. 꿀을 조금이라도 더 따려고 벌은 꽃마다 머리를 박고 잉잉댄다. 강남에서 갓 돌아온 제비는 진흙을 물어 와 처마 밑에 집 공사가 한창이다. 천지는 생기에 가득 차 있다. 내 안에 물이 오른다.

그제야

도를 봄에 뜻 있으면 도가 외려 어지럽고
안락 구할 마음 두면 도리어 편치 않다.
안락 없고 봄도 없는 경지에 다다라야
그제야 이 일이 복잡지 않음 알게 되리.

情存見道還迷道　心要求安轉不安
정존견도환미도　심요구안전불안

安到無安見無見　方知此事勿多般
안도무안견무견　방지차사물다반

—— 원감 충지(圓鑑 冲止, 1226-1292),「도안 장로에게
부치다(寄道安長老)」

정존견도情存見道 : 도를 깨달음에 뜻을 두다 | 환미도還迷道 : 도리어 도가 어지럽
게 됨 | 심요구안心要求安 : 마음으로 편안함을 구하고자 하다 | 전轉 : 도리어 | 안
도무안安到無安 : 편안함이 편안치 않음에 이르다 | 견무견見無見 : 견도무견見到無
見을 줄여서 한 표현. 봄이 봄이 없음에 이르다 | 방지方知 : 바야흐로 알게 되다 |
다반多般 : 많고 복잡함

도를 깨닫고야 말리라 하다가 도의 길에서 오히려 멀어지고, 안락
을 구하려는 마음을 지녀 이 때문에 점점 불편해진다. 안락함이
없는 곳에서 안락함을 얻고 봄이 없는 데서 볼 수 있어야 한다.
작위를 걷고 욕망을 지우면 그토록 갈급하던 그 일이 문득 아주
쉽게 여겨질 것이오. 너무 애쓰지 마오. 어깨에 힘을 빼야지. 물
마시고 숨 쉬듯이 자연스레 흘러가야 한다.

불법佛法

내 늘 널 부르면 너는 바로 대답하고
네가 내게 질문하면 내가 즉시 대답했지.
이 사이에 불법이 없다고 하지 말라
이제껏 실 한끝도 들어갈 틈 없었나니.

吾常呼汝汝斯應　汝或訊吾吾輒酬
오상호여여사응　여혹신오오첩수
莫道此間無佛法　從來不隔一絲頭
막도차간무불법　종래불격일사두

── 원감 충지(圓鑑 冲止, 1226-1292),「시자가 게송을 구하므로
써서 주다(侍者求偈書以贈之)」

사斯 : 이에 ┃ 신오訊吾 : 나에게 묻다 ┃ 첩수輒酬 : 그 즉시 대답하다 ┃ 막도莫道 : 말
하지 말라 ┃ 종래從來 : 이제까지 ┃ 불격不隔 : 틈이 없다 ┃ 일사두一絲頭 : 실 한끝

"큰스님! 제게도 가르침 한말씀 따로 내려주시지요." 시자가 볼멘소리를 한다. 맨날 잔심부름만 하고 앉았자니 공부는 언제 해보나 싶었나 보다. "네 이놈! 일거수일투족, 밥 먹고 물 마시고 부르고 응대하는 그 자체가 불법佛法 아님이 없거늘 다시 뭘 더 내놓으란 게냐? 정색하고 단에 올라 주장자를 쾅쾅 두드리며 떠들어야 불법인 줄 알았더냐? 소리만 커서 사자후가 아니니라. 일껏 가르쳐놓았더니 딴소리를 하는구나. 고얀 놈!"

적막

선방은 적막하여 흡사 중도 없는 듯
비에 젖은 낮은 처마 담쟁이가 층을 졌네.
낮잠에서 놀라 깨니 날은 이미 저녁인데
사미는 불씨 내와 감실에 등을 켠다.

禪房闃寂似無僧　雨浥低簷薜荔層
선방격적사무승　우읍저첨벽려층

午睡驚來日已夕　山童吹火上龕燈
오수경래일이석　산동취화상감등

── 원감 충지(圓鑑 冲止, 1226-1292),「빗속에 자다가
깨어(雨中睡起)」

격적闃寂 : 쓸쓸하고 적막한 모양 | 사似 : ~한 듯하다 | 읍浥 : 젖다 | 저첨低簷 : 낮은
처마 | 벽려薜荔 : 담쟁이 넝쿨 | 층層 : 층이 지다 | 오수午睡 : 낮잠 | 경래驚來 : 놀라
서 일어나다 | 산동山童 : 산에서 심부름하는 아이. 사미승을 말함 | 취화吹火 : 불을
불이다 | 상감등上龕燈 : 감실에 등불을 올리다

빗속에 낮잠을 깨니 해가 뉘엿하다. 아무도 없나 싶을 만큼 적막한 시간, 공간이 문득 낯설다. 낮은 처마 아래 벽을 덮은 담쟁이넝쿨이 처마에 가린 부분과 비 맞은 곳에 뚜렷한 층이 져 있다. 젖고 마름의 차이가 선명하다. 사미승은 불씨를 가져와 감실의 등을 내려 불을 붙이고는 다시 올려놓는다. 불빛이 살아나자 살금살금 다가오던 어둠이 저만치 두어 걸음 물러난다.

흥

가볍던 장삼 무거워 몹시 쇠함 알겠고
익숙한 경전 생소하니 병 깊음을 깨닫네.
다만 이 마음만은 끝내 늙지 않아서
흥이 일자 이따금 다시 길게 읊조린다.

舊輕衲重知衰甚　　曾熟經生覺病深
구경납중지쇠심　　증숙경생각병심
唯有此心終不老　　興來時復一長吟
유유차심종불로　　흥래시부일장음

── 원감 충지(圓鑑 沖止, 1226-1292), 「우연히 읊다(偶吟)」

구경납중舊輕衲重 : 오래도록 가볍게 입던 장삼이 무겁게 느껴진다 | 지쇠심知衰
甚 : 쇠약함이 심함을 알겠다 | 증숙경생曾熟經生 : 일찍이 익숙하던 경전이 갑자기
생소하다 | 흥래興來 : 흥이 일어나다 | 시부時復 : 이따금 다시 | 일장음一長吟 : 한
바탕 길게 읊다

늘 입던 장삼이 오늘따라 무겁다. 경전의 구절들이 갑자기 생소하다. 나는 이제 늙고 쇠해 병이 깊이 든 모양이다. 그래도 마음만은 늙지 않아서 이런 일에도 갑자기 시를 쓸 흥이 일어난다. 그것만큼은 조금 기쁘다.

봄 깊어

봄 깊어 날은 긴데 사람 일을 끊으니
바람이 배꽃 쳐서 뜰 가득 눈이로다.
처마 기댄 예쁜 나무 그림자 서로 얽혀
산보하며 읊노라니 마음 절로 기쁘다.

春深日永人事絶　風打梨花滿庭雪
춘심일영인사절　풍타이화만정설
倚檐佳木影交加　散步行吟自怡悅
의첨가목영교가　산보행음자이열

── 원감 충지(圓鑑 冲止, 1226-1292), 「저무는 봄날(暮春即事)」

일영日永 : 날이 길다 | 풍타風打 : 바람이 치다 | 만정설滿庭雪 : 뜰 가득 눈이다. 눈
은 배꽃을 말함 | 의첨倚檐 : 처마에 기대다 | 영교가影交加 : 그림자가 서로 얽혀 있
다 | 행음行吟 : 걸으면서 읊조리다 | 이열怡悅 : 기뻐하는 모양

해가 많이 길어졌다. 세상 쪽으로는 관심을 끊은 지 오래다. 계절을 돌릴 심산인가? 바람이 배꽃을 불어 마당에 흰 눈을 쌓아놓았다. 속을 내가 아니지. 처마 밑 여린 잎을 내기 시작한 나뭇가지는 저희들끼리 기운 내자며 그림자로 어깨동무를 했다. 걷다가 읊다가 나 혼자 바쁘다. 기쁨이 마음에 그득히 고여온다.

백운

경계 끝나 사람 없고 새마저도 드문데
지는 꽃 적막하게 이끼 위에 내리네.
노승은 일이 없어 소나무 달 마주 보며
흰 구름이 이따금 오고 감을 웃는다.

境了人空鳥亦稀　落花寂寂委靑苔

경료인공조역희　낙화적적위청태

老僧無事對松月　卻笑白雲時往來

노승무사대송월　각소백운시왕래

—— 태고 보우(太古 普愚, 1301-1382), 「요암(了庵)」

경료境了 : 경계가 끝나다, 더 갈 곳이 없다. 승려의 이름이 요암了庵이라 이렇게
말했다 | 희稀 : 드물다 | 적적寂寂 : 쓸쓸하고 적막한 모양 | 위委 : 내맡기다 | 청태
靑苔 : 푸른 이끼 | 각속卻笑 : 문득 비웃다, 도리어 웃다. 각卻은 각卻의 본자 | 시
時 : 이따금

산꼭대기라 더 갈 데도 없다. 찾아오는 이 없고 새조차 산 아래서 논다. 심심한 꽃이 제멋에 피었다가 제풀에 진다. 푸른 이끼 위로 꽃잎이 져서 꽃방석이 따로 없다. 그 위에 앉아 소나무 달을 올려다보는 늙은 스님. 구름이 한 번씩 달을 가리면 혼자 씩 웃는다. 아서라. 본체가 저리도 성성한데 네가 가린다고 될 일이더냐. 지는 꽃 적적하고 스님은 일이 없는 산중 암자의 달밤. 요암 스님을 위해 써준 호계號偈다.

여섯 창문

여섯 창문 시원스레 뻥 뚫렸으니
마귀 부처 저절로 길을 잃으리.
다시금 현묘한 뜻 찾으려 들면
뜬구름이 햇빛을 가리우리라.

六牕虛豁豁　魔佛自亡羊
육창허활활　마불자망양

若更尋玄妙　浮雲遮日光
약갱심현묘　부운차일광

── 벽송 지엄(碧松 智儼, 1464-1534),「육공이 말을 구하기에

주다(賽六空求語)」

육창六牕 : 육근六根과 같다. 눈과 귀, 코와 혀, 몸과 생각 등 죄업이 들어오는 여섯
가지 통로 | 활활豁豁 : 뻥 뚫려 막힘이 없는 모양 | 마불魔佛 : 부처의 모습으로 변
신해서 나타나는 마귀 | 망양亡羊 : 양을 잃다, 길을 잃다 | 약갱若更 : 만약 다시 |
심尋 : 찾다 | 부운浮雲 : 뜬구름 | 차遮 : 차단하다, 가로막다

여섯 개의 구멍이 뻥 뚫려 걸리는 것이 하나도 없다. 부처로 꾸민 마군魔軍이가 제아무리 유혹해도 제풀에 지쳐 나자빠지게 되어 있다. 여보, 육공 스님! 육근六根을 청정하게 닦는 것이 공부의 시작이요 끝이라오. 공연히 심오한 이치만을 찾아 헤매면 뜬구름이 환한 해를 가리듯 바로 마장魔障(귀신의 장난)이 끼어들게 되어 있소. 그러니 공연히 딴 데 가서 찾지 말고 제 몸의 창문이란 창문을 활짝 열어놓고 무시로 맑은 바람이 오가게 하시구려.

스님의 법명이 육공六空이어서 육창六窓에 견줘 말한 것이다. 이름만으로도 육근이 이미 텅 비었으니 그 상태만 유지하면 되지 자꾸 그 이상의 것에 헛된 눈길을 주지 말라는 뜻으로 타일렀다.

막야검

그대를 만나서 막야검을 건네주니
칼날에 푸른 이끼 끼지 않게 하시게.
오온산 앞에서 도적을 보게 되면
한 번씩 휘둘러서 하나하나 베시게나.

逢君贈與鏌鎁釰　勿使鋒鋩生綠苔
봉군증여막야검　물사봉망생록태
五蘊山前如見賊　一揮能斬箇箇來
오온산전여견적　일휘능참개개래

— 벽송 지엄(碧松 智儼, 1464-1534),「법준 선백에게
보이다(示法俊禪伯)」

증여贈與 : 주다 | 막야검鏌鎁釰 : 전설적 명검의 이름. 불가에서는 지혜의 보검을
가리킨다 | 물사勿使 : ~하게 해서는 안 된다 | 봉망鋒鋩 : 칼끝과 칼날 | 오온산五蘊
山 : 현상 세계 전체. 오온은 생멸, 변화하는 것을 구성하는 다섯 요소로, 온蘊은 온
축되어 쌓인 것, 다섯 가지는 색色, 수受, 상想, 행行, 식識을 뜻한다 | 견적見賊 : 적
과 만나다 | 일휘一揮 : 한 차례 휘두르다 | 참斬 : 베다 | 개개箇箇 : 하나하나

보검 한 자루를 그대에게 주겠네. 칼날이 녹슬지 않도록 잘 갈아
두게나. 세상 살다보면 눈에 보이고 몸으로 받고 마음으로 떠올리
고 직접 행하고 분별해 알아가는 과정에서 나를 망집妄執에 빠뜨
리는 도적과 도처에서 만나게 될 걸세. 그때마다 이 칼을 뽑아 싹
둑싹둑 뎅경뎅경 베어버리게. 아예 싹을 잘라버리게. 뿌리를 뽑아
버리게.

원통圓通

섬돌 앞 비 맞고 꽃이 웃는데
난간 밖 바람에 솔이 우누나.
묘한 뜻 어이 다 궁구하리요
이게 바로 원통圓通 그것이라오.

花笑階前雨　松鳴檻外風
화소계전우　송명함외풍
何須窮妙旨　這箇是圓通
하수궁묘지　저개시원통

—— 벽송 지엄(碧松 智儼, 1464-1534), 「진일 선자에게
보이다(示眞一禪子)」

화소花笑 : 꽃이 웃다 ┃ 계전階前 : 섬돌 앞 ┃ 송명松鳴 : 소나무가 바람을 맞아 우는
소리를 내다 ┃ 함외檻外 : 난간 밖 ┃ 하수何須 : 어찌 모름지기 ┃ 저개這箇 : 이것 ┃ 원
통圓通 : 원융圓融하여 걸림이 없는 모양

진일 스님! 섬돌 앞 저 꽃을 보시오. 봄비에 활짝 웃고 있구려. 난 간 밖 소나무는 또 어떻고. 골짜기에 바람이 일자 소나무 가지 사이에서 파도 소리가 일어나는군. 그거면 충분하지 않겠소? 여기에 더해 달리 무슨 묘지妙旨를 내놓으라는 게요? 원통무애圓通无碍, 둥글둥글 통해서 아무런 걸림이 없는 것을. 우리 눈앞에 넘실대는 말씀의 바다가 울고 웃고 있거늘 행여 엉뚱한 데 눈길 주지 마소. 엄한 데 가서 찾지 마소.

시에 달린 원주가 있다. "진일은 호남 사람이다. 비록 세상에서 필요로 하는 재주는 없어도 성품과 행실이 비범하다. 내게 가르침을 청하므로 사양하지 못해 붓을 적셔 쓴다眞一湖南人也. 雖無世才, 性行非凡, 請我伽陁, 辭不獲已, 濡筆揮之."

도 배움

도 배움은 모름지기 성경聖經 공부 먼저이니
성경은 다만 그저 내 마음에 있다네.
갑작스레 집 안으로 난 길을 밟아 딛고
긴 하늘 돌아보니 기러기 앉는 가을일세.

學道先須究聖經　聖經只在我心頭
학도선수구성경　성경지재아심두

驀然踏著家中路　回首長空落雁秋
맥연답착가중로　회수장공낙안추

── 벽송 지엄(碧松 智儼, 1464-1534), 「희준 선덕에게

주다(贈曦岐禪德)」

학도學道 : 도를 배우다 | 수須 : 모름지기 | 성경聖經 : 거룩한 경전. 불경을 가리킴
| 지재只在 : 단지 ~에 있다 | 맥연驀然 : 갑작스레 | 답착踏著 : 밟다. 착著은 착着과
같다 | 가중로家中路 : 집 안쪽으로 난 길 | 낙안落雁 : 기러기가 땅 위로 내려앉다

도를 배우려면 경전 공부로부터 시작해야지. 경전 공부라 해서 책만 읽어서는 안 되네. 까짓 문자는 방편에 지나지 않아. 참말씀은 내 마음속에 있는 법. 절구통처럼 들어앉아 경전을 깊이 들이파시게나. 시간 가는 줄 잊고 계절 바뀌는 것도 몰라야 공부 귀가 열리게 되네. 그러다 문득 방문을 열고 마당에 내려서면 마당의 친숙한 길이 낯설고 무덥던 여름이 기러기 울며 나는 가을로 바뀌어 있어야지. 그래야 공부 좀 했다고 말할 수 있네.

진면목

산의 앞뒤로 달빛 환하고
바다의 안팎에 바람은 맑다.
누구의 진면목을 묻는 것인가
하늘에 점 찍는 기러기 있네.

月晶山前後　風淸海外中
월효산전후　풍청해외중
問誰眞面目　更有點天鴻
문수진면목　갱유점천홍

── 벽송 지엄(碧松 智儼, 1464-1534), 「학희 선자에게

주다(贈學熙禪子)」

月晶월효 : 달빛이 환하다 | 海外中해외중 : 바다의 밖과 안 | 更有갱유 : 다시금 있다
| 點天점천 : 하늘에 점을 찍다

중천에 달이 솟자 앞뒤 없이 전체 산의 모습이 한눈에 잡힌다. 가
없는 바다에 바람이 일자 이편 끝에서 저편 끝까지 물결이 떤다.
이거면 됐지 다시 뭐가 더 필요한가. 그대가 지금 내게 본래의 면
목을 보여달라는 겐가? 그렇다면 고개 들어 하늘을 보게. 하늘에
점을 찍고 날아가는 저 기러기를.

옷 한 벌

옷 한 벌에다 바리때 하나
조주 문하에 들락거렸지.
천산의 눈을 다 밟고 지나
흰 구름 속에 돌아와 눕네.

一衣又一鉢　出入趙州門

일의우일발　출입조주문

踏盡千山雪　歸來臥白雲

답진천산설　귀래와백운

── 벽송 지엄(碧松 智儼, 1464-1534), 「의선 사미에게

보이다(示義禪小師)」

일의一衣 : 한 벌의 옷 | 일발一鉢 : 바리때 하나 | 조주문趙州門 : 조주 선사의 문하.
선문禪門을 말함 | 답진踏盡 : 모두 밟고 지나오다 | 귀래歸來 : 돌아오다 | 소사小
師 : 심부름하는 사미승

내 지닌 것은 기운 옷 한 벌에 바리때 하나. 형형한 정신 하나 들고서 여기까지 왔다. 저 꽁꽁 언 천산의 눈밭을 한 발 한 발 걸어 넘었다. 발 부르트고 몸 괴롭던 얘기는 하지 않겠다. 지금은? 흰 구름을 이불 삼아 누워 놀며 지낸다. 원래 자리로 돌아왔으니 다시 나갈 일이 없다. 네가 이제 내 말을 알아듣겠느냐?

소리와 빛깔

흰 눈 머리털 봄바람 얼굴
산과 저자 속 소요하누나.
다함이 없는 소리와 빛깔
닿는 곳 절로 텅 비었구려.

雪髮春風面　逍遙山市中
설발춘풍면　소요산시중

無窮聲與色　觸處自空空
무궁성여색　촉처자공공

── 벽송 지엄(碧松 智儼, 1464-1534), 「옥륜 선덕에게
주다(贈玉崙禪德)」

설발雪髮 : 흰 눈이 내린 것처럼 희게 센 머리 | 춘풍면春風面 : 봄바람처럼 따스한 모습 | 소요逍遙 : 이리저리 다니며 왕래함 | 산시山市 : 산속과 저자 | 무궁無窮 : 끝이 없다 | 성여색聲與色 : 소리와 빛깔 | 촉처觸處 : 접촉하는 곳 | 공공空空 : 텅 비어 아무것도 없는 모양

옥류 스님! 머리 위엔 흰 눈이 소복이 내렸는데 낯빛만은 늘 봄바람 같으십니다그려. 그 포근하고 어진 모습으로 소요하시니 곁에서 지켜보는 것만으로 선업善業이 자라납니다. 저 무수한 소리와 빛깔도 스님 앞에서는 마음 흔들지 못하고 닿는 족족 공空으로 화하고 마는군요. 참 공덕이 크십니다. 고맙습니다.

낙화풍

무생無生의 노래 한 곡
먼 산엔 석양 붉고.
고향 산서 쇠등 눕자
낙화풍落花風 불어오네.

無生歌一曲　遠岫夕陽紅
무생가일곡　원수석양홍
家山牛背臥　吹面落花風
가산우배와　취면낙화풍

—— 벽송 지엄(碧松 智儼, 1464-1534), 「목암에게
보이다(示牧庵)」

무생가無生歌 : 무생의 노래. 무생은 태어남도 소멸함도 없다는 의미 | 원수遠岫 : 먼
산. 수岫는 산에 있는 굴 | 가산家山 : 고향 산. 본래 자리 | 우배牛背 : 쇠등. 승려 이
름이 목암牧庵이어서 이렇게 말했다 | 취면吹面 : 얼굴에 불어오다 | 낙화풍落花
風 : 꽃잎을 떨구는 바람

태어남은 한 조각 뜬구름이 일어남이요, 죽음은 한 조각 뜬구름이 스러짐이다. 나고 죽고 삶에 뜻이 없다. 먼 산에 석양이 참 붉소. 여보게, 목암牧庵! 고향 산에 돌아가 목동 아이 적처럼 쇠등에 누웠노라니 꽃잎 떨군 바람이 향기를 묻혀 내 얼굴을 스치는구려. 편안해서 아무 걸림이 없소.

달마

낙락하고 우뚝한 이
푸른 눈을 뉘라 열리.
저물녘 산 빛 속에
봄 새 제 이름 부른다.

落落巍巍子　誰開碧眼睛
낙락외외자　수개벽안정
夕陽山色裏　春鳥自呼名
석양산색리　춘조자호명

—— 벽송 지엄(碧松 智儼, 1464-1534), 「달마 진영에
붙인 찬(讚達摩眞)」

낙락외외落落巍巍 : 훤칠하고 우뚝한 모습 | 수개誰開 : 누가 열겠는가? | 벽안정碧
眼睛 : 푸른 눈동자. 달마가 서역에서 왔으므로 한 말 | 리裏 : 속 | 자호명自呼名 : 제
이름을 부른다

달마대사의 진영에 붙인 찬문이다. 퉁방울눈에 헌걸찬 풍채의 스님이 푸른 눈을 부릅뜨고 나를 본다. 창밖 석양이 산 빛에 스몄고 종일 스님 진영과 마주 보고 앉아 있다. 봄 새가 나는 이제 그만 갈란다고 제 이름을 부르며 운다.

멍청이

벽송당 안에 사는 멍청이 바보는
성글고 게을러서 잘하는 일 하나 없네.
바위 아랫길 쪽으로 그저 내려가서는
눈 들어 구름 밖의 하늘 붕새 붙잡기만.

碧松堂裏之愚子　咄咄疎慵百不能
벽송당리지우자　돌돌소용백불능
只得行行巖下路　擡眸雲外搏天鵬
지득행행암하로　대모운외박천붕

── 벽송 지엄(碧松 智儼, 1464-1534), 「자조(自嘲)」

벽송당碧松堂 : 자신의 거처 이름 | 우자愚子 : 멍청이 | 돌돌咄咄 : 쯧쯧 혀를 차는
소리 | 소용疎慵 : 성글고 게으른 모양 | 백불능百不能 : 어느 것 한 가지도 능한 것
이 없다 | 행행行行 : 가고 또 가다 | 대모擡眸 : 눈동자를 들다 | 박搏 : 붙잡다 | 천붕
天鵬 : 하늘을 나는 붕새

쯧쯧! 할 줄 아는 게 대체 뭐냐? 밥이나 축내고 시자나 괴롭히고. 이것도 못하고 저것은 안 한다. 큰방 하나 차지하고 앉아 심술은 늘고 고약만 떤다. 이따금 암자 아래 바위 밑으로 난 길로 나가서 벼랑길 위에 서서 고개를 들어 저 구름 밖을 훨훨 나는 붕새 잡을 궁리나 한다. 제 발밑은 안 살피고 먼 데 꿈만 꾸고 있구나. 멍청한 녀석 같으니라고.

고사리

어린 고사리 구름 속에 절하고
향그런 푸성귀 비 맞아 살졌네.
바구니 들고서 한가로이 절을 나서
날마다 캐어 와 요기를 하네.

嫩蕨和雲揖　香蔬得雨肥
눈궐화운읍　향소득우비

提籃閑出寺　採取每療飢
제람한출사　채취매료기

—— 허응 보우(虛應 普雨, 1509-1565), 「산거잡영(山居雜詠)」

우
리
선
시
삼
백
수

눈궐嫩蕨 : 새순이 갓 돋은 어린 고사리 ┃ 화운和雲 : 구름에 잠기다 ┃ 읍揖 : 손을 맞
잡고 올리는 인사 ┃ 향소香蔬 : 향그런 푸성귀 ┃ 비肥 : 살이 오르다 ┃ 제람提籃 : 소쿠
리를 들고 가다 ┃ 요기療飢 : 배고픔을 달래다

도르르 말린 고사리 새순이 구름 속에 잠겨 까딱 인사를 올린다. 안녕하세요, 어서 오세요! 비가 한차례 지나가더니 산비알 채마밭의 푸성귀는 토실토실 살이 올랐다. 한가한 오후 소쿠리 하나 들고 암자를 나선다. 고사리는 어찌나 기세가 좋은지 회초리를 한 번 휘두르기만 해도 그 여린 순이 까르르 드러눕는다. 그 보드라운 맛을 어이 고기에 댈 건가. 한 소쿠리 담아 오는데 벌써 배가 부르다.

허웅 보우는 요승^{妖僧}의 오명을 쓴 채 참혹하게 죽었지만 결코 허튼 인물이 아니었다. 이 시만 봐도 알 수가 있다. 불교 중흥의 꿈이 그의 죽음과 함께 막을 내리고 말았다.

오십

나이 오십 가까워 터럭도 세었는데
앞길을 꼽아보니 남은 날이 머지않다.
어드메 청산에서 백골을 태워서는
금강산 천 봉우리에 안개 되어 스러지리.

年將五十髮毛華　屈指前程尙未賖
년장오십발모화　굴지전정상미사

何處靑山燒白骨　金剛千朶抹輕霞
하처청산소백골　금강천타말경하

— 허응 보우(虛應 普雨, 1509-1565), 「목욕하다 머리털이
다 세었단 말을 듣고(田浴聞頭髮盡華)」

년장年將 : 나이가 장차 ~이 되려 하다 | 발모髮毛 : 머리터럭 | 굴지屈指 : 손가락을
꼽다 | 전정前程 : 앞길 | 상미사尙未賖 : 오히려 많이 남아 있지 않다 | 소燒 : 태우다
| 천타千朶 : 타朶는 꽃송이. 여기서는 금강산 일만이천 봉이 꽃봉오리처럼 솟은 모
습 | 말抹 : 바르다, 칠하다 | 경하輕霞 : 엷은 노을 또는 안개

"스님! 온통 흰머리예요." 시자가 목욕 중에 등을 밀다 말고 툭 던지는 소리다. 늙는 줄도 모르고 앞만 보며 달려왔다. 막상 남은 날은 얼마 되지 않는데 할 일을 꼽아보니 두 손 열 손가락으로는 어림이 없다. 이 노릇을 어쩐다. 흰머리는 내려놓을 때가 되었다고 내게 알려주는 신호다. 푸른 산에 흰 뼈 태우고 나면 금강산 일만 이천 봉우리에 가벼운 안개로 흩어져 떠다니리라.

지견 知見

마음 밝기 거울처럼 자취가 없다 해도
모르는 새 정 생기면 성품 홀연 어두우리.
지견知見을 지견 따라 보지 아니해야만
새 소리와 산 빛이 참된 근원 되리라.

此心明若鏡無痕　不覺情生性忽昏
차심명약경무흔　불각정생성홀혼

知見不隨知見見　鳥聲山色是眞源
지견불수지견견　조성산색시진원

── 허응 보우(虛應 普雨, 1509-1565), 「사미에게 보여주다(示小師)」

약경若鏡 : 거울처럼 | 무흔無痕 : 흔적이 없다 | 불각不覺 : 자기도 모르게, 깨닫지
못하는 사이에 | 정생情生 : 정이 생겨나다 | 홀혼忽昏 : 갑자기 어두워지다 | 지견知
見 : 분별을 통해 얻은 지식 | 진원眞源 : 참된 근원

거울 같은 마음을 지니고 싶으냐. 그게 별거 아니다. 네 마음속으로 사물이 걸어 들어왔다가 제 발로 걸어 나가게 하면 된다. 거울은 사물을 비추기만 하지 제 주견主見을 내세우지 않는 법. 주견이 들어서면 좋고 나쁜 정이 생겨나고, 정에서 아끼고 미워하는 마음이 빚어져서 이 때문에 집착이 생긴다. 집착은 판단력을 흐리게 하지. 머리로 따져서 안 지식에서 자유로워야 한다. 제가 듣고 본 것만 옳은 줄 알고 집착하면 이 또한 판단을 흐리는 독이 된다. 저 새 소리를 들어라. 얼마나 자유로우냐. 저 산 빛을 보거라. 천고에 변하는 법이 없다. 그것들을 네 지혜의 자양으로 삼아야지. 참 근원이 그 속에 있단다.

도톨밤

배고프면 숲속에 가 도톨밤을 주워 오고
목마르면 바위 아래 맑은 물을 길어 온다.
만종萬鐘과 구정九鼎의 공경 벼슬 즐겁지만
어이 산승 반나절의 한가함과 맞바꾸랴.

饑向林間收橡栗　渴尋巖底汲淸湍

기향임간수상률　갈심암저급청단

萬鐘九鼎公卿樂　爭換山僧半日閑

만종구정공경락　쟁환산승반일한

── 허응 보우(虛應 普雨, 1509-1565), 「산거잡영(山居雜咏)」 15-7

기향飢向 : 배고프면 향해 가다 | 상률橡栗 : 도토리 | 갈심渴尋 : 목마르면 찾아가다
| 급汲 : 물을 긷다 | 청단淸湍 : 맑은 여울물 | 만종萬鐘 : 대단히 많은 녹祿. 좋은 용
량의 단위 | 구정九鼎 : 구주九州를 상징해서 만든 고대의 청동기. 대단히 무거운
무게의 뜻으로 썼다 | 공경公卿 : 최고의 벼슬인 삼공三公과 구경九卿을 아울러 이
르는 말 | 쟁환爭換 : 어찌 바꾸겠는가? 쟁爭은 어찌의 뜻

도토리 주워 허기 달래고 샘물 길어 와 갈증을 식힌다. 도톨밤 뒹구는 숲속과 맑은 물 샘솟는 바위 밑이면 된다. 만종구정萬鍾九鼎의 공경 벼슬은 거저 준대도 하지 않겠다. 피를 맑게 해주는 저 따순 햇빛과 바꿀 생각이 아예 없다. 그냥 이대로가 좋다.

머루

가을 산 어인 일로 이토록 맑고 기이하뇨
나무 위의 머루는 잘 익어 드리웠다.
『남화경』 다 읽고서 포도를 직접 따서
석양 무렵 숲을 나서 절집으로 돌아온다.

秋山何事最淸奇　上樹葡萄爛熟垂

추산하사최청기　상수포도난숙수

讀罷南華親手摘　出林還寺夕陽時

독파남화친수적　출림환사석양시

──허응 보우(普應 普雨, 1509-1565), 「산거잡영(山居雜咏)」 15-14

하사何事 : 무슨 일로. 뜻밖이라는 의미 ┃ 최最 : 가장, 너무도 ┃ 포도葡萄 : 포도. 여
기서는 산머루 같은 야생 과일 ┃ 난숙爛熟 : 푹 잘 익은 모양 ┃ 수垂 : 포도송이가 아
래로 드리움 ┃ 독파讀罷 : 읽기를 마치다 ┃ 남화南華 : 『남화경』. 『장자』의 별칭 ┃ 친
수적親手摘 : 손수 따다 ┃ 환사還寺 : 절로 돌아오다

햇볕이 산머루 열매 위에 탱글탱글 엉겼다. 가을 산 깊은 그늘이
이토록 해맑고 투명할 줄 몰랐다. 바위 위에 앉아 들고 간 『남화
경』을 펼쳐 홀연 나비로 날다가 삼천 년에 한 번씩 꽃을 피운다는
대춘大椿 나무도 되었다가 하며 개운하게 한나절을 소요했다. 한
번씩 고개 들어 잘 익은 산열매에 눈독을 들여놓고 일어서면서
모르는 척 따서 입에 넣는다. 어슬렁어슬렁 숲을 나서니 해는 서
편에 뉘엿해졌다. 산사에선 밥 짓는 연기가 올라온다.

고한高閑

도는 몸에 있는 법 산에는 있지 않아
티끌 속에 일없는 것 이게 바로 고한高閑일세.
방공龐公 또한 아내와 자식까지 두었지만
큰 부락 성 마을서 홀로 사립 닫았다네.

道在於身不在山　塵中無事是高閑
도재어신부재산　진중무사시고한

龐公亦有妻幷子　萬落村城獨掩關
방공역유처병자　만락촌성독엄관

— 허응 보우(虛應 普雨, 1509-1565), 「상사 신양숙의 운韻에 따라

9수를 대신 짓다(代次愼上舍養叔韻九章)」 9-9

도재어신道在於身 : 도는 몸에 달려 있다 | 진중塵中 : 티끌세상 속 | 고한高閑 : 고상
한 한가로움, 또는 고상하고 한가롭다 | 방공龐公 : 한나라 말엽의 은사隱士 방덕공
龐德公을 가리킨다. 흔히 방거사龐居士로 부른다. 남군南郡의 양양襄陽에 살았는데
형주 자사荊州刺史 유표劉表가 불러도 응하지 않고 식솔을 이끌고 녹문산에 들어
가 다시는 세상에 나오지 않았다 | 유처병자有妻幷子 : 아내가 있는데다 자식까지

산속에 숨어야 도를 이룰 수 있다고는 생각지 말게. 도는 내 안에 있지 산에 있는 것이 아닐세. 티끌세상에서도 흔들림이 없어야 그게 진정한 고상함이요 한가로움이 아니겠는가? 툭하면 세상 탓하고 남 허물하는 버릇을 버리게. 방거사龐居士는 처자식 거느리고 저자에 살면서도 높은 도를 지녀 세상의 기림을 받지 않았던가? 도는 먼 데 없네. 가까운 내 안에 있네. 딴 데 가서 찾지 말게.

거느렸다 | 만락촌성萬落村城 : 일만의 가구가 사는 큰 부락 | 엄관掩關 : 사립문을 닫다

피라미

종일 바다 곁에 두고 가고 또 가다보니
이 한 몸 한가롭기 갈매기와 다름없다.
피라미는 강 속 즐거움 알지도 못하면서
한바다서 노닐기를 배우고 싶다 말을 하네.

終日行行傍海頭　一身閑似一沙鷗
종일행행방해두　일신한사일사구

小資不識江中樂　多謂洋洋學戲遊
소자불식강중락　다위양양학희유

— 허응 보우(虛應 普雨, 1509-1565), 「바다를 곁에 두고
한가로이 가다(傍海閑行)」

행행行行 : 가고 가다 | 방傍 : 곁에 두다, 따라서 가다 | 해두海頭 : 바닷가 | 사구沙
鷗 : 백사장의 갈매기 | 소자小資 : 잔다란 자질. 자신의 비유. 여기서는 강물 속의
피라미에 빗댔다 | 다위多謂 : 자꾸 말을 하다 | 양양洋洋 : 넓은 바다 | 희유戲遊 : 장
난치며 놀다

바다 곁 백사장을 따라 종일 걸었다. 얼마 만에 느껴보는 한가로움이냐. 바람을 맞고 파도의 포말을 보며 걷는다. 끼룩끼룩 가까이 왔다가 멀어지는 백사장 갈매기가 바로 나다. 나는 또 강물 속 피라미. 강물의 즐거움도 채 알지 못하는데, 저 넓은 한바다에서 고래처럼 장난치고 노닐고 싶다.

종소리

잠 깨어 한가로이 발을 걷으니
비 갠 뒤 푸른 산 모습 바뀠네.
어느 곳 구름가 절에서인지
아득히 재 올리는 종소리 들려.

睡餘閑捲箔　雨後轉靑山
수여한권박　우후전청산
何處雲邊寺　齋鍾杳靄間
하처운변사　재종묘애간

— 허응 보우(虛應 普雨, 1509-1565), 「잠 깨어 종소리를
듣고 쓰다(睡餘聞鍾即事)」

수여睡餘 : 잠에서 깨어나 ┃ 권박捲箔 : 발을 걷다 ┃ 전轉 : 바뀌다, 변하다 ┃ 운변雲
邊 : 구름가. 멀리 떨어진 저편 ┃ 재종齋鍾 : 재 올릴 때 치는 종소리 ┃ 묘애간杳靄
間 : 아마득한 먼 거리를 사이에 두고

낮잠서 깨어 조용히 발을 걷는다. 가리고 잤으니 열어서 봐야지. 그사이에 비가 지나간 모양이다. 자려고 발을 내릴 때 바라본 그 산 빛이 아니다. 말쑥하게 씻겼다. 달게 한숨 자서 미운이 걷힌 내 정신의 모습 같다. 바로 그때 깊은 산속 어느 암자에서 재를 올리 는지 아득한 구름 골짜기 너머에서 울리는 희미한 종소리가 먼 데 내 귀까지 들려온다. 마치 내 마음을 눈치채기라도 했다는 듯 이.

염려

달빛 창문 처마 나무 가녀린 그림자에
고요한 밤 비 갠 여울 서늘한 물소리라.
사미 불러 이 즐거움 함께하려 하다가도
정 드러내 삿된 관법觀法 일으킬까 염려하네.

月窓細影簷前樹　靜夜寒聲霽後灘
월창세영첨전수　정야한성제후탄

欲喚小師同此樂　恐將情見起邪觀
욕환소사동차락　공장정견기사관

── 허응 보우(虛應 普雨, 1509-1565), 「비 갠 밤 가을 창가에
앉아 읊다(霽夜秋窓坐咏)」

월창月窓 : 달빛이 비쳐드는 창 ┃ 첨전수簷前樹 : 처마 밑에 선 나무 ┃ 제후霽後 : 비
가 갠 뒤 ┃ 탄灘 : 여울 ┃ 공장恐將 : 장차 ~할까 염려하다 ┃ 정견情見 : 사사로운 정
을 드러냄 ┃ 사관邪觀 : 바르지 않은 관법

달빛에 처마 앞에 선 나무가 방에 그림자를 드린다. 적막한 밤 비가 개어 물이 불어난 여울물 소리가 이 밤 따라 유난히 크다. 달빛이 닦고 물소리가 씻어내니 정갈해진 마음에 티끌 하나 안 묻었다. 쿨쿨 잠든 시자를 불러 이 광경을 함께 보자 하려다 공연히 공부하는 마음에 삿된 정을 심어줄까 하는 염려에 그만두고 만다. 차고 맵게 키워야지 싶어 아깝지만 혼자 보고 듣는다.

염
려

도리어

고기 뛰고 솔개 낢이 무어냐고 물으니
목마르고 배고픔과 다른 것이 아닌 것을.
평소에 어른 공경 어진 이 높임 외에
달리 선禪을 찾는다면 도리어 어긋나리.

魚躍鳶飛問汝何　渴泉飢粟亦非他
어약연비문여하　갈천기속역비타
尋常敬長尊賢外　更擬求禪却轉差
심상경장존현외　갱의구선각전차

── 허응 보우(虛應 普雨, 1509-1565), 「운 선인이 송을
구하기에(雲禪人求頌)」

어약연비魚躍鳶飛 : 물고기가 뛰어오르고 솔개가 난다. 천지에 가득찬 도道의 비
유. 『시경』 대아大雅 「한록旱麓」에 "솔개는 하늘로 날고 물고기는 못에서 뛴다鳶飛
戾天, 魚躍于淵"라 한 데서 나왔다 | 갈천기속渴泉飢粟 : 샘물에 목마르고 곡식에 굶
주리다 | 역비타亦非他 : 또한 다른 것이 아니다, 같다 | 심상尋常 : 보통의, 일상의 |
경장존현敬長尊賢 : 어른을 공경하고 어진 이를 높이다 | 갱의更擬 : 다시 헤아리다

연비어약鳶飛魚躍의 생생발랄한 기운을 어찌하면 얻을 수 있느냐고 묻는 게냐? 그게 사실은 아무것도 아니다. 목마르면 물 마시고 배고프면 밥 먹는 일과 다를 게 없느니라. 선禪이 뭐 별거더냐? 어른 공경 잘하고 어진 이 대접 잘하면 된다. 공연히 유난 떨고 까불고 하느라 사람만 못쓰게 되면 그런 선을 어디다 쓰겠느냐? 딴 데 가서 찾지 말고 네 발밑을 잘 건사하면 된다. 까불지 말고 묵직하면 된다.

| 각却 : 문득, 도리어 | 전차轉差 : 어긋나다, 어그러지다

구도

아침이면 널 불러 방 먼지를 쓸게 하고
저녁 되면 언제나 자리 깔라 분부했지.
참된 도를 따진다고 이를 두고 찾는다면
남북으로 너를 맡겨 정신만 허비하리.

朝來呼汝掃房塵　暮到常敎展草茵
조래호여소방진　모도상교전초인
倘擬道眞遺此覔　任君南北費精神
당의도진유차멱　임군남북비정신

—— 허응 보우(普雨 普雨, 1509-1565), 「명 사미가 송을
청하기에(明小師求頌)」

조래朝來 : 아침이 오다 │ 방진房塵 : 방에 앉은 먼지 │ 상교常敎 : 항상 시키다 │ 전
展 : 펴다 │ 초인草茵 : 이부자리 │ 당의倘擬 : 혹시 따지다 │ 유차멱遺此覔 : 이것을 남
겨두고 딴 데서 찾다 │ 임군任君 : 너를 내맡기다

"큰스님! 저도 깨달음을 얻고 싶습니다. 청소만 시키시지 말고 한 말씀 내려주십시오." 수발들던 사미승이 큰마음 먹고 내게 한마디 한다. "오호라. 이 녀석! 청소하고 이부자리 펴는 일이 시시했던 게로구나. 이게 바로 도 닦는 첩경이니라. 뭐 근사하게 폼 잡고 앉 아야 도가 닦이는 줄 알면 안 되지. 일거수일투족, 밥 먹고 잠자는 동작 하나하나가 도 닦는 일이니라. 공연히 마음만 이리저리 휘둘 리면 종내 감당 못해 나자빠지고 만다. 근기根基를 길러야지. 마음 을 착 붙여야지. 그러려면 청소부터 해야 한다. 그러자면 이부자 리 펴는 일부터 시작해야 하는 게야."

웃노라

동해 바다 곁으로 금강산 높이 솟아
고요한 산 시끄런 시내 저마다 참되도다.
웃노라 저 늙은 중 이 이치를 알지 못해
굶주림을 도道로 여겨 정신만 힘드누나.

金剛山聳海東濱　峯默溪喧各自眞
금강산용해동빈　봉묵계훤각자진
堪笑老僧斯不識　飢虛爲道謾勞神
감소노승사불식　기허위도만로신

— 허응 보우(虛應 普雨, 1509-1565), 「벽곡하는 노승에게
주다(寄辟穀老僧)」

용솔聳 : 솟다, 솟구치다 | 동빈東濱 : 동쪽 물가 | 봉묵계훤峯默溪喧 : 산봉우리는 침묵
하고 시냇물은 시끄럽다 | 감소堪笑 : 웃음을 참는다 | 사斯 : 이것 | 기허飢虛 : 굶어
속을 비우는 것 | 만謾 : 쓸데없이 | 로신勞神 : 정신을 피로하게 하다 | 벽곡辟穀 : 불
에 익힌 음식을 먹지 않는 수행의 한 방법

금강산 꼭대기 암자에 벽곡하는 늙은 중아 들어라. 벽곡한다고 밥
도 안 먹어 뼈만 남은 몰골로 도를 얻으면 그 도를 무엇에 쓸꼬.
산은 높아 고요하고 물은 흘러 노래한다. 저마다 자신의 참됨을
드러내니 어느 것 하나 깨달음 아님이 없다. 어쩌자고 이것도 안
되고 저것은 안 먹고 따지고 갈라 헤아리느라 네 정신만 지치고
피곤하게 한단 말인가? 깨달음의 모습은 그런 것이 아니다. 아무
걸림이 없어야 하는 법. 바람을 손가락으로 움켜잡으려는가? 소
리를 붙들어 내려놓으려는가? 그대 마음부터 내려놓으시게. 곡기
끊는다고 깨달음이 온다면 산속 풀 먹는 사슴이 먼저 깨달았으리.

산 채로 잡다

꽃 피어나자 산 얼굴 붉고
여린 바람에 새 마음 야릇.
여러 해 동안 잡으려던 놈
오늘사 문득 사로잡았네.

花發山紅面　風柔鳥亂心
화발산홍면　풍유조란심
多年求捉漢　今日忽生擒
다년구촉한　금일홀생금

— 허응 보우(虛應 普雨, 1509-1565), 「우연히 읊다(偶吟)」

홍면紅面 : 얼굴이 붉다 | 풍유風柔 : 바람이 부드럽다 | 난심亂心 : 마음이 심란하다
| 구촉한求捉漢 : 잡으려고 하던 사내 | 생금生擒 : 산 채로 사로잡다

환한 꽃빛에 산이 온통 붉다. 여린 바람이 살랑대자 새들의 마음
이 싱숭생숭 심란하다. 꽃이 피면 산의 얼굴이 붉어진다. 바람이
불면 새들의 마음이 같이 흔들린다. 그 광경 보다가 문득 한소식
을 얻는다. 지난 몇 년간 그리 붙들려 해도 달아나기만 하던 내
마음속의 그 사내를 오늘에야 꽉 붙들었다. 달아날 수 없도록 산
채로 붙들었다. 꼼짝 못하게 통째로 붙들었다. 다시는 놓치지 않
겠다.

귀머거리

귀로 사물 바라보고 눈으로는 들으니
마음 들음 어이해 귀뿌리를 쓰겠는가?
모름지기 두 귀 먼 것 안타까워하지 말라
소리란 원래부터 듣는 데서 현혹되니.

耳以觀來目以聞　心聞何用耳根聞
이이관래목이문　심문하용이근문

不須恨却聾雙耳　聲響元來醉自聞
불수한각농쌍이　성향원래취자문

—— 허응 보우(虛應 普雨, 1509-1565), 「의옥 스님에게 보이다.
의옥은 귀가 먹어 주눅이 들었다(示義玉禪人, 玉以耳聾爲屈)」

이이관래耳以觀來 : 귀로 보아오다 | 목이문目以聞 : 눈으로 듣다 | 심문心聞 : 마음의
소리를 듣다 | 하용何用 : 어찌 쓰겠는가? | 이근耳根 : 귀뿌리 | 수須 : 모름지기 | 농
쌍이聾雙耳 : 두 귀가 멀다 | 성향聲響 : 여러 가지 소리 | 취자문醉自聞 : 듣는 것으
로부터 취한다

귀가 먼 의옥 스님! 기죽어 그럴 것 없소. 귀로는 보고 눈으로 들어야지. 눈으로 듣고 귀로 보는 거야 별게 아니라오. 관음觀音은 소리를 보고, 문향聞香은 향기를 귀로 맡는 법. 마음의 소리는 보아 아는 것이지 귀로 들으려 들면 안 되지요. 두 귀가 멀어 소리를 못 듣는다니 축하하오. 이제 더 이상 소리에 현혹되어 마음이 들렐 일이 없겠구려. 눈으로만 보아야 한다니 기쁘오. 마음의 소리를 볼 수 있게 되었다니 반갑소.

허깨비

허깨비의 마을에 허깨비로 들어와
오십여 년 동안에 미친 장난 지었네.
인간 세상 영욕의 일 실컷 다 놀았으니
꼭두각시 중노릇 벗고 푸른 하늘 오르리.

幻人來入幻人鄕　五十餘年作戱狂
환인래입환인향　오십여년작희광
弄盡人間榮辱事　脫僧傀儡上蒼蒼
농진인간영욕사　탈승괴뢰상창창

── 허응 보우(普應 普雨, 1509-1565), 「임종게(臨終偈)」

환인幻人 : 허깨비 사람 | 희광戱狂 : 미친 장난 | 농진弄盡 : 실컷 놀다 | 괴뢰傀
儡 : 꼭두각시 | 창창蒼蒼 : 푸른 하늘 | 임종게臨終偈 : 고승이 세상을 마칠 때 남긴
시

허깨비가 허깨비 마을에 들어와 허깨비 놀음을 신나게 놀았다. 오십여 년 미친 짓 실컷 하고 이제 왔던 자리로 되돌아간다. 인간의 영욕이야 내 알 바 없다. 꼭두각시 중노릇도 이제 훌훌 내던져 내 본래면목을 되찾으리라. 나 돌아간다. 잘 놀았다. 잘 있거라.

피리 소리

배에서 밤 피리 소리 듣노니
어디서 묵어 자는 어옹이던가?
해 뜨자 아무도 보이지 않고
새 울고 꽃만 절로 붉게 피었네.

舟中聞夜笛　何處宿漁翁
주중문야적　하처숙어옹
日出無人見　鳥啼花自紅
일출무인견　조제화자홍

──청허 휴정(清虛 休靜, 1520-1604), 「동호에서 밤중에

배를 대고(東湖夜泊)」

야적夜笛 : 밤중의 피리 소리 | 숙宿 : 자다 | 어옹漁翁 : 어부 | 일출日出 : 날이 밝다 |
조제鳥啼 : 새가 울다

물가에 배를 대고 거기서 잤다. 잠을 지우는 밤 피리 소리. 어느 어옹이 이 밤 시름에 겨워 피리를 저리 부나. 저도 못 자고 나도 못 잔다. 뱃전에 부딪치는 물결 소리에 아침잠을 깨서 내다보니 물 위엔 아무도 없다. 내 잠을 앗아간 소리의 주인공이 사라진 그 자리에 새가 울고 꽃이 피었다. 새 노래와 꽃 웃음을 불러내려고 그는 간밤 그토록 애가 탔던 게로구나. 나는 다시 눈을 감고 간밤의 피리 소리에 새 소리를 겹쳐 읽는다.

공중의 새

세상일은 공중의 새
뜬 인생은 물 위 거품.
천하의 땅 안 많아도
산승에겐 지팡이뿐.

世事空中鳥　浮生水上漚
세사공중조　부생수상구

天下無多地　山僧一杖頭
천하무다지　산승일장두

—— 청허 휴정(淸虛 休靜, 1520-1604),「강호 도인에게

주다(贈江湖道人)」

부생浮生 : 뜬 인생 | 수상구水上漚 : 물 위의 거품, 물거품 | 무다지無多地 : 많은 땅
이 없다 | 일장두一杖頭 : 지팡이 하나의 끝. 지닌 땅이 그것뿐이란 의미

새가 허공을 날아가도 자취가 남지 않는다. 물 위에 뜬 거품은 잠시 후면 사라진다. 허공 저편으로 날아간 새처럼 붙잡을 수 없는 것들을 쳐다보며 살았다. 덧없이 스러질 물거품 같은 인생이 참 허망하다. 천하에 내가 지닌 땅이 한 뙈기도 없다. 운수雲水로 떠도는 산승에게는 또박또박 지팡이 끝을 찍을 만큼의 땅만 있으면 된다. 똑바로 보고 힘 있게 딛으리.

이름

이름나면 세상 피함 어려워져서
마음 편히 지닐 만한 곳이 없다네.
석장錫杖을 날리면서 가고 또 가도
산에 듦이 깊잖을까 염려한다네.

有名難避世　無處可安心
유명난피세　무처가안심
飛錫又飛錫　入山恐不深
비석우비석　입산공불심

── 청허 휴정(清虛 休靜, 1520-1604), 「도중에 느낌이

있어(途中有感)」

유명有名 : 이름이 나다 | 피세避世 : 세상을 피하다 | 안심安心 : 마음을 내려놓다 |
비석飛錫 : 석석錫錫은 석장錫杖으로 승려들이 짚고 다니는 지팡이를 뜻함. 지팡이를 짚
고 걷다 | 공恐 : 염려하다

한번 헛이름이 나고 보면 세상의 이목을 피하기가 어렵다. 일거수
일투족에 눈길이 쏠려 마음 편히 지낼 수가 없다. 이 눈치 저 눈
길에 신경이 쓰여서 불편하기 짝이 없다. 석장을 짚고서 산 깊은
데로 들어가보려 해도 어느새 알고 소문이 먼저 달려온다. 산도
다하고 물도 끊긴 심산유곡, 종일 가야 찾는 이 하나 없는 그곳은
어디에 있나.

빈 산속

돌 위로 어지러운 시냇물 소리
못가엔 푸른 풀 돋아나온다.
빈 산에 비바람 하도 많아서
꽃 져도 쓰는 사람 아무도 없네.

石上亂溪聲　池邊生綠草
석상난계성　지변생록초
空山風雨多　花落無人掃
공산풍우다　화락무인소

── 청허 휴정(淸虛 休靜, 1520-1604),「초가집(草屋)」

석상石上 : 바위 위 | 지변池邊 : 연못가 | 생生 : 돋아나다 | 무인소無人掃 : 마당을 쓰
는 사람이 없다

불어난 물이 바위 위로 흐른다. 조용하던 시내가 소란스럽다. 못
가엔 푸른 풀이 여기저기서 돋아난다. 도처에 생기가 넘쳐난다.
인적 드문 산속에는 비바람이 주인처럼 헤집고 다닌다. 어렵사리
피운 꽃이 그 서슬에 떨어진다. 진 꽃잎이 바람에 우루루 몰려다
녀도 빗자루 들고 쓸지 않는다. 또 질 테니까. 초암에 앉아 들창문
을 열고 바람과 꽃잎의 숨바꼭질을 아까부터 보고 있다.

산 깊어

성문동聲聞洞에는 구름 잠겼고
미륵봉彌勒峯에는 비가 내린다.
산이 깊어서 세상일 적어
찬찬히 살핌 헛되지 않네.

雲鎖聲聞洞　雨垂彌勒峯
운쇄성문동　우수미륵봉
山深塵事少　觀察不空空
산심진사소　관찰불공공

── 정관 일선(靜觀 一禪, 1533-1608),「은선암에 머물다가

우연히 읊다(留隱仙偶吟)」2-1

운쇄雲鎖 : 구름에 잠기다 | 성문동聲聞洞 : 금강산 적멸암寂滅庵 아래쪽, 발연사鉢
淵寺 서쪽의 계곡 이름. 바위가 기이하고 물이 맑고 수석이 빼어난 곳이다 | 우수
雨垂 : 비가 내리다 | 미륵봉彌勒峯 : 금강산 내원암內院庵 서쪽에 있는 봉우리. 바위
의 모양이 미륵불을 닮았다 하여 붙여진 이름 | 공공空空 : 공소空疎하여 알맹이가
없는 모양

성문동 골짜기를 구름이 봉쇄해버렸다. 소리만 들리지 아무것도 안 보인다. 멀리 미륵봉에는 비가 내린다. 소리는 안 들리고 구름만 보인다. 두 곳이 다 바라다뵈는 은선암 꼭대기에 앉아 있으니 구름 탄 신선이 따로 없다. 깊은 산속에 속세의 일이 따라올 리 없다. 나는 구름 위에 올라앉아 내 마음을 꺼내놓고 목하 찬찬히 점검하는 중이다. 잡생각이 없으니 성성하고 생생하다. 공공空空 하지 않다.

값없는 보물

부처님은 네 마음에 계시건만
지금 사람 밖에서만 구한다네.
안에다가 값 못 따질 보물 품고
모른 채로 일생토록 그냥 논다.

佛在爾心頭　時人向外求
불재이심두　시인향외구

內懷無價寶　不識一生休
내회무가보　불식일생휴

── 정관 일선(靜觀 一禪, 1533-1608), 「은선암에 머물다가

우연히 읊다(留隱仙偶吟)」 2-2

이심爾心 : 네 마음 | 시인時人 : 지금 사람. 한 시대를 함께 살아가는 사람 | 내회內
懷 : 속으로 ~을 품다 | 무가보無價寶 : 값으로 매길 수 없는 보물

부처님이 별건가? 내 마음이 바로 부처다. 제 마음속에 지닌 부처를 못 알아보고 사람들은 자꾸 절집에 와서 부처를 찾는다. 내 안에 값으로 매길 수 없는 굉장한 보물이 있다. 딴 데 가서 찾을 것 없다. 그걸 몰라 자꾸 엄한 데로 가서 기웃대니 안타깝다. 그 사이에 보물에 먼지가 앉고 때가 끼어 푸석푸석 아무짝에 쓸데없는 물건이 되고 만다.

각각각각

각각각각 화두조
때로 화두 권하누나.
선창에 밤새 누워
들으려니 부끄럽네.

各各話頭鳥　時時勸話頭
각각화두조　시시권화두
禪窓終夜臥　聞此可無羞
선창종야와　문차가무수

── 정관 일선(靜觀 一禪, 1533-1608), 「화두조(話頭鳥)」

각각各各 : 깍깍대며 우는 새 울음소리 | 화두조話頭鳥 : 새 울음소리가 화두를 드는 것 같다고 해서 붙인 이름 | 시시時時 : 때때로 | 선창禪窓 : 선방禪房의 창문 | 종야終夜 : 밤새도록 | 가무수可無羞 : 부끄러움이 없을 수 있나? 부끄럽다는 의미

밤새 창밖이 시끄럽다. 각각각각! 각각각각! 밤새도록 운다. 밤 안 자고 운다. 각각숍숍이라니, 저 새야. 저마다 들어야 할 화두가 다르더란 말이냐. 선창에 누워 자다 그 소리를 들으려니 누운 자리가 바늘자리다. 콕콕 찌른다. 너는 뭐하는 인간이냐? 화두는 안 들고 잠만 자느냐? 잠 좀 자자 싶다가도 정신이 번쩍 든다.

아침 해

구름은 천봉에 눈을 덮었고
하늘은 비단 한 필 활짝 펼쳤다.
갑자기 아침 해 솟아나오니
우주가 환하게 바라보이네.

雲作千峯雪　天開一段綃
운작천봉설　천개일단초

俄然朝日出　宇宙望昭昭
아연조일출　우주망소소

── 정관 일선(靜觀 一禪, 1533-1608), 「우연히 읊다(偶吟)」 2-1

운작雲作 : 구름이 ~를 만들다 | 일단초一段綃 : 비단 한 필. 초綃는 무늬 있는 비단
| 아연俄然 : 갑자기, 느닷없이 | 소소昭昭 : 환하다

산에 자옥한 구름 보고 밤새 온 산에 눈이 온 줄 알았다. 그 위로
하늘은 비단 한 필을 좌악 펼쳐놓았구나. 흰 눈을 덮은 푸른 비단.
그 팽팽한 긴장을 깨며 아침 해가 솟는다. 드넓은 천지 구석구석
고루 비춰 보이지 않는 데가 없다. 명백하다.

본래

곳곳에서 돌아가는 길과 만나고
머리 두는 데마다 고향이로다.
본래부터 이루어 드러난 일을
어이 굳이 따져서 알려 하는가.

處處逢歸路   頭頭是故鄉
처처봉귀로   두두시고향
本來成現事   何必待思量
본래성현사   하필대사량

── 정관 일선(靜觀 一禪, 1533-1608), 「우연히 읊다(偶吟)」 2-2

처처處處 : 가는 곳마다, 도처 ┃ 두두頭頭 : 머리마다, 머리를 두는 곳 어디나 ┃ 성현
사成現事 : 이루어져 드러나 보이는 일 ┃ 대사량待思量 : 생각하기를 기다리다, 생각
한 뒤에 알다. 사량思量은 생각하여 헤아리다라는 뜻

길마다 집에 가는 길이요, 자리 펴고 누우면 거기가 바로 고향이
다. 너무도 분명해서 따지고 말고 할 게 없다. 공연히 먼 데 가서
찾지 마라. 딴 데 가서 떠돌지 마라. 발밑에 두고 길 잃어 헤매니
애석하구나.

낙엽

낙엽이 산길 묻어
길 물을 사람 없네.
노승은 평상 쓸고
동자가 문을 연다.

落葉埋山逕　無人可問程
낙엽매산경　무인가문정

老僧勤掃榻　童子出門迎
노승근소탑　동자출문영

── 정관 일선(靜觀 一禪, 1533-1608), 「고적대로
돌아와(歸高寂臺)」

매埋 : 묻다, 메우다 | 산경山逕 : 산길 | 가可 : 할 만하다 | 문정問程 : 길을 묻다 | 근
소탑勤掃榻 : 평상을 부지런히 쓸다 | 출문영出門迎 : 문에 나와 맞이하다

모처럼 고적대^{高寂臺}로 돌아왔다. 낙엽이 온 산을 묻어 길이 없다. 사람을 못 만나 방향도 못 묻겠다. 가까스로 도착하니 늙은 중은 본 체도 않고 평상에 어지러이 내려앉은 낙엽만 쓴다. 사미 하나가 뻘쭘하게 나와 산문을 빼꼼 열더니 "어디서 오셨는지요?" 한다. "요 녀석! 주인 같은 손님이다. 어서 문을 열어라."

치악산

치악산 뫼 높고 험해
우뚝 솟아 하늘 뚫네.
산꼭대기 꽃 막 피자
산 아래엔 녹음 짙다.

雉嶽峯高峻　巍巍貫大靑

치악봉고준　외외관태청

山頭花始發　山下綠陰成

산두화시발　산하록음성

── 정관 일선(靜觀 一禪, 1533-1608), 「상원에

쓰다(題上院)」

치악雉嶽 : 강원도 원주의 치악산 | 고준高峻 : 높고 가파르다 | 외외巍巍 : 아마득히
우뚝 솟은 모습 | 관貫 : 꿰뚫다 | 태청大靑 : 푸른 하늘 | 화시발花始發 : 꽃이 막 피
어나다

치악산 오늘도 장하게 솟아 하늘 위로 우뚝하다. 산꼭대기에 꽃망울이 막 부푸는데 산 밑에는 어느새 녹음이 짙었다. 산 위에서 산 밑 보니 아득하다. 산 밑에서 산 위 보니 아마득하다. 그 품 안에 두 계절이 함께 산다. 나는 초여름을 겨우 지나 이른 봄으로 들어선다.

일곱 근 장삼

비 갠 남악에 푸른 이내 걷히자
산 빛은 변함없이 묵은 암자 마주 섰다.
홀로 앉아 가만 보니 마음 생각 해맑은데
반평생 어깨에다 일곱 근 장삼 걸쳤네.

雨收南岳捲靑嵐　山色依然對古庵
우수남악권청람　산색의연대고암

獨坐靜觀心思淨　半生肩掛七斤衫
독좌정관심사정　반생견괘칠근삼

— 정관 일선(靜觀 一禪, 1533-1608), 「산당에서
비 갠 뒤(山堂雨後)」

우수雨收: 비가 그치다 ┃ 권권捲: 말다, 걷히다 ┃ 청람靑嵐: 산에 푸르스름하게 어린
이내 ┃ 의연依然: 변함없이, 그대로 ┃ 정관靜觀: 고요히 관찰하다 ┃ 정淨: 깨끗하다
┃ 견괘肩掛: 어깨에 걸치다 ┃ 칠근삼七斤衫: 일곱 근 무게의 장삼. 어떤 스님이 조
주 스님에게 "만법은 하나로 돌아간다는데 그곳이 어딥니까?" 하고 묻자 "내가 청
주靑州에 있을 때 베 장삼 한 벌을 지었는데 무게가 일곱 근이었느니라"라고 대답

비가 긋자 이내 걷히고 산 빛만 창연하다. 해묵은 암자에서 혼자 가만 앉아서 만물을 정관靜觀한다. 마음이 깨끗이 씻겨 모를 것이 하나 없다. 이제껏 짊어지고 온 일곱 근 장삼을 내려놓을 수 있을 것 같다. 만법萬法이 하나로 돌아가는 그곳을 이제 알 것 같다.

했다는 화두에서 나온 말

구슬

바람 맑고 달 밝아 한밤 못은 서늘한데
외론 등불 마주 앉아 마음 절로 한가롭다.
한 알의 영주靈珠는 그 빛이 찬란커늘
다시금 어디에서 안심처安心處를 묻는가.

風淸月白夜塘寒　坐對孤燈意自閑

풍청월백야당한　좌대고등의자한

一顆靈珠光燦爛　更於何處問心安

일과영주광정란　갱어하처문심안

─ 정관 일선(靜觀 一禪, 1533-1608),「밤에 앉아(夜坐)」

야당夜塘 : 밤중의 연못 | 좌대坐對 : 앉아서 마주하다 | 고등孤燈 : 외로운 등불 | 일
과一顆 : 한 알 | 영주靈珠 : 신령한 구슬. 깨달음의 비유 | 정란燦爛 : 깨끗하고 찬란
하다 | 문심안問心安 : 마음의 편암함에 대해 묻다

달빛 환한데 바람마저 맑다. 연못의 한기가 차다. 방 안의 나는 아
까부터 혼자 앉아 있다. 빈방을 밝히는 등불 빛이 한 알의 신령한
보주寶珠 같다. 이미 한가해진 마음인데 어찌 안심安心의 방법을 묻
는가?

일없는 사내

눈썹 날려 눈 깜빡임 묘하다 할 수 없고
맞대면해 기뻐함도 충분하지 않다네.
일생에 아무런 할 일 없는 사내가
벽운암서 봄가을로 늘 누움만 하겠는가?

揚眉瞬目非臻妙　對面熙怡亦未堪
양미순목비진묘　대면희이역미감
爭似一生無事漢　春秋長臥碧雲庵
쟁사일생무사한　춘추장와벽운암

——정관 일선(靜觀 一禪, 1533-1608),「준 도인에게
주다(贈俊道人)」

양미揚眉:눈썹을 휘날리다. 기세를 올리는 모습 | 순목瞬目:눈을 찔끔하고 깜빡
이다. 남 모르게 눈짓하는 모양 | 진묘臻妙:지극히 오묘하다 | 대면對面:얼굴을
마주 보다 | 희이熙怡:환하게 기뻐하다 | 역미감亦未堪:또한 충분치 않다 | 쟁사
爭似:어찌 ~함만 하겠는가? | 무사한無事漢:일없는 사내 | 장와長臥:늘 누워 있
다 | 벽운암碧雲庵:푸른 구름 속에 있는 암자

무얼 해보겠다고 눈썹을 날리며 달려도, 일을 꾸미려 눈을 껌뻑이며 수단을 부려도 신통한 수가 없다. 마음 맞는 이와 마주 앉아 흐뭇한 미소를 주고받아도 충분치가 않다. 계교計較하는 마음이 끼어들면 깨달음은 저만치 달아나고 없다. 봄가을 밤낮 할 것 없이 구름 속 암자에 누워 일없이 지낸다. 넉넉하고 충분하다. 거침이 없다. 일이 없어야 일이 없다. 작위함을 버려야 모두 다 된다.

나비 꿈

골짝서 객과 함께 봄밤을 보내는데
나비 꿈이 오경 종에 이제 막 놀라누나.
향각은 달빛 잠겨 사람은 잠 안 깨고
어지런 뫼 높은 데서 두견 울음 들려온다.

洞中携客度春宵　蝶夢初驚漏五敲
동중휴객도춘소　접몽초경루오고
香閣月沉人未起　杜鵑啼在亂峯高
향각월침인미기　두견제재난봉고

——정관 일선(靜觀 一禪, 1533-1608), 「두견이 소리를
듣고(聞杜鵑)」

동중洞中 : 골짝 가운데 | 휴객携客 : 나그네를 데리고 | 도度 : 지내다, 보내다 | 춘소
春宵 : 봄밤 | 초경初驚 : 막 놀라다 | 루漏 : 물시계. 여기서는 시간을 알리는 종소리
| 오고五敲 : 오경에 울리는 종

산속 절에 손님이 들어 함께 잠자리에 들었다. 오경 종소리에 나비 꿈이 살풋 깼다. 내다보니 향각香閣은 달빛에 잠겼고 아무도 일어나는 기척이 없다. 두견이만 깨어서 어지러이 에워 선 높은 산 위에서 운다. 저만 깨어 운다. 피토하며 운다.

서쪽에서 온 뜻

산 구경 물 구경에 나날을 허송하고
음풍영월하느라 정신이 피로하다.
서쪽에서 온 그 뜻을 시원스레 깨달아야
바야흐로 출가했다 말할 수 있으리라.

翫水看山虛送日　吟風詠月謾勞神
완수간산허송일　음풍영월만로신
豁然悟得西來意　方是名爲出世人
활연오득서래의　방시명위출세인

── 정관 일선(靜觀 一禪, 1533-1608), 「시승에게 주다(贈詩僧)」

완수간산翫水看山 : 물을 완상하고 산을 구경하다 | 허송虛送 : 헛되이 보내다 | 음
풍영월吟風詠月 : 바람을 읊조리고 달을 읊다 | 만謾 : 함부로, 멋대로 | 로신勞神 : 정
신을 지치게 하다 | 활연豁然 : 툭 터져 시원한 모양 | 서래의西來意 : 달마가 서쪽에
서 온 뜻 | 방시方是 : 바야흐로, 그제서야 | 출세인出世人 : 세간을 벗어난 사람 | 시
승詩僧 : 시를 잘 짓는 승려

여보, 스님! 산수山水 구경, 풍월 노래에 도끼 자루 썩는 줄 모르시는구랴. 시명詩名이 다락같이 높으니 뿌듯하고 기쁘시겠소. 하지만 우리 스님! 우리는 세간의 명성을 버리자고 세간을 떠난 사람이 아니던가? 달마 스님이 저 멀리 서역 땅에서 갈댓잎에 올라 예까지 오신 뜻을 아시겠는가? 그 소식을 통통쾌쾌하게 깨치지 못한다면 그까짓 음풍영월이 대수며, 완수간산을 무슨 짝에 쓰겠소? 우리 스님 시 짓느라 골몰하는 사이에 세월이 둥둥 떠내려가는구랴. 내 하도 안타까워 한말씀 드리오. 참 딱하시오. 정신 좀 차리시게.

솔방울

높은 누대 가만 앉아 잠조차 못 이루니
적막히 외론 등불 벽 안에 달려 있네.
이따금 산들바람 문밖으로 불어와
솔방울 지는 소리 뜰 앞에서 들리누나.

高臺靜坐不成眠　寂寂孤燈壁裡懸
고대정좌불성면　적적고등벽리현
時有好風吹戶外　却聞松子落庭前
시유호풍취호외　각문송자락정전
── 정관 일선(靜觀 一禪, 1533-1608), 「금강대에

다시 올라(重上金剛臺)」

고대高臺 : 높은 곳에 자리한 누대. 여기서는 금강대를 가리킴 | 불성면不成眠 : 잠
을 이루지 못하다 | 벽리壁裡 : 벽 속 | 현懸 : 매달리다 | 호풍好風 : 상쾌한 바람 | 취
吹 : 불다, 불어오다 | 각却 : 문득 | 송자松子 : 솔방울 | 중상重上 : 다시 오르다

모처럼 금강산 금강대에 다시 올랐다. 침묵 속에 앉아 있자니 정신이 점점 또렷해진다. 깨어 있는 내 정신을 비추려 함인가? 벽을 파고 매달아둔 등불도 꺼질 줄 모르고 가물댄다. 문밖으로 바람이 쏘다니는지 이따금 뜨락에 솔방울 툭 떨어지는 소리가 한 번씩 들린다. 바람이 툭 쳐서 솔방울이 지고, 등불이 안 꺼져 내 정신도 잠들지 못한다. 아!

용천검

용천검 한 자루를 구름 끝에 보내시니
번쩍이는 찬 빛이 폐부를 비추누나.
전륜왕의 세 치 쇠보다 훨씬 더 나으리니
바위 골짝 지녀 가면 늙은 몸이 편안하리.

龍泉一柄送雲端　　焰焰寒光照肺肝
용천일병송운단　　염염한광조폐간

猶勝輪王三寸鐵　　持歸岩壑老身安
유승륜왕삼촌철　　지귀암학로신안

── 정관 일선(靜觀 一禪, 1533-1608), 「검을 준 데 대해
사례하다(謝惠劍)」

용천龍泉 : 고대 명검의 이름. 여기서는 좋은 검의 의미 | 일병一柄 : 한 자루 | 운단
雲端 : 구름 끝 | 염염焰焰 : 칼날이 불꽃처럼 번쩍이는 모습 | 폐간肺肝 : 폐와 간, 폐
부 | 유승猶勝 : 오히려 더 낫다 | 륜왕輪王 : 전륜성왕轉輪聖王의 줄임말로 우리말로
윤왕이라고 한다. 수미산 둘레의 세계를 다스리는 왕 | 삼촌철三寸鐵 : 세 치의 쇠
붙이. 전륜왕이 지닌다는 일곱 가지 보물로, 온갖 사악함을 물리칠 수 있다

검劍은 칼끝 같은 깨달음의 상징이다. 절집에 심검당尋劍堂이 있는
이유다. 검을 선물로 받고 답례로 쓴 시다.

스르렁 칼집에서 검을 뽑으니 서늘한 빛이 폐부를 훑고 지나갑니
다. 온갖 삿된 기운이 범접할 수 없겠군요. 산골짝 암자 벽에 걸어
두면 이 늙은 것의 잠이 아주 편안하겠습니다. 음. 아주 고맙소.

칼끝

석 자 길이 취모검을
북두에 오래 감췄더니,
허공에 구름 흩자
칼끝이 막 드러났네.

三尺吹毛劒　多年北斗藏

삼척취모검　다년북두장

太虛雲散盡　始得露鋒鋩

태허운산진　시득로봉망

──정관 일선(靜觀 一禪, 1533-1608), 「임종게(臨終偈)」

취모검吹毛劒 : 칼날에 터럭을 불어 날려도 잘릴 만큼 예리한 칼. 깨달음의 정도,
즉 선기禪機의 비유로 쓴다 ǀ 장藏 : 감추다, 보관하다 ǀ 태허太虛 : 태청허공太淸虛
空의 줄임말로 하늘을 뜻함 ǀ 산진散盡 : 남김 없이 흩어지다 ǀ 노봉망露鋒鋩 : 칼끝
이 드러나다. 봉망은 칼끝과 칼날 ǀ 시始 : 비로소, 처음으로

석 자 길이의 예리한 칼 한 자루를 저 북두칠성 손잡이 안쪽에 오래 숨겨두었다. 아는 이가 없었던 데다 구름에 늘 가려서 드러난 적이 없었다. 오늘 문득 올려다보니 태청허공이 구름 한 점 없이 깨끗하구나. 그 틈에 북두성 자루 끝에 그 옛날 감춰둔 칼끝이 살짝 드러나 반짝반짝 빛난다. 어이쿠 이거 큰일 났다. 세상사람 알기 전에 내가 얼른 올라가 다시 숨겨두어야겠다. 칼끝 다시 숨기러 급하게 나 올라간다. 잘들 있거라.

자각

평생을 부끄럽게 입으로만 나불대다
끝판에 와 깨달으니 백억百億의 말 저편일세.
말을 해도 옳지 않고 말 없어도 안 된다면
사람들 모름지기 자각하길 청하노라.

平生慚愧口喃喃　末後了然超百億
평생참괴구남남　말후요연초백억

有言無言俱不是　伏請諸人須自覺
유언무언구불시　복청제인수자각

── 정관 일선(靜觀 一禪, 1533-1608), 「임종게(臨終偈)」

참괴慚愧 : 부끄럽다 ┃ 남남喃喃 : 쉴 새 없이 재잘대는 소리 ┃ 말후末後 : 마지막, 끝
┃ 요연了然 : 깨닫다 ┃ 초백억超百億 : 모든 것을 초월하다. 언어로는 표현할 수 없다
는 뜻 ┃ 유언무언有言無言 : 말을 하는 것과 말이 없는 것 ┃ 구불시俱不是 : 모두 옳
지 않다 ┃ 복청伏請 : 엎드려 청한다

평생 입으로 종달새 노래하듯 떠든 일이 부끄럽다. 말의 성찬 속에 있었지만 내 배는 늘 고팠고 남의 배도 안 불렀다. 구업口業이 참 무겁구나. 이제 갈 때쯤 되고 보니 겨우 알겠다. 하지만 알고 나니 막상 언어로는 설명할 수가 없는 것을. 자! 어쩔 텐가? 시끄럽게 말을 해도 옳지 않고 입 다물고 말을 안 해도 안 된다. 깨닫지 않아도 안 되고 깨닫고 입 닫아도 안 된다. 내 가기 전에 할 수 없이 한마디하고 가마. '자각해라!'

통쾌

세상에 무엇 있나
이 몸밖에 다시 없네.
이 몸뚱이 스러지면
통쾌하게 올라가리.

世間何所有　身外更無餘

세간하소유　신외갱무여

四大終離散　快如登太虛

사대종리산　쾌여등태허

─ 정관 일선(靜觀 一禪, 1533-1608), 「잊지 않으려고

적어두다(不忘記)」

하소유何所有 : 지닌 것이 무엇인가? ∣ 신외身外 : 몸뚱이 외 ∣ 무여無餘 : 남은 것이
없다. 이것뿐이다 ∣ 사대四大 : 몸뚱이 ∣ 종終 : 마침내 ∣ 이산離散 : 떨어져 흩어짐 ∣
쾌여快如 : 통쾌하게 ∣ 등태허登太虛 : 허공에 오르다

평생 살아 둘러보니 지닌 것이라곤 내 몸뚱이 하나뿐이다. 아무
걸릴 게 없다. 이 몸뚱이도 얼마 안 가 재가 되어 스러지겠지. 한
줌 흙으로 되돌려놓고 아주 시원스럽게 하늘로 훨훨 올라가겠다.
잊지 마라. 누구나 빈손이다.

꾀꼬리

언덕가 높은 나무 초록 그늘 맑은데
두 마리 꾀꼬리가 늦은 소리 보내온다.
고향에서 들을 제도 서글픔 많았거니
하물며 여러 해의 만리 정을 어이할꼬.

岸邊高樹綠陰淸　兩箇黃鸝送晩聲
안변고수록음청　양개황리송만성

故鄕聞爾多惆悵　何況經年萬里情
고향문이다추창　하황경년만리정

—— 제월 경헌(霽月 敬軒, 1542-1633), 「꾀꼬리 소리를 듣고
느낌이 있어(聞鶯有感)」

안변岸邊 : 언덕가 ┃ 고수高樹 : 키 큰 나무 ┃ 양개兩箇 : 두 마리 ┃ 황리黃鸝 : 꾀꼬리 ┃
문이聞爾 : 네 소리를 듣다 ┃ 추창惆悵 : 구슬퍼하는 모양 ┃ 하황何況 : 하물며 어찌하
리 ┃ 경년經年 : 여러 해가 지나다 ┃ 만리정萬里情 : 고향 생각

녹음이 짙어오는 초여름의 풍경이다. 저물녘 언덕가 키 큰 버들 가지 사이로 두 마리 꾀꼬리가 비단이라도 짜는 듯 연신 들락거리며 쉴 새 없이 조잘댄다. 멀건이 앉아 그 소리를 듣는데 찌르르하고 가슴을 찔러오는 느낌이 인다. 살아서 만날 또 한 번의 봄이 갔구나. 어쩌자고 이때 하필 속가俗家의 고향 생각이 났을까? 고향 집에서 봄날 네 울음소리를 들었을 때도 찌르르했었다. 하물며 나는 지난 여러 해 동안 만 리 고향을 향한 정을 펴보지 못했다. 어머님은 편안하신가? 고향집은 그대로일까? 덧없는 인간사의 한 시름이 네가 짜는 버들 실 오리오리가 되어 자꾸 내 몸에 감긴다. 그래서 문득 조금 슬펐다.

작별

깊은 가을 서리 잎이 섬돌 앞에 떨어져
붉은 잎 밟고 나니 마음 찢어지는 듯.
그대와의 이별은 어이 이리 잦은가
손 잡고 서로 보며 피눈물을 흘린다.

窮秋霜葉落前階　踏盡殘紅心欲裂
궁추상엽락전계　답진잔홍심욕렬

嗟子離別一何頻　把手相看成淚血
차자이별일하빈　파수상간성류혈

─ 제월 경헌(霽月 敬軒, 1542-1633), 「가을 산에서
송별하며(秋山送別)」

궁추窮秋 : 늦가을 | 상엽霜葉 : 서리 맞은 잎 | 전계前階 : 섬돌 앞 | 답진踏盡 : 모두
밟다 | 잔홍殘紅 : 땅에 진 단풍잎 | 욕렬欲裂 : 찢어지려 하다 | 차嗟 : 탄식하는 소리
| 일하빈一何頻 : 어찌 한결같이 이리도 잦은가 | 파수把手 : 손을 잡다 | 성류혈成淚
血 : 눈물이 피로 흐른다

가을이 깊어 서리 맞은 잎이 섬돌에 진다. 그 처연한 낙하! 땅 위에 내린 붉은 잎을 밟으려니 내 마음이 아프다. 그대는 또 이렇게 나를 떠나는가? 우리의 작별은 손을 나눌 때마다 가슴에 저민다. 뒤에 또 만나 기쁠 생각보다 그저 헤어지지 않고 늘 함께 있었으면 싶다. 꽉 잡은 손 차마 놓지 못하고 눈에서는 뚤룽뚤룽 짙은 눈물이 흐른다. 잘 가시오, 또 봅시다.

그저

눈 가득한 천지에 바람 빛깔 싸늘한데
지는 해에 고개 돌려 바다 구름 사이 본다.
한번 떠난 고향은 천산의 밖에 있어
꿈속 넋만 유유히 그저 갔다 돌아오네.

雪滿乾坤風色寒　回頭日落海雲間
설만건곤풍색한　회두일락해운간
故鄉一別千山外　魂夢悠悠空去還
고향일별천산외　혼몽유유공거환

——제월 경헌(霽月 敬軒, 1542-1633), 「나그네로 지어
읊다(客作吟)」

건곤乾坤 : 천지 | 풍색風色 : 바람의 기색, 바람의 느낌 | 회두回頭 : 고개를 돌리다 |
혼몽魂夢 : 넋의 꿈. 그냥 꿈의 의미로 썼음 | 공거환空去還 : 공연히 갔다가 돌아오
다

천지가 온통 희게 변했다. 찬바람이 불자 눈보라가 흩날린다. 길 위의 나그네는 저물녘 바다 구름 사이를 돌아보다 말고 따뜻한 고향 품이 문득 그립다. 내가 있어야 할 원래 자리를 두고 나는 어디를 이렇게 떠돌고 있는 것이냐. 곤한 몸을 누이고 눈을 붙이면 꿈속 넋만 공연히 고향 집 언저리를 헤매다 돌아오곤 한다. 깨고 나면 또 빈방에 혼자 누워 있다. 사는 일이 자꾸만 꿈길인 양 아득하다.

둥근 등불

동글동글 등불 얼굴 사방이 꼭 같은데
빈집에 높이 걸려 어두웠다 밝아진다.
다 타면 구름이 해 가린 것 같다가도
심지 잘라 돋워주자 아침까지 환하여라

團團燈面殺無方　高掛堂空暗復光
단단등면살무방　고괘당공암부광

灰燼政如雲弊日　切須挑盡致明長
회신정여운폐일　절수도진치명장

—— 제월 경헌(霽月 敬軒, 1542-1633), 「면등(面燈)」

단단團團 : 동글동글한 모양 | 살무방殺無方 : 방향이 아예 없다. 살殺은 강세의 의
미 | 암부광暗復光 : 어두워졌다가 다시 밝아지다 | 회신灰燼 : 심지가 다 타버리다 |
정政 : 바로 | 폐일弊日 : 해를 가리다 | 절切 : 심지를 자르다 | 도진挑盡 : 심지를 있
는 대로 돋워 올리다 | 치명致明 : 날이 밝을 때까지 | 면등面燈 : 둥근 공 모양의 등
불

둥근 공처럼 생긴 면등 하나가 빈방에 높이 걸렸다. 심지가 타서 제풀에 어두워지면 등불을 내려 심지 끝을 잘라 돋워준다. 어둡던 방이 다시 환해진다. 살다 그을음이 많이 앉아 제 빛을 잃고 어두워질 때 누가 심지 끝을 잘라 불씨를 뚱겨주면 좁혀오던 어둠이 화들짝 놀라 저만치 물러서겠지. 나도 그런 사람이 되어야겠다.

탁발

가을 깊은 산길에 비만 부슬부슬
도반은 행장 챙겨 교외로 나가누나.
다행히 탁발하여 지낼 걱정 없었으면
너무 늦어 적막함을 달래게는 하지 마소.

秋深山路雨蕭蕭　同伴行裝出野郊

추심산로우소소　동반행장출야교

幸得乞收生理足　切莫遲遲慰寂寥

행득걸수생리족　절막지지위적료

── 제월 경헌(霽月 敬軒, 1542-1633), 「함께 있는 승려가 양식을 탁발하러

강마을로 내려가는 것을 전송하며(送乞糧同伴下江村)」

우소소雨蕭蕭 : 비가 부슬부슬 내리다 | 동반同伴 : 함께 지내는 도반. 도반道伴은 함
께 도를 닦는 벗을 뜻함 | 행장行裝 : 짐을 꾸리다 | 야교野郊 : 교외 | 행득幸得 : 얻
었으면 좋겠다 | 걸수乞收 : 구걸하여 거두다 | 생리족生理足 : 먹고사는 일이 넉넉
하다 | 절막切莫 : ~하지 말아달라 | 지지遲遲 : 느리고 더딘 모양 | 위慰 : 달래다 |
적료寂寥 : 적막하고 쓸쓸한 모양

"겨울을 나려면 탁발을 좀 다녀와야겠습니다. 양식이 얼마 남지 않았어요." 도반 스님이 내게 말한다. 나는 꿀 먹은 벙어리로 고개만 끄덕끄덕한다. 그가 행장을 꾸려 길을 나서는 날 하필 가을비가 부슬댄다. 텅 빈 산길에 낙엽이 젖고 그의 뒷모습을 보는 내 마음도 젖는다. 여보게! 잠깐 가서 어서 오게. 혼자 있긴 너무 쓸쓸하이. 자네만 보내 미안하군.

빈 절에서

섬돌 옆 뜨락에는 이끼가 온통 돋고
깊게 닫힌 대문은 오래도록 열리잖네.
틀림없이 주인이 신선 되어 올라가
이따금 학을 타고 달 속에서 내려오리.

階邊庭畔遍生苔　深鎖松門久不開
계변정반편생태　심쇄송문구불개

應是主人爲羽客　有時騎鶴月中來
응시주인위우객　유시기학월중래

—— 제월 경헌(霽月 敬軒, 1542-1633),「빈 절에서 자다가
(宿空寺吟)」

편遍 : 두루, 온통 | 생태生苔 : 이끼가 돋아나다 | 심쇄深鎖 : 깊게 닫히다 | 응시應
是 : 분명히, 틀림없이 | 우객羽客 : 신선 | 기학騎鶴 : 학 등에 올라타다

하룻밤 묵어갈까 해서 낡은 절을 찾았더니 그사이에 주인 없는 빈 절이 되었다. 솔 대문은 꽉 닫혔고 마당의 이끼만 봐도 사람 손을 안 탄 지가 오래된 줄을 알겠다. 내가 오늘은 빈 절에서 하룻밤 신세를 진다. 대충 걸레질을 하고서 빈 마당을 보며 앉았노라니 무연하고 쓸쓸하다. 예전 암자를 지키던 노승은 이미 신선이 되어 하늘로 올라간 모양이다. 달이 환한 밤이면 학의 등에 올라타고 살포시 내려와 예전 거처가 그대로 성한지 한 번씩 선회하며 둘러보고 갈 것만 같다. 자꾸 빈 허공을 올려다본다.

적막

돌길에 이끼 덮여 옛 절은 텅 비었고
고운孤雲의 지난 자취 저녁 안개 잠겨 있다.
오경에 꿈을 깨자 세상은 적막한데
밝은 달빛 학 울음이 하늘 끝서 들리네.

石逕苔封古寺空　孤雲逝迹暮烟籠
석경태봉고사공　고운서적모연롱
夢破五更人寂寂　磨霄鶴唳月明中
몽파오경인적적　마소학려월명중

— 제월 경헌(霽月 敬軒, 1542-1633), 「불일암에 묵고서
(宿佛日庵)」

석경石逕:돌길 | 태봉苔封:이끼로 덮이다 | 고운孤雲:신라 때 고운 최치원과 외
로운 구름의 쌍관 | 서적逝迹:지나간 자취, 묵은 자취 | 모연暮烟:저물녘 안개 |
롱籠:잠겨 있다 | 마소磨霄:하늘을 갈다. 하늘에서 소리가 들린다는 의미 | 학려
鶴唳:학의 울음소리 | 불일암佛日庵:지리산 쌍계사에 있던 암자. 최치원의 전설
이 많다

돌길은 이끼로 덮였다. 어렵사리 당도한 묵은 암자엔 아무도 없다. 신라 말 최치원의 전설을 간직한 골짝은 쉬 실체를 드러낼 수 없다는 듯 저물녘 안개로 중무장해 시선을 차단한다. 오경 무렵 청아한 학 울음소리에 잠을 깼다. 쩡쩡 우는 소리가 달빛 속에 울려 퍼진다. 오호라, 천상 선계에서 노닐던 고운 선생이 저 학의 등에 올라타고 바야흐로 옛 놀던 지리산 쌍계사 계곡으로 내려오시는 모양이다. 나도 부스스 잠을 깬다.

약속

날은 곧 뉘엿한데 사립문서 작별하니
눈 가득한 산의 다리 길조차 분명찮다.
좋은 기약 다시 두면 언제가 좋겠는가
골짝 새들 조잘대고 꽃향기 가득할 때.

柴門相送日將曛　雪滿山橋路不分
시문상송일장훈　설만산교로불분

佳期更有何時好　谷鳥喃喃花正芬
가기갱유하시호　곡조남남화정분

── 제월 경헌(霽月 敬軒, 1542-1633), 「송별(送別)」

시문柴門 : 사립문 ｜ 장將 : 장차, 곧 ｜ 훈曛 : 어스레하다, 어둑하다 ｜ 가기佳期 : 좋은
계절, 좋은 시기 ｜ 곡조谷鳥 : 골짝에서 우는 새 ｜ 남남喃喃 : 새가 조잘대는 소리 ｜
정분正芬 : 한창 향기를 뿜다

"저물녘 눈 쌓인 산길로 그댈 떠나보내려니 내 마음이 안 좋구려. 길은 벌써 어슴푸레해져서 잘 보이지도 않는걸. 그래도 굳이 가야 겠다면 뒷기약이나 두고 가소. 그래 이렇게 가면 언제 또 오시겠소." "원 스님도! 여태도 만나고 헤어지는 정리에 초연치 못하시다니. 살아온 인생길이 석양의 눈길 아니었던가요? 이 겨울 보내고 꽃시절 오면 새 울음소리 들으러 다시 오리다. 그때는 곡차穀茶도 한잔 내오시구려."

행각

치악산 푸른 일천 뫼에 옷이 죄 해지고
금강산 만 길 봉우리에 갓이 다 부서졌네.
오대산 산길은 발길 두루 미쳤겠고
묘향산 우는 시내 한도 없이 들었겠군.

衣穿雉嶽靑千朶　冠破金剛萬仞峯
의천치악청천타　관파금강만인봉

五臺山路行應徧　香嶽鳴泉聽不窮
오대산로행응편　향악명천청불궁

—— 제월 경헌(霽月 敬軒, 1542-1633), 「행각하는 사미에게 주다
(贈行脚沙彌)」

의천衣穿 : 옷이 해져 구멍 나다 | 치악雉嶽 : 치악산 | 천타千朶 : 타朶는 휘늘어진
꽃송이로 여기서는 산봉우리. 일천 개의 봉우리 | 관파冠破 : 갓이 부서진다 | 만
인봉萬仞峯 : 만 길의 봉우리 | 행응편行應徧 : 발걸음이 응당 두루 미치다 | 향악香
嶽 : 묘향산 | 명천鳴泉 : 우는 냇물 | 청불궁聽不窮 : 끝없이 들리다 | 행각行脚 : 여러
곳을 돌아다니며 도를 닦음 | 사미沙彌 : 수행하는 어린 남자 승려. 사미승

운수雲水(탁발승)의 행각 길에 선 사미승과 대화하다 써준 시다. "그래 이제까지 어느 산 어느 산을 돌았더냐?" "네, 스님! 먼저 원주 치악산의 일천 봉우리를 헤매 돌고, 이어 금강산 일만이천 봉을 답파했습니다. 그사이에 옷은 온통 해지고 삿갓은 모두 부서져 버렸습니다. 그러고도 발품을 쉬지 않고 곧장 오대산으로 들어가 온 산을 샅샅이 살폈습니다. 북쪽으로 묘향산에 갔을 적에는 끝없이 울며 흐르는 냇물 소리가 이제껏 생각납니다." "대단하군. 그래 무엇을 얻었나?"

평생

무생의 노래 속에 평생을 다 보내니
시내 산 몇 번이나 단풍 들고 푸르렀나.
천고의 나그네 정 백대의 일들일랑
뜬구름 일고 흩고 달이 차고 기욺일세.

無生歌曲送平生　幾度溪山黃又靑
무생가곡송평생　기도계산황우청
千古旅情百代事　浮雲起滅月虧盈
천고여정백대사　부운기멸월휴영

─제월 경헌(霽月 敬軒, 1542-1633), 「자조(自嘲)」

무생無生 : 태어남도 소멸됨도 없음 | 가곡歌曲 : 노래 | 기도幾度 : 몇 번이나 | 황우
청黃又靑 : 누렇게 되었다가 또 파랗게 됨. 가을에서 봄이 옴 | 여정旅情 : 나그네 정
| 백대百代 : 멀고 오랜 세월 | 부운浮雲 : 뜬구름 | 기멸起滅 : 일어났다가 소멸됨 |
휴영虧盈 : 달이 이지러졌다가 가득 참

화두 들고 앉았다가 한세월이 다 갔다. 그사이에 단풍은 몇 번이
나 들고 봄은 또 얼마나 돌아왔던고. 천고千古의 마음도 백대百代의
일들도 뜬구름이 제 흥에 겨워 일어났다가 어느새 사라지고 초승
달이 보름달로 변하듯 허망하고 덧없다. 일어남도 없고 소멸함도
없다. 하지만 여기 이렇게 앉아 있는 나는 누군가?

대장부

유교를 꿰뚫어도 쓸 곳이 안쓰럽고
불경을 능히 외나 마음 외려 미혹하다.
조사祖師의 활구活句로 의심덩이 깨야지만
이를 두고 이름하여 대장부라 하리라.

儒教貫通憮用處　釋經能誦轉心迷
유교관통무용처　석경능송전심미
祖師活句疑團破　是即名爲大丈夫
조사활구의단파　시즉명위대장부

── 제월 경헌(霽月 敬軒, 1542-1633),「안택 스님에게 주다
(賽禪德安宅)」

관통貫通 : 두루 꿰어 통달함 | 무憮 : 실의한 모양. 머쓱하고 멍한 상태 | 용처用
處 : 쓸 곳 | 전轉 : 도리어 | 조사祖師 : 불교의 조종祖宗이 되는 큰 스승 | 활구活
句 : 살아 있는 말씀. 화두 | 의단疑團 : 의심 덩어리 | 시즉是即 : 이것이 바로

유학의 경전을 꿰뚫어 익혀도 아무 쓸데가 없고, 불경을 입에 달고 외워도 마음은 헝클어진 그대로다. 네 마음속의 의심덩어리를 타파하지 않고는 모든 노력이 허사다. 화두를 더 열심히 들게나. 머리로 하는 공부 말고 몸으로 하는 공부를 해야지. 시원스레 통쾌하게 걸림 없이 타파해야 하네. 그래야 대장부인 게지.

장부의 뜻

솔과 대의 절조로 서리 눈을 견디니
물과 달의 정신에 티끌 어이 물들까?
장하다 장부의 뜻 깊이깊이 간직해
명산을 찾아가서 주인이 되시게나.

松筠節操凌霜雪　水月精神豈染塵
송균절조능상설　수월정신기염진
壯哉深包丈夫志　須訪名山作主人
장재심포장부지　수방명산작주인
── 제월 경헌(霽月 敬軒, 1542-1633), 「준 스님이 말을
구하므로 주다(贐俊禪德求語)」

송균松筠 : 소나무와 대나무 ┃ 절조節操 : 절개 ┃ 능상설凌霜雪 : 서리 눈을 이겨내다
┃ 기염진豈染塵 : 어찌 티끌에 물들겠는가? ┃ 장재壯哉 : 장하다! ┃ 심포深包 : 깊이 품
다

사철 푸른 솔과 마디 곧은 대의 기상으로 서리 눈쯤에는 꿈쩍도 말아야지. 거기에 물처럼 맑고 달처럼 환한 정신까지 지닌다면 티끌세상의 더러움이 범접할 수 없을 걸세. 그래야 대장부라 할 수 있다네. 그 뜻 그 마음을 깊이 간직한 채 명산을 찾아가 그곳에서 주인 노릇하며 지내게. 공연히 속세의 언저리나 배회하며 기웃대선 안 되지.

천진불

돌이켜 제게서 천진불을 구할지니
어이 다시 그를 좇아 아버지를 묻는가.
만약 능히 어머니의 얼굴을 얻는다면
하나하나 사물들이 모두 다 석가이리.

反求自己天眞佛　何更從他問阿爺
반구자기천진불　하갱종타문아야
若能信得娘生面　物物頭頭總釋迦
약능신득낭생면　물물두두총석가

——제월 경헌(霽月 敬軒, 1542-1633), 「함께 사는 도반에게
보여주다(示同住道伴)」

반구反求 : 돌이켜 구하다 ㅣ 천진불天眞佛 : 타고난 본성 그대로의 천진한 부처 ㅣ 하
갱何更 : 어찌 다시 ㅣ 아야阿爺 : 아버지. 여기서는 본래면목本來面目의 의미로도 씀
ㅣ 약능若能 : 만약 능히 ㅣ 낭생娘生 : 어머니 ㅣ 물물두두物物頭頭 : 사물 하나하나마다
ㅣ 총總 : 모두, 온통

부처는 그대의 마음 안에 있으니 딴 데 가서 찾을 것 없네. 자기 마음을 돌이켜 구하면 된다네. 마음에 부처를 모셨으면 그뿐, 다시 아비가 누군지 어디서 왔는지 본래면목이 무엇인지 가리고 따질 필요는 없는 걸세. 어미의 얼굴을 기억하면 되네. 자네 마음속의 천진불이 바로 그 모습일세. 먼 데 가서 석가를 구하려 들지 말게. 마음에 부처를 품으면 천지사물이 부처 아닌 것이 없다네.

쯧쯧

강호를 떠돌면서 몇 해를 보냈던가
스스로 무생無生의 낙樂 있는 줄도 모르겠지.
저자에서 먼지 오래 뒤집어씀 불쌍쿠나
청산에서 바위 위에 높이 눕길 권하노라.

流落江湖間幾年　不知自有無生樂
유락강호문기년　부지자유무생락

憐渠市上久蒙塵　勸入靑山高臥石
연거시상구몽진　권입청산고와석

— 제월 경헌(霽月 敬軒, 1542-1633), 「승려에게 산에
들 것을 권하다(勸僧入山)」

유락流落 : 이리저리 떠돌다 ㅣ 문기년間幾年 : 몇 해를 물었던가? 여기서는 떠돌았
느냐는 뜻 ㅣ 무생락無生樂 : 무생의 즐거움. 무생은 생멸生滅이 없는 불생불멸不生
不滅의 의미 ㅣ 연거憐渠 : 그대를 불쌍히 여긴다 ㅣ 시상市上 : 저자 위 ㅣ 구몽진久蒙
塵 : 오래도록 먼지를 뒤집어쓰다 ㅣ 권입勸入 : 들어가기를 권한다 ㅣ 고와高臥 : 높이
눕다

떠돌이 행각승을 보고 그에게 준 시다. 여보게, 자네 참 딱하이. 그 몰골을 하고 몇 해를 떠돌았던가? 행색이 꼭 거지꼴일세그려. 머리 깎고 염불 외고 목탁이나 치고 다니면 그게 중인 줄 아는가. 마음속에 아무 깨달음 없이 하루 세 끼 얻어 배 채울 궁리만 하는 염불은 염불이 아니라네. 어서 산속으로 들어가 출가자의 본분사를 행하도록 하시게. 청산에서 속세의 찌든 때부터 헹궈내고 너럭바위 위에 큰대자로 누워서 볕도 좀 쬐어주시게. 밥 먹자고 염불하는가? 돈 벌자고 떠도시는가? 깨달음이 없이는 우리는 아무것도 아닌 것일세.

어인 일

진흙 소 바다 들어 아득히 간데없고
삼생의 한 큰 인연 깨달아 이르렀네.
어인 일 다시금 번뇌 생각 일거들랑
재각으로 찾아와 달빛 노래 빌어보게.

泥牛入海杳茫然　　了達三生一大緣
니우입해묘망연　　요달삼생일대연

何事更生煩惱念　　也來齋閣乞陳篇
하사갱생번뇌념　　야래재각걸진편

— 제월 경헌(霽月 敬軒, 1542-1633), 「임종게(臨終偈)」

니우입해泥牛入海 : 진흙으로 빚은 소가 바다에 들어가다. 송나라 때 승려 도원道原
이 『경덕전등록景德傳燈錄』에서 "내가 두 마리 진흙 소가 싸우며 바다로 들어가는
것을 보았는데 이제껏 아무 소식이 없다我見兩箇泥牛鬪入海, 直至如今無消息."라 한
데서 따온 말. 진흙 소가 물에 들어가면 녹아 없어지므로 언어도단의 세계를 나타
내는 표현 | 묘망연杳茫然 : 가마득히 아득한 모양 | 요달了達 : 깨달음에 도달하다 |
삼생三生 : 전생前生과 금생今生, 후생後生. 혹은 화엄종에서 말하는 성불成佛에 이

진흙으로 빚은 소는 이미 바닷속으로 들어갔다. 삼생의 인연을 다 깨달았으니 본래 자리로 가야겠구나. 슬퍼할 것 없다. 그래도 보고 싶거든 야반 삼경에 재각으로 찾아와 저 달빛을 보거라.

르는 세 단계인 견문생見聞生, 해행생解行生, 증입생證入生 | 일대연一大緣 : 하나의 큰 인연 | 진편陳篇 : 『시경』 진풍陳風 「월출月出」 장을 말함. "달빛이 환히 뜨니 고운 님 어여뻐라. 가만히 고운 모습 내 마음 아파오네月出皎兮, 佼人憭兮. 舒窈糾兮, 勞心悄兮." 내가 보고 싶거든 달빛을 올려다보라는 뜻

뜬구름

이른 봄엔 매화 피고
가을 깊어 국화 폈다.
이 중의 일 말해볼까
뜬구름만 오고 간다.

春早梅花發　秋深野菊開

춘조매화발　추심야국개

欲說箇中事　浮雲空去來

욕설개중사　부운공거래

　　—부휴 선수(浮休 善修, 1543-1615), 「한 승려가

말을 청하기에(一禪和求語)」

야국野菊 : 들국화 | 욕설欲說 : 말해보고자 한다 | 개중사箇中事 : 매화 피고 국화 피
는 그사이의 일 | 부운浮雲 : 뜬구름 | 선화禪和 : 선 수행을 하는 승려

"스님! 제가 지금 몹시 갑갑합니다. 한말씀 내려주십시오."

"자네 지금 내게 가르침을 청하는 겐가? 내 한마디해줌세. '이른 봄 매화꽃 피어나더니, 가을 깊자 들국화 피어난다네.' 그 중간의 일은 내게 묻지를 말게. 하늘 위 바삐 오가는 저 뜬구름을 보면 되지."

눈앞의 꽃

스승 찾아 도를 배움 별것이 없으니
소를 그저 잡아 타고 제 집에 가는 걸세.
백 척의 장대 끝서 능히 활보한다면
그 많은 부처쯤은 눈앞의 꽃이로다.

尋師學道別無他　只在騎牛自到家
심사학도별무타　지재기우자도가

百尺竿頭能闊步　恒沙諸佛眼前花
백척간두능활보　항사제불안전화

── 부휴 선수(浮休 善修, 1543-1615), 「아무개 스님에게
주다(贈某禪子)」

심사학도尋師學道 : 스승을 찾아 도를 배우다 | 무타無他 : 다른 것이 없다 | 기우騎
牛 : 소를 타다. 불가에서 소는 마음을 상징한다. 마음을 잘 다스려 본래면목을 얻
음을 말한다 | 간두竿頭 : 장대 끝 | 활보闊步 : 시원스레 걷다 | 항사恒沙 : 항하恒河
의 모래. 항하의 모래알처럼 헤아릴 수 없이 많다는 뜻. 항하는 인도의 갠지스 강 |
안전화眼前花 : 분명히 있지만 금세 스러지는 헛것

훌륭한 스승을 만나 좋은 공부 하고 싶다고 했던가? 공부가 뭐 별
건가? 굳이 먼 데 가서 있지도 않은 스승, 별것 아닌 도 찾느라 힘
뺄 것 없네. 저 날뛰는 소부터 길들여야지. 제멋대로 마구잡이인
마음에 고삐를 단단히 걸고 잘 추슬러서 그 등에 올라타야 하네.
그렇게 본래의 마음을 되찾아 와야겠지. 그러고 나면 백척간두에
서도 두려움이 없게 될 걸세. 마음껏 활보할 수 있게 될 게야. 부
처님의 팔만 설법을 익혀 외우는 것에 목숨 걸지 말게. 그깟 문자
로 전해진 가르침이야 눈앞에 잠시 피었다가 흔적 없이 사라지는
허깨비 꽃에 지나지 않네. 먼 데서 구하지 말고 내 마음에서 찾아
야 하네. 바깥에서 찾지 말고 안에서 붙들어야지.

텅 빈 물건

텅 빈 물건 있으나 분명히 알 수 없고
머리와 꼬리 없고 이름 또한 없다네.
이 가운데 참 소식을 알 것만 같으면
앉아 옷을 걸친 채로 사생을 판별하리.

有物希夷不可明　無頭無尾亦無名
유물희이불가명　무두무미역무명
若知箇裏眞消息　得坐披衣判死生
약지개리진소식　득좌피의판사생

── 부휴 선수(浮休 善修, 1543-1615), 「한 도인에게
주다(贈閑道人)」

희이希夷 : 텅 비어 아득한 경계. 『노자』에 보아도 보이지 않는 것을 이夷라 하고
들어도 들리지 않는 것을 희希라 했다 | 무두무미無頭無尾 : 머리도 없고 꼬리도 없
다 | 약지若知 : 만약 알려고 한다면 | 개리箇裏 : 그 속, 그 가운데. 마음을 말한다 |
피의披衣 : 옷을 걸쳐 입다. 옷을 걸치기만 하고 제대로 입지 않은 모양 | 판判 : 판
별하다, 판정하다

분명히 있지만 정체를 알 수 없다. 머리도 없고 꼬리도 없고 이름조차 없다. 도무지 알 수 없는 그 물건 내부에서 일어나는 참 소식을 붙들어 알 수만 있다면 겉옷을 제대로 갖추어 걸치고 말고 할 겨를도 없이 앉은 그 자리에서 즉각 사생을 가르는 한소식을 통쾌하게 얻어 들을 수 있을 것이다. 그 물건이 무엇인고?

무심

참문參問함엔 아만我慢을 제거해야 마땅하고
수행에는 탐진치貪瞋痴를 없앰이 합당하다.
헐뜯음과 기림이 바람처럼 들려와도
만사에 무심해야 도가 절로 새로우리.

參問須宜除我慢　修行只合去貪瞋
참문수의제아만　수행지합거탐진

雖聞毀譽如風過　萬事無心道自新
수문훼예여풍과　만사무심도자신

—부휴 선수(浮休 善修, 1543-1615), 「준 상인에게

주다(贈峻上人)」

참문參問: 화두를 참구參究하여 질문함 | 수의須宜: 모름지기 ~함이 마땅하다 | 제
除: 제거하다 | 아만我慢: 아집과 교만 | 탐진貪瞋: 탐욕과 성냄. 불가에서는 여기
에 치痴, 즉 어리석음을 더해 삼독三毒이라 한다 | 훼예毀譽: 비방과 칭찬 | 여풍과
如風過: 바람이 지나가는 것처럼

화두를 들려거든 네 뱃속에 똬리 튼 아집과 교만부터 없애야 한다. 너를 죽여야 도가 산다. 수행은 탐진치의 삼독과 나란할 수가 없다. 몸이 탐욕에 물들고 입은 성냄에 끌려다니며 뜻은 어리석음에 잠긴 상태로 수행은 무슨 수행. 아만과 탐진치를 나로부터 격리시켜 걷어내는 것이 수행과 참문의 출발점이다. 세상의 칭찬과 비방 따윈 제멋대로 오가는 바람 같은 것. 여기에 일희일비해서는 못쓴다. 외물에 무심해야 내면이 성성해진다. 공연히 마음을 바깥에 내돌리지 마라.

발분發憤

잡아 던져 털어봐도 별다른 것 없으니
남 앞에서 곧장 직접 집으로 가야 하리.
발분하여 공부하여 번드쳐 내던지니
현묘한 말 묘한 구절 눈 속의 티끌일세.

拈搥竪拂別無他　直要當人自到家
염추수불별무타　직요당인자도가

發憤做功飜一擲　玄言妙句眼中沙
발분주공번일척　현언묘구안중사

─ 부휴 선수(浮休 善修, 1543-1615), 「섬 스님에게 화답을

구하는 말로 주다(賽暹禪和求語)」 2-1

염추拈搥 : 잡아 던지다 | 수불竪拂 : 함부로 털다 | 별무타別無他 : 별다른 게 없다 |
직요直要 : 곧장 ~해야 한다 | 당인當人 : 남과 마주해서 | 발분發憤 : 열심을 내다 |
주공做功 : 공부하다, 공력을 쏟다 | 번飜 : 번드쳐 | 일척一擲 : 한 차례 내던지다

나는 누군가? 깨달음은 어디 있나? 잡고 흔들고 던지고 털어봐도 나오지 않는다. 별것 없다. 남 보는 앞에서 명명백백하게 직접 제 집으로 들어가야 한다. 분憤을 떨쳐 공부하는 것이 훌륭해도 이걸 다시 내버릴 수 있어야 한다. 그러지 않으면 온갖 현묘한 깨달음의 말씀조차도 눈에 든 티끌처럼 사물을 보는 데 오히려 장애가 됨을 알아야 하리.

묵좌

마음 비워 가만 앉아 홀로 문을 닫았는데
한소리 봄 새 울음 푸른 산 구름 잠겨.
한가한 맛 안개 속에 실컷 얻어 가졌지만
다만 혼자 기뻐할 뿐 그대에겐 못 드리리.

默坐虛懷獨掩門　一聲春鳥碧山雲

묵좌허회독엄문　일성춘조벽산운

烟霞剩得閑中趣　只自熙怡不贈君

연하잉득한중취　지자희이불증군

──부휴 선수(浮休 善修, 1543-1615), 「암 선백께

드림(贈巖禪伯)」3-1

묵좌默坐 : 침묵 속에 앉아 있다 | 허회虛懷 : 회포를 비우다 | 엄문掩門 : 문을 닫아
걸다 | 연하烟霞 : 안개와 노을 | 잉득剩得 : 실컷 얻다 | 지지只只 : 단지, 다만 | 희이熙
怡 : 환하게 기뻐하다 | 증군贈君 : 그대에게 주다

문을 닫아걸고 마음은 텅 비워 종일 말없이 앉아 지냅니다. 산승이 입을 닫자 봄 새가 대신 노래를 하는군요. 푸른 산은 구름 속에 잠겨 역시 묵언 수행 중입니다. 안개와 노을 속에 한가한 운치가 그윽합니다. 남아도는 이 한가로움을 우리 암巖 선백께도 조금 나눠드리고 싶은데 방법을 몰라 그냥 혼자만 즐길랍니다. 편히 계십시오.

무생無生

홀로 앉은 깊은 산에 온갖 일들 가벼워
온종일 사립 닫고 무생無生을 배우노라.
생애를 점검하니 남아 있는 물건 없고
한 잔의 새 차에다 한 권 경전뿐이로다.

獨坐深山萬事輕　掩關終日學無生
독좌심산만사경　엄관종일학무생

生涯點檢無餘物　一椀新茶一卷經
생애점검무여물　일완신차일권경

——부휴 선수(浮休 善修, 1543-1615), 「암 선백께

드림(贈巖禪伯)」3-2

엄관掩關 : 빗장을 걸어 닫다 | 학무생學無生 : 무생을 배우다 | 점검點檢 : 하나하나
따져서 검사하다 | 여물餘物 : 남은 물건, 여분의 물건 | 일완一椀 : 한 주발

깊은 산에 혼자 앉았자니 세상일이 다 가볍고 경쾌하군요. 저만치 홀홀 털어 던져놓고 종일 무생의 사업을 참구하며 지냅니다. 생겨난 적도 없고 사라지지도 않는 그것은 대체 무엇입니까? 가끔 지나온 자취를 점검해봐도 남는 찌꺼기가 없습디다. 새 차 한 잔 마시고 불경 한 권 펼쳐 읽습니다. 맑고 투명하게 살다 가려구요.

무
생
無
生

푸른 눈

일만 개의 산봉우리 스승 찾아 쏘다녔고
도를 묻고 선禪을 구해 푸른 눈이 시렸었지.
조사祖師의 뜻 이제껏 몇 번 땅을 쓸었던고
일생에 일이 없이 일체를 참간參看하리.

尋師踏盡萬峯巒　問道求禪碧眼寒

심사답진만봉만　문도구선벽안한

祖意如今幾掃地　一生無事切參看

조의여금기소지　일생무사체참간

──부휴 선수(浮休 善修, 1543-1615),「암 선백께

드림(贈巖禪伯)」3-3

심사尋師 : 스승을 찾다 | 답진踏盡 : 모두 답파하다 | 봉만峯巒 : 멧부리 | 벽안한碧眼
寒 : 푸른 눈이 차다 | 조의祖意 : 달마 조사가 서쪽에서 온 뜻 | 소지掃地 : 땅을 쓸다
| 체참간切參看 : 일체를 살펴보다

선지식善知識을 찾아 일만 산을 행각하던 그 열정. 도를 묻고 깨달음을 구하던 그 푸른 눈빛. 참 서늘하고 맑았더랬지요. 달마가 서쪽에서 온 그 뜻이야 이미 투철하고 명백하게 깨치셨으니 이제 일없이 일체 사물을 물끄러미 바라보기만 하면 되시겠구려.

옛 가르침

마당 쓸고 향 사르며 한낮에도 사립 닫아
이 몸은 고적해도 이 마음은 한가하다.
갈바람에 산창 아래 나뭇잎 떨어지니
일없이 언제나 옛 가르침 살펴보리.

掃地焚香晝掩關　此身孤寂此心閑
소지분향주엄관　차신고적차심한
秋風葉落山窓下　無事常將古教看
추풍엽낙산창하　무사상장고교간
——부휴 선수(浮休 善修, 1543-1615),「산속의 한가한
노래(山中閑咏)」

소지분향掃地焚香 : 땅을 쓸고 향을 사르다 | 주엄관晝掩關 : 대낮에도 사립을 닫다
| 고적孤寂 : 외롭고 적막함 | 상장常將 : 늘 장차 ~을 하려 하다

아침에 마당 쓸고 방에 들어와 향을 사른다. 종일 찾는 이 하나 없어 사립문 열 일이 없다. 적막한 몸에 마음조차 한가롭다. 우수수 낙엽이 산창 아래 떨어져 처음 왔던 자리로 돌아간다. 일없는 나는 날마다 옛 선사의 가르침을 되새기며 지낸다. 문득 가을이 깊었다. 정리를 좀 해야겠다.

웃음거리

진리 찾다 시비의 실마리 속 잘못 들어
여러 해 웃음거리 된 줄도 몰랐었네.
꿈 깨고야 비로소 헛된 신세 알게 되니
구름 속에 늙어 마침 마음에 맹서한다.

尋眞誤入是非端　不覺多年作笑端

심진오입시비단　불각다년작소단

夢罷始知身世幻　誓心終老白雲端

몽파시지신세환　서심종로백운단

──부휴 선수(浮休 善修, 1543-1615), 「감회(感懷)」

심진尋眞 : 진리 또는 진인眞人을 찾다 | 오입誤入 : 잘못 들어오다 | 시비단是非端 : 시비의 단서 | 다년多年 : 여러 해 | 소단笑端 : 비웃음거리 | 몽파夢罷 : 꿈을 깨다 | 환幻 : 미혹, 환상 | 서심誓心 : 마음으로 맹세하다 | 종로終老 : 늙어서 마치다 | 백운단白雲端 : 흰 구름 끝

진리를 찾다가 시비의 분별 속에 휩쓸렸다. 그게 화두인 줄 오래 들고 다니다가 결국은 웃음거리만 되고 말았다. 한 꿈을 문득 깨니 진짜와 가짜를 분명히 알겠다. 이제껏 나는 헛것을 진짜로 알고 쫓아다녔구나. 한번 알았으니 두 번 속지 않겠다. 이 흰 구름 끝 암자에서 헛된 데 마음 팔지 않고 똑바로 보고 분명히 알아내 삶을 마무리 짓겠다. 운자 셋을 모두 '단端'으로 쓴 것이 특별히 눈길을 끈다.

한바탕 웃음

꽃 떨구는 바람에 강호에는 봄 다 가고
저물녘 한가한 구름 푸른 허공 지나간다.
그걸 보다 인간 세상 헛것임을 깨달으니
한바탕 웃음 속에 만사 모두 잊으리.

江湖春盡落花風　日暮閑雲過碧空

강호춘진낙화풍　일모한운과벽공

憑渠料得人間幻　萬事都忘一笑中

빙거료득인간환　만사도망일소중

── 부휴 선수(浮休 善修, 1543-1615), 「한 조각 한가로운 구름

푸른 허공 지나가네(一片閑雲過碧空)」

낙화풍落花風 : 꽃을 떨구는 바람 | 빙거憑渠 : 그것에 기대어, 한가로운 구름 때문
에 | 료득料得 : 깨달음을 얻었다 | 도망都忘 : 모두 다 잊다 | 일소一笑 : 한바탕 웃음

바람에 꽃이 지니 봄이 가고 여름이 왔다. 구름은 뉘엿한 산마루를 타고 허공을 건너간다. 지금 내 눈앞에 분명히 있던 것, 눈 한 번 돌리고 나면 스러지고 없다. 천년 만년 갈 것으로 믿었던 것들도 다 헛것에 지나지 않는다. 아등바등할 것 없다. 아웅다웅하지 않겠다. 구름이 푸른 하늘을 지나가도 하늘은 늘 그대로다. 씩 웃고 지우리.

종소리

기러기 높이 날고 물은 절로 흐르고
흰 구름 붉은 나무 산머리에 섞여 있네.
시냇가 낙엽 쌓여 돌아갈 길 잃었더니
숲속 성근 종소리에 나그네 근심 흩어지네.

鴈自高飛水自流　白雲紅樹雜山頭
안자고비수자류　백운홍수잡산두
溪邊落葉迷歸路　林裡疎鍾散客愁
계변낙엽미귀로　임리소종산객수

──부휴 선수(浮休 善修, 1543-1615), 「가을날 산에서

노닐다(秋日遊山)」

고비高飛 : 높이 날다 | 잡雜 : 뒤섞여 있다 | 산두山頭 : 산머리 | 미迷 : 길을 잃고 헤
매다 | 임리林裏 : 숲속 | 소종疎鍾 : 성근 종소리 | 산散 : 흩다, 사라지다.

기러기 날갯짓이 유난히 높게 느껴진다. 시내는 종종걸음으로 산 밑을 향해 내닫는다. 다들 마음이 바쁜 게지. 한가한 녀석들도 있다. 산머리에 걸린 흰 구름은 좀체 움직일 생각이 없다. 붉은 단풍나무도 붙박인 채 제 빛깔을 뽐낸다. 알맞게 섞인 희고 붉은 빛이 그대로 그림이다. 먼 데 풍경에 한눈파느라 길을 잃었다. 냇가에는 낙엽이 쌓여 길을 다 지웠다. 절로 가는 길을 못 찾겠다. 익숙하게 다니던 길인데 어이 이리 낯설꼬. 자꾸 헛갈리는 발끝을 망설일 무렵 해서 숲속에서 귀에 익은 종소리가 들린다. 이쪽일세. 이리 오게. 잠깐의 근심이 말끔하게 개었다. 흰 구름도 그새 간데 없다.

꿈속 신세

일백 년 세월조차 꿈속의 신세거늘
오래 산다 어이해 하던 대로 살아가리.
격외格外의 참 소식을 그대 알고 싶은가
산머리 향해 서서 돌사람께 물어보소.

百歲光陰夢裡身　豈能長久莫因循
백세광음몽리신　기능장구막인순
要知格外眞消息　須向峯頭問石人
요지격외진소식　수향봉두문석인
── 부휴 선수(浮休 善修, 1543-1615), 「조 스님에게
주다(贈照禪和)」

광음光陰 : 세월 | 몽리夢裡 : 꿈속 | 기능豈能 : 어찌 능히 | 장구長久 : 오래 살다 | 막
莫 : ~하지 말라 | 인순因循 : 기존에 해오던 대로 답습함 | 요지要知 : 알고자 하다 |
격외格外 : 짜여진 격식을 벗어남 | 수향須向 : 모름지기 향하다 | 봉두峯頭 : 산머리
| 석인石人 : 돌 장승 혹은 사람 모양의 바위

여보소, 스님! 깨달음의 참 소식을 얻고 싶으신 겐가? 그렇다면 생각을 바꿔야지. 늘 하던 대로 하고 보던 대로 보면 열심히 외워 봐야 그게 다 공염불일세. 슬픈 것이 꿈속에서 살다가 꿈속에 가는 인생이지. 따지고 보면 오십 년 살다 가는 것이나 백 년 살다 가는 것이나 다를 게 뭐 있겠나. 인순因循의 고리를 딱 끊어야지. 이제까지의 나와 결별을 해야지. 그래서 달라져야 하네. 어떻게 달라지냐고 묻는 겐가? 그건 내게 물으면 안 되지. 저기 저 산 꼭대기에 서 있는 돌사람에게 가서 물어보시게.

소식

아침 나절 숲 차 따고 저녁엔 땔감 줍고
산 과일 또 거두니 조금도 가난찮네.
홀로 앉아 향 사르니 다른 일이 없어서
그대 함께 새 얘기를 나누고 싶어졌지.

朝採林茶暮拾薪　　又收山果不全貧
조채임차모습신　　우수산과불전빈
焚香獨坐無餘事　　思與情人一話新
분향독좌무여사　　사여정인일화신

— 부휴 선수(浮休 善修, 1543-1615), 「송운에게
부치다(寄松雲)」

채採 : 채취하다, 찻잎을 따다 | 임차林茶 : 숲속에 자생하는 야생 차 | 습신拾薪 : 땔
감을 줍다 | 수收 : 거두다 | 불전빈不全貧 : 전혀 가난하지 않다 | 분향焚香 : 향을 사
르다 | 사思 : 생각하다, 그리다, 떠올리다 | 정인情人 : 정스런 사람, 사랑하는 사람.
여기서는 송운 스님을 가리킴 | 송운松雲 : 사명대사의 별호

여보 사명당! 잘 지내시는 게요? 내 일과를 말해드리리다. 아침에 일어나면 숲으로 들어가 찻잎을 따고, 저녁때는 가까운 숲을 어슬렁거리며 땔감거리를 주워 옵니다. 길가에 산 과일 익은 것이 보이면 그것은 덤으로 따 오지요. 어떻소! 이만하면 산속 중의 살림이 제법 넉넉하지 않소? 나머지 시간에는 향을 사르고 그 앞에 홀로 앉아 있는다오. 무생의 한소식을 따져보고 있는 게지요. 내 이 적막한 시간을 나랏일로 늘 분주한 그대에게 나눠주고 싶구려. 그대가 불쑥 이 산중으로 나를 찾아와 하룻밤 대화로 심신에 상쾌한 새 기운을 불어넣고 가는 건 어떻겠소. 답장 기다리오.

봄 산

비 갠 봄 산에 풀빛 짙은데
꽃핀 양 언덕 시내가 붉다.
시 짓고 놀다 갈 길 잊으니
몸도 텅 비고 사물도 빈 듯.

雨歇春山草色濃　花開兩岸映溪紅
우헐춘산초색농　화개양안영계홍

徘徊吟賞忘歸路　疑是身空物亦空
배회음상망귀로　의시신공물역공

──부휴 선수(浮休 善修, 1543-1615),「홍류동(紅流洞)」

우헐雨歇 : 비가 그치다 | 농濃 : 짙다 | 양안兩岸 : 양편 언덕 | 영계홍映溪紅 : 시내를
붉게 비춘다 | 배회徘徊 : 서성이며 떠나지 못하는 모습 | 음상吟賞 : 시를 읊조리며
감상하다 | 의시疑是 : ~인가 의심스럽다 | 신공身空 : 육신의 일이 아무것도 아님 |
홍류동紅流洞 : 가야산 계곡

가야산 홍류동 계곡에 봄이 왔다. 비가 한바탕 지나가자 풀빛이 성큼 짙어졌다. 냇가 양편 언덕엔 꽃들이 활짝 피어나 온 시내가 벌겋다. 오죽하면 골짜기 이름을 홍류동紅流洞이라 지었겠는가. 시 짓다 구경하다 정신줄을 놓고 돌아갈 생각을 잊었다. 그렇게 냇가를 배회하는 어느 순간 내가 문득 사라진다. 주변의 사물들이 말끔하게 지워진다. 일체무물一切無物, 나도 없고 사물도 없고 마음만 하나 두둥실 남았다. 봄날 홍류동 계곡, 꽃 빛깔로 흐르는 물소리 속에서 오래 들고 다니던 화두 하나가 그예 터진다.

간파

도는 본시 말 떠나고 공력마저 끊는 것
툭 터져 텅 비어도 바람조차 안 통하지.
그 속에서 금강석 같은 지혜를 얻고 나면
천 겹 만 겹 화산華山도 보는 즉시 간파하리.

道本離言又絶功　廓然無物不通風
도본이언우절공　확연무물불통풍

箇中忽得金剛慧　觀破華山千萬重
개중홀득금강혜　관파화산천만중

──부휴 선수(浮休 善修, 1543-1615), 「도엄 스님에게

주다(贈道嚴禪子)」

이언離言 : 언어를 벗어나다, 말로는 설명할 수 없다 | 절공絶功 : 공력을 끊다, 애
를 쓴다고 해서 되지 않는다 | 확연廓然 : 툭 터져 텅 빈 모양 | 무물無物 : 아무것
도 없다 | 불통풍不通風 : 바람이 통하지 않는다 | 개중箇中 : 그 가운데 | 금강혜金
剛慧 : 금강석처럼 단단하고 빛나는 지혜 | 관파觀破 : 간파하다, 보고 다 알아보다 |
중重 : 겹

여보게, 도엄 스님! 내가 도에 대해 말해줌세. 도란 말일세, 언어로는 도무지 설명이 안 되는 것이야. 이언절려離言絶慮! 말을 떠나고 생각이 끊어진 자리, 그 백척간두 끝에서 한 걸음 더 내딛어야 얻을 수가 있다네. 텅 비어 아무것도 없는데 삼엄해서 실바람도 통하지 않지. 한 발 더 나아갈 수도 뒤로 물러설 수도 없다네. 전부이면서 아무것도 아니며, 손에 쥐었다 느낀 순간 흔적도 없이 사라져버리지. 금강석 같은 지혜를 얻기 전엔 볼 수도 없고 들을 수도 없고 느낄 수도 없는 것일세. 그런데 이게 한번 내 속으로 들어오기만 하면 모를 것이 없고 안 보이는 것이 없어지지. 자네 그걸 갖고 싶은가? 자! 여기 있네. 어서 가져가게.

뜬 목숨

인간의 뜬 목숨이 번갯불과 같건만
정신을 허비하며 이리저리 내닫는다.
임천林泉에 물러나면 가난해도 즐거울 터
시비 따져 몸 곤한 줄 아예 알지 못할 텐데.

人間浮命電光中　徒費精神走北東
인간부명전광중　도비정신주북동
退隱林泉貧亦樂　不知身困是非風
퇴은임천빈역락　부지신곤시비풍

―부휴 선수(浮休 善修, 1543-1615),「사대부를 비웃다

(嘲士大夫)」

부명浮命 : 뜬 목숨 | 전광電光 : 번갯불 | 도비徒費 : 한갓 허비한다 | 주走 : 내달리다
| 퇴은退隱 : 물러나 은거하다 | 임천林泉 : 자연 또는 전원의 의미 | 곤困 : 피곤하다,
힘들다 | 시비풍是非風 : 옳으니 그르니 따지는 풍문 | 조嘲 : 비웃다, 조롱하다

번갯불처럼 잠깐 왔다가 가는 인생이다. 그 짧은 사이에 무얼 이
뤄보겠다고 정신과 육체를 소진시켜가며 이리저리 바지런을 떠는
가? 그 작위의 마음을 일단 걷어 전원으로 물러나 숨어 산다면 이
제껏 진절머리 나던 가난도 즐거움으로 변할 것이다. 이러쿵저러
쿵 옳으니 그르니 따져 다투는 싸움질에 몸 가누기 힘들던 시간
도 간데없을 터. 말로는, 입으로는 귀거래歸去來를 염불 외듯 하면
서 실제 행동은 그깟 알량한 부귀를 얻어보겠다고 온갖 권모술수
와 책략을 마다 않는 그대들 사대부를 보고 내가 하도 안쓰러워
하는 소리다. 이제부터라도 위선을 벗고 자연의 삶을 회복하시게
들. 정신을 낭비하고 육신을 괴롭혀 얻는 것은 이미 부귀가 아니
라 재앙이라네.

경세

백 년의 세월이 틈 사이로 지나는 듯
어이 인간 세상에 오래도록 머물 건가.
마땅히 강건할 때 부지런히 애써야지
생사가 갈릴 때는 한가하지 못하리.

百歲光陰如過隙　何能久住在人間
백년광음여과극　하능구주재인간

宜隨强健須勤做　生死臨時不自閑
의수강건수근주　생사임시불자한

─부휴 선수(浮休 善修, 1543-1615), 「경세(警世)」 2-1

광음光陰 : 세월 ┃ 과극過隙 : 벽 틈 사이로 흰 말이 지나가는 것을 보는 것과 같은
짧은 시간 ┃ 구주久住 : 오래 살다 ┃ 의수宜隨 : 마땅히 따르다 ┃ 강건强健 : 굳세고 건
강함 ┃ 근주勤做 : 부지런히 일하다 ┃ 임시臨時 : 그때가 되어 ┃ 경세警世 : 세상 사람
들을 깨우침

잠깐 어 하는 사이에 백 년 인생이 지나간다. 오래 있자 한들 뜻대로 될 일이 아니다. 그 백 년도 잠잘 때 빼고 병들고 아파 누운 시간 빼고 나면 절반이 안 남는다. 죽음은 준비할 겨를을 주지 않고 한순간에 불쑥 온다. 맹탕으로 그저 되는 대로 살다가 생사의 갈림길에서 허둥지둥 당황하지 않으려면 조금이라도 건강할 때 부지런히 몸을 움직여야 마땅하다. 공짜 밥 먹지 말고 헛 시간 쓰지 말아야 한다.

단좌端坐

헛세월 보내는 것 참으로 가석하니
세간의 사람들이 시비 속에 늙어가네.
부들방석 위에서 단정히 가만 앉아
부지런히 공부해서 조풍祖風 이음만 못하리.

虛負光陰眞可惜　世間人老是非中
허부광음진가석　세간인로시비중

不如端坐蒲團上　勤做功夫繼祖風
불여단좌포단상　근주공부계조풍

── 부휴 선수(浮休 善修, 1543-1615), 「경세(警世)」 2-2

허부虛負 : 헛되이 저버리다 ｜ 가석可惜 : 애석하다 ｜ 불여不如 : ~함만 못하다. 3, 4
구를 다 걸어서 해석한다 ｜ 단좌端坐 : 단정히 똑바로 앉다 ｜ 포단蒲團 : 부들로 짠
방석 ｜ 계조풍繼祖風 : 조사祖師의 풍을 계승하다

아깝다 아깝다 해도 세월이 가장 아깝다. 물처럼 흘러가 한번 가곤 안 온다. 세상 사람들이 한 번뿐인 인생을 시비是非 속에 다 떠내려 보내니 그게 더 안타깝다. 부들로 짠 방석 위에 사려 앉아 부지런히 공부해서 옛 조사祖師들의 형형한 정신을 계승하는 것이 훨씬 가치 있는 삶이 아니겠는가? 시비를 떠나고 분별을 내려놓자.

탈각

칠십 여년 세월을 환해幻海에서 노닐다가
오늘 아침 허물 벗고 처음으로 돌아간다.
툭 터진 진성眞性은 원래 걸림 없나니
깨달음에 생사 뿌리 어이해 있으리오.

七十餘年遊幻海　　今朝脫殼返初源
칠십여년유환해　　금조탈각반초원

廓然眞性元無碍　　那有菩提生死根
확연진성원무애　　나유보리생사근

—— 부휴 선수(浮休 善修, 1543-1615), 「임종게(臨終偈)」

환해幻海 : 허깨비 바다, 헛된 세상 | 탈각脫殼 : 허물을 벗다 | 반返 : 되돌아가다 |
초원初源 : 첫 근원 | 확연廓然 : 툭 터져 걸림이 없는 모양 | 진성眞性 : 참된 본성 |
무애無碍 : 아무 걸림이 없음 | 나유那有 : 어찌 있겠는가? | 보리菩提 : 지혜, 깨달음

일흔세 해 동안 여기서 잘 놀았다. 이제 가야겠구나. 환해幻海를 떠나 원래 왔던 처음 그 자리로 돌아갈란다. 마음에 아무 의심이 없으니 툭 터져 걸림이 없다. 살고 죽는 데 따라 깨달음도 왔다 갔다 하는 것이라면 그것을 어찌 깨달음이라 하리. 벗어놓고 간 허물 앞에 두고 울지 마라. 죽었다고 법석 떨지 마라. 제자리로 돌아가는 것일 뿐이니라.

버들

열다섯에 집을 떠나 서른에 돌아오니
긴 시내 변함없이 서편에서 흘러온다.
감나무 다리 동쪽 일천 그루 버들은
반 넘어 산승이 떠난 뒤에 심은 걸세.

十五離家三十回　長川依舊水西來
십오이가삼십회　장천의구수서래

柿橋東岸千條柳　强半山僧去後栽
시교동안천조류　강반산승거후재

—— 송운 유정(松雲 惟政, 1544-1610), 「귀향(歸鄕)」

이가離家 : 집을 떠나다 | 회回 : 돌아오다 | 의구依舊 : 변함없이, 옛날 그대로 | 시교
柿橋 : 다리 이름 | 동안東岸 : 동쪽 기슭 | 강반强半 : 반 넘어 | 거후재去後栽 : 떠난
뒤에 심다

십오 년 만에 고향에 돌아왔다. 변한 것 하나 없고 모두 다 변했다. 긴 시내의 물줄기는 전과 같은데 감나무 한 그루가 서 있어 감나무 다리란 이름을 얻었던 그 다리 기슭에는 못 보던 버드나무가 줄을 지어 서 있다. 예전에도 있었지만 이 정도는 아니었다. 내가 고향을 떠난 뒤 누군가 냇가에 심은 버들이 저렇듯 높이 자라 물가에 제 그림자를 드리우고 섰구나. 그 세월에 그만 마음이 시큰해진다.

입조심

다른 사람 장단점은 말하지 마시게나
무익할 뿐 아니라 재앙을 부른다네.
제 입을 물병처럼 지킬 수만 있다면
이것이 몸 편히 할 으뜸가는 방편일세.

休說人之短與長　非徒無益又招殃
휴설인지단여장　비도무익우초앙
若能守口如瓶去　此是安身第一方
약능수구여병거　차시안신제일방

——송운 유정(松雲 惟政, 1544-1610), 「허생에게 주다

(贈許生)」

휴설休說 : 말하지 말라 | 단여장短與長 : 단점과 장점 | 비도非徒 : 한갓 ~할 뿐 아니
라 | 초앙招殃 : 재앙을 부르다 | 약능若能 : 만약 능히 | 수구여병守口如瓶 : 입 지키
기를 물병같이 한다 | 차시此是 : 이것이 바로 | 제일방第一方 : 제일가는 처방

남 얘기 하는 버릇을 버리시게. 남 헐뜯는 얘기도 하지 말고 칭찬조차 말게나. 이러쿵저러쿵 남 얘기 입에 올리는 버릇을 싹 끊도록 하게. 아무 득도 없을뿐더러 치러야 할 대가가 쓰다네. 수구여병이란 말도 못 들었던가? 물병 뚜껑을 제대로 닫아야 물이 안 새듯, 입을 잘 봉해야 복이 새길 않네. 입은 복이 나고 드는 문일세. 공연히 딴 데 가서 몸을 편안히 간수할 방법 묻고 다닐 것 없지. 입조심만 하면 되네. 그 입을 꽉 닫게.

염화

가르침 밖 참된 소식 별도로 전해지니
고운 이름 오롯하다 옛 장부가 돌아왔네.
오백 년 지난 뒤엔 누가 이를 이을꼬
염화시중 한 맥락이 호응하여 떨어지리.

別傳敎外眞消息　專美須還古丈夫
별전교외진소식　전미수환고장부

後五百年誰繼此　拈花一脉落嗚呼
후오백년수계차　염화일맥낙명호

——송운 유정(松雲 惟政, 1544-1610),「부휴 스님에게 주다

(贈浮休子)」

별전교외別傳敎外 : 가르침 밖에서 따로 전해진 가르침 | 전미專美 : 아름다운 이름
을 홀로 누림 | 수환須還 : 모름지기 돌아오다 | 염화일맥拈花一脉 : 염화시중拈花示
衆, 즉 말이나 글을 통하지 않고 마음에서 마음으로 전해져온 선종의 맥락 | 낙명
호落嗚呼 : 호응하여 떨어지다, 호응이 되다. 명호는 호응의 의미

교외별전敎外別傳으로 이어져온 참 소식을 그대가 환히 깨치셨구려. 마치 그 옛날의 대장부가 씩씩하게 되살아 돌아온 것만 같소. 이렇게 기운 얻어 한 오백 년은 너끈히 버티겠소. 그 뒤에는? 그때는 또 그때 임자가 나타나겠지. 미리 작정한다고 될 일이 아니잖소. 그대가 이렇게 든든한 버팀목이 되어주니 내가 다 자랑스럽소.

뒤집힌 배

천마千魔와 만난萬難쯤은 허깨비와 같은 법
여울가에 버려진 뒤집힌 배와 같네.
금강金剛과 밤 가시를 통째로 삼켜야만
부모님께 몸 받기 전 그때를 알게 되리.

千魔萬難看如幻　直似灘頭掇轉船
천마만난간여환　직사탄두철전선
吞透金剛幷栗莿　方知父母未生前
탄투금강병율자　방지부모미생전

──송운 유정(松雲 惟政, 1544-1610),「영운 장로에게 주다

(贈靈雲長老)」

천마만난千魔萬難 : 일천의 마귀와 만 가지 어려운 일 ∣ 간여환看如幻 : 보니 헛것
과 같다 ∣ 직사直似 : 꼭 비슷하다 ∣ 탄두灘頭 : 여울가 ∣ 철전掇轉 : 거꾸로 뒤집히다.
도전掉轉과 같다 ∣ 탄투吞透 : 꿀꺽 삼키다 ∣ 금강金剛 : 매우 단단하여 절대로 깨지
지 않는 쇠 ∣ 율자栗莿 : 밤 가시 ∣ 방지方知 : 그제서야 알다 ∣ 부모미생전父母未生
前 : 부모님에게서 아직 태어나기 이전

마음을 괴롭히는 일천의 마귀도 육신을 들볶는 일만의 고난도 따지고 보면 내가 현혹되어 생긴 일이올시다. 그건 겉보기만 멀쩡한, 여울가에 뒤집힌 채 버려진 배와 같다오. 얼핏 겉만 보고 그걸 타고 넓은 여울을 건너려다가는 중간에 가라앉아 빠져 죽고 말지요. 눈에 현혹되어 마음이 휘둘리면 이룰 수 있는 일이 없게 되오. 그대가 태어나기도 전의 아마득한 그 소식을 알고 싶은 겐가? 금강의 쇠공이와 가시투성이 밤송이조차 꿀꺽 삼킬 수 있는 기상을 지녀야 할 것이오. 그저 하고 대충 살다 육신이 허물어지면 이 마음을 둘 곳조차 없이 되지 않겠소?

절벽

깎아지른 벼랑 절벽 기댈 곳이 없어도
목숨 버려 형상 잊고 의심 않고 나아가네.
다시금 번득이는 칼날을 향해야만
공겁空劫의 그 이전을 비로소 알게 되리.

懸崖峭壁無栖泊　捨命忘形進不疑
현애초벽무서박　사명망형진불의
更向劍鋒翻一轉　始知空劫已前時
갱향검봉번일전　시지공겁이전시

── 송운 유정(松雲 惟政, 1544-1610), 「이공이 말을 구하기에
답해주다(酬李公求語)」

현애초벽懸崖峭壁 : 매달린 듯한 벼랑과 깎아지른 절벽 ┃ 무서박無栖泊 : 깃들어
멈출 곳이 없다 ┃ 사명망형捨命忘形 : 목숨을 버리고 형상을 잊는다 ┃ 진불의進不
疑 : 의심하지 않고 나아가다, 또는 나아감에 의심치 않는다 ┃ 검봉劍鋒 : 칼날 ┃ 번
일전翻一轉 : 한바탕 번득이다 ┃ 시지始知 : 비로소 알다 ┃ 공겁이전空劫已前 : 공겁은
세계가 파괴되어 아무것도 없는 상태로 지속되는 지극히 긴 기간. 공겁이전은 공

깎아지른 수직의 절벽에 발 디딜 곳 하나 없다. 여기서 의심 없이 한 발을 내딛는 용기가 있는가? 목숨이 아깝잖고 형상조차 잊는 순간에 문득 살길이 열린다. 매섭게 휘두르는 검광 속으로 서슴없이 내닫는 순간 억겁 이전 아무것도 없는 그때의 시간이 비로소 열린다. 모를 것이 없어진다.

겁보다도 더 이전의, 도저히 상상할 수 없는 아득한 때를 말한다

의심덩어리

무쇠 관문 굳게 닫혀 나아갈 길 없길래
이리저리 두드리며 열어보려 하였지.
느닷없이 펑 터져 의심덩이 깨지더니
아울러 하늘땅이 놀라 들썩하더라.

鐵關牢鎖無行路　西擊東敲要打開
철관뇌쇄무행로　서격동고요타개

倏然爆地疑團破　管取驚天動地來
숙연폭지의단파　관취경천동지래

—— 송운 유정(松雲 惟政, 1544-1610), 「연 장로에게 주다

(贈蓮長老)」

철관뇌쇄鐵關牢鎖 : 무쇠 관문으로 굳게 봉쇄됨 | 서격동고西擊東敲 : 서쪽으로 치고
동쪽으로 두드려봄 | 요타개要打開 : 타개하려 하다 | 숙연倏然 : 느닷없이, 빠른 모
양 | 폭지爆地 : 땅이 폭발함 | 의단疑團 : 의심의 덩어리 | 관취管取 : 포괄하다, 붙들
어 취하다 | 경천동지驚天動地 : 천지가 놀라 흔들리다

아무리 수행을 거듭해도 앞이 안 보입니다. 이리 치고 저리 두드려봐도 굳게 잠긴 문이 꿈쩍도 않습니다. 손에 피멍이 들고 아파도 속수무책입니다. 그런데 말이지요, 갑자기 땅이 폭발하더니 내 앞을 막고 섰던 의심의 덩어리가 흔적 없이 깨져버리고 말았어요. 경천동지라더니 하늘이 흔들흔들 땅이 들썩들썩 하며 순식간에 세상이 뒤집어지는 거예요. 무쇠의 관문이 통째로 날아가 내 앞에 갑자기 뻥 뚫린 세상이 환하게 열리지 뭡니까?

한 방

일만 의심 온통 모두 의심덩이 향해 가니
의심 가고 오는 중에 의심을 절로 보네.
모름지기 용을 잡고 봉을 치는 솜씨라야
한주먹 후려쳐서 무쇠 성문 부수리라.

萬疑都就一疑團　疑去疑來疑自看
만의도취일의단　의거의래의자간

須是拏龍打鳳手　一拳拳倒鐵城關
수시나룡타봉수　일권권도철성관

——송운 유정(松雲 惟政, 1544-1610), 「난 법사에게 주다
(贈蘭法師)」

만의萬疑 : 일만 가지 의심 | 도취都就 : 모두 나아가다 | 의단疑團 : 의심덩어리 | 의
거의래疑去疑來 : 의심이 가고 오다 | 수시須是 : 모름지기 | 나룡타봉수拏龍打鳳
手 : 용을 붙들고 봉황을 때리는 솜씨 | 일권一拳 : 주먹 한 방 | 권도拳倒 : 주먹질에
거꾸러지다 | 철성관鐵城關 : 쇠로 만든 성의 관문

공부는 의심을 내는 데서 시작하는 법. 의심 없이는 출발도 없고 과정도 없고 끝도 없소. 하나하나 의심해서 그 의심을 타파해 나가야 하오. 의심의 덩어리가 눈덩이처럼 불어나 나를 깔아뭉갤까 싶어도 꿋꿋이 밀고 나가시오. 그사이에 의심은 제 스스로 정체를 드러내게 되지. 용이 스쳐 가면 그놈을 낚아채고 봉새가 달아나면 단박에 그걸 쳐서 때려잡아야지. 무쇠의 성문도 주먹 한 방에 뻥 나자빠지게 될 걸세. 추호도 의심의 힘을 의심치 마시게.

달마

어렵사리 동쪽으로 십만 리 길을 와서
양왕梁王과 맞지 않자 강서江西로 건너갔네.
구 년간 말도 않고 무슨 사업 이뤘길래
쓸데없이 아손兒孫들을 미혹되게 하였던가.

齗齘來東十萬里　梁王不契渡江西
언우래동십만리　양왕불계도강서

九年無語成何事　空使兒孫特地迷
구년무어성하사　공사아손특지미

—— 송운 유정(松雲 惟政, 1544-1610), 「갈댓잎으로 강을
건너다(一葦渡江)」

언우齗齘 : 언齗은 이를 드러내어 웃고, 우齘는 이가 아파 찡그리는 모양. 이러구
러, 어렵사리 | 래동來東 : 동쪽으로 오다 | 양왕불계梁王不契 : 양왕과 맞지 않다. 달
마대사가 중국으로 건너와 양무제와 만났으나 그와 마음이 맞지 않아 숭산 소림
사 석실로 들어가 면벽 구 년의 수행을 닦은 일을 두고 하는 말. 불계不契는 마음
이 맞지 않아 어근버근한 모양이다 | 성하사成何事 : 무슨 일을 이루었던가 | 공사

달마 스님! 그 고생해 갈대 타고 십만 리 길을 건너와선 임금이 말귀를 못 알아듣자 다시 소림사로 가셨다구요. 그래 그곳 석실에서 구 년간 말없이 면벽만 하면서 이루신 사업이 대체 어떤 것이오. 그게 뭐길래 이 수없이 많은 후생이 죽기 살기로 당신의 그 깨달음에 가까이 가보겠다고 이 난리를 치게 만드신 게요. 말씀이나 시원하게 해주시지 달랑 교외별전敎外別傳이라고만 하시니 다들 답답해서 생각만 많아지는 게 아니오. 하긴 깨달음을 누가 안겨줄 수야 없겠지만서두.

空使 : 공연히 ~하게 하다 | 아손兒孫 : 후대의 승려 모두를 지칭한 표현 | 특지特地 : 특히 | 미迷 : 미혹시키다

도강渡江

정종正宗의 소식이 재미가 없다 해도
쓰지 않고 어이하며 또 어찌할 것인가.
은산과 철벽을 깨부수고 가야지만
그제야 바야흐로 사생 강물 건너가리.

正宗消息沒滋味　不用如何又若何
정종소식몰자미　불용여하우약하
打破銀山鐵壁去　此時方渡死生河
타파은산철벽거　차시방도사생하

──송운 유정(松雲 惟政, 1544-1610), 「순 장로에게 주다

(贈淳長老)」3-3

정종正宗 : 초조初祖 달마로부터 전해 내려온 적전嫡傳의 가르침 ┃ 몰자미沒滋
味 : 특별한 맛이 없다 ┃ 여하如何 : 어찌하나? 약하若何와 같다 ┃ 타파打破 : 쳐부수
다 ┃ 은산철벽銀山鐵壁 : 돌파하기 어려운 난관의 비유 ┃ 방方 : 바야흐로 ┃ 도渡 : 건
너다, 건너가다 ┃ 사생하死生河 : 삶과 죽음이 갈리는 사생의 강물

달마 이래로 내려온 선종의 법도는 덤덤해서 아무 맛이 없다. 특별할 게 하나 없다. 이 평범함 속에 깃든 절대를 맛보아야 재미가 날 텐데 그것부터가 쉽지 않다. 달리 무슨 수도 없다. 무조건 화두 들고 틀어 앉아 맨땅에 헤딩하는 수밖에. 나를 턱 가로막던 은산철벽을 다 가루 내어 통쾌하게 때려 부숴야 생사의 큰 강물을 비로소 건널 수 있다. 은산철벽을 못 넘고는 죽도록 애만 쓰고 거둘 보람이 하나도 없다. 그다음에야 비로소 생사의 강물 앞에 설 자격을 얻는다. 때려 부숴라. 그래야 건넌다.

참선

참선은 많은 말이 필요치 않으니
평소처럼 묵묵히 스스로를 봄에 있네.
조주의 무無자를 망각할 것 같으면
입 있어도 할 말 없어 나는 상관 않으리.

參禪不用多言語　只在尋常默自看

참선불용다언어　지재심상묵자간

趙州無字如忘却　雖口無言我不干

조주무자여망각　수구무언아불간

── 송운 유정(松雲 惟政, 1544-1610), 「묵 산인에게 주다

(贈默山人)」2-1

참선參禪 : 선의 화두를 참구함 | 지재只在 : 다만 ~에 달려 있다 | 심상尋常 : 보통,
평소 | 묵자간默自看 : 침묵 속에 스스로를 살피라는 뜻도 되고 이 시를 받은 승려
의 이름이 묵默이어서, 네 스스로를 살피라는 의미로도 읽힌다 | 조주무자趙州無
字 : 조주 스님의 무자 화두. 개에게 불성이 있느냐고 묻자 "없다"고 한 대답에 의
심을 품어 이 문제를 정면돌파해야 견성見性한다고 한다. 보조국사 지눌 이래 한

여보! 묵默 스님! 이름은 침묵한다고 지어놓고 어찌 그리 말이 많은 게요. 화두는 따져서 사량思量하는 게 아니오. 입을 꾹 다물고 묵묵히 자기를 살피는 데서 타파되는 게요. 조주 스님의 무자 화두를 끊임없이 물고 늘어지시오. 아니 아예 통째로 삼켜버려야지. 수미산이 번쩍 들려 겨자씨 안에 들고, 서강西江의 물이 딱 벌린 한입에 다 들어가야 하오. 참선은 여기서 시작해서 여기서 끝이 나오. 이걸 잊으면 안 되지. 화두를 놓치면 말짱 헛일이오. 따져 말해 무엇하리.

국 선종에서 깨달음의 방편으로 가장 많이 들었던 대표적인 화두 ∣ 망각忘却 : 잊다, 잊어버리다 ∣ 수구무언雖口無言 : 비록 입이 있어도 할 말이 없다. 유구무언의 의미 ∣ 불간不干 : 상관하지 않다

깨달음

각覺은 깨침 아니면 각이 아니니
각에 자각 없어야 각을 깨친 것일세.
각을 깨침 각 깨침이 아니고 보니
어이 홀로 참 깨달음이라 이름 붙이리.

　　　覺非覺非覺　覺無覺覺覺

　　　각비각비각　각무각각각

　　　覺覺非覺覺　豈獨名眞覺

　　　각각비각각　기독명진각

——청매 인오(靑梅 印悟, 1548-1623), 「십이각시(十二覺詩)」

각覺 : 명사로는 깨달음, 동사로는 깨닫다, 깨우치다, 자각하다 등의 여러 뜻으로
썼음 | 각각覺覺 : 깨달음을 깨치다, 즉 깨달음을 얻다 | 기독豈獨 : 어찌 홀로 | 명
名 : 이름 붙이다 | 십이각十二覺 : 시 원문 스무 자 중에 각覺이란 글자가 열두 번이
나 나온다는 의미

고작 스무 자 시에 무려 열두 자가 같은 각覺자다. 빨리 소리 내서 읽으면 까마귀 울음소리가 따로 없다. 각覺, 즉 깨달음의 경지란 문득 깨치는 과정을 통해 이루어진다. 이 깨침이 없는 각은 참된 의미의 각은 아니다. 한편 깨달음은 스스로 깨달았다는 느낌마저 없어야 깨달음을 깨쳤다고 말할 만하다. 내가 지금 깨달았구나 하는 생각이 움트면 그건 아직 깨닫지 못했다는 징표다. 세상에서 말하는 각각覺覺, 즉 깨달음을 깨쳤다는 것은 막상 진정한 깨달음과는 거리가 멀다. 이런 가짜 깨달음에다 어찌 진짜로 깨달았다는 이름을 붙인단 말인가? 깨닫는 순간 말이 끊어진다. 깨닫는 즉시 말이 필요 없어진다. 깨달음은 퍼뜩 깨치는 그 순간 속에 모든 것이 걸려 있다.

생각

생각으로 생각을 생각한다면
생각하고 생각해도 참 생각은 아니리.
참 생각으로 망령된 생각 다스려야만
괴롭잖게 한생각이 없어지리라.

如以念念念　念念非眞念

여이염염염　염염비진염

將眞治妄念　未苦無一念

장진치망념　미고무일념

──청매 인오(靑梅 印悟, 1548-1623),「무제(無題)」2-1

여如 : 만약 | 이염염염以念念念 : 생각을 가지고 생각을 생각하다, 또는 생각하고
생각하다. 찰나를 생각하다로 풀이할 수도 있다. 염念은 생각하다, 외우다의 뜻으
로 쓰이고, 불교에서는 찰나刹那를 뜻한다. 염염念念은 한생각에 한생각을 이음,
또는 찰나를 생각함 | 장진將眞 : 참 마음을 이끌다 | 망념妄念 : 망령된 생각 | 미고
未苦 : 특별히 괴로울 것 없이, 손쉽게

생각도 종류가 참 많다. 염念은 머릿속에 콕 박혀 떠나지 않는 생각이다. 상想은 퍼뜩 떠오른 생각이다. 사思는 곰곰이 따져서 하는 생각, 여慮는 짓누르는 생각이다. 생각에 대한 생각은 생각만으로는 소용이 없다. 그런 생각은 되풀이할수록 진념眞念 아닌 잡념雜念이 된다. 제대로 생각하려면 먼저 진념으로 망념妄念부터 쳐부숴야 한다. 목표는 무념무상無念無想이다. 마음에서 생각을 걷어내야 미운迷雲이 걷히듯 정신이 맑아진다. 마음에서 한생각 지우기가 참 어렵다. 인오 스님은 말장난을 퍽 좋아했다. 말장난 속에 깊은 이치를 담았다.

앎

지식으로 아는 것을 안다고 하면
손으로 허공 움킴 다름없으리.
앎은 단지 스스로 자길 아는 것
앎 없어야 다시금 알 것을 아네.

若以知知知　如以手掬空
약이지지지　여이수국공

知但自知已　無知更知知
지단자지기　무지갱지지

—청매 인오(青梅 印悟, 1548-1623), 「지지편을 보고서
(看到知知篇)」

약若 : 만약 | 이지지지以知知知 : 사변적 지식을 가지고 앎에 대해 안다고 하다 | 여
如 : 마치 ~과 같다 | 이수국공以手掬空 : 손으로 허공을 움켜쥐다. 될 수 없는 일의
비유 | 자지기自知己 : 스스로 자신에 대해 알다 | 무지無知 : 앎이 없다, 모른다 | 지
지知知 : 무엇을 아는지 알다, 또는 아는 것을 알다

말장난 시리즈 제 3탄. 지지^{知知}, 즉 아는 것을 제대로 알기가 어렵다. 똑바로 알지 못하고 대충 알고 잘못 알아 사람을 잡고 일을 망친다. 머리로 아는 지식은 참 앎이 아니다. 허공을 손으로 붙들 수 없다. 분명히 잡았는데 아무것도 없다. 틀림없이 있었는데 어디에도 없다. 진짜 앎은 제가 먼저 안다. 헛 지식을 버려 무지의 상태로 돌아가야 그제서야 비로소 지지^{知知}의 상태에 도달한다. 알기 위해서는 몰라야 한다. 채우려면 비워야 하듯이. 불경뿐 아니라 공자께서도 말씀하셨다. "아는 것을 안다 하고 모르는 것을 모른다 하는 것 이것이 앎이다_{知之爲知之, 不知爲不知, 是知也}."

가석타

가석타 세상 사람
제 몸 귀함 모르고서,
부귀만을 선망하여
불법 구함 이와 같네.

可惜世間人　不知自身貴

가석세간인　부지자신귀

羨他豪富人　求佛法如是

선타호부인　구불법여시

—— 청매 인오(靑梅 印悟, 1548-1623), 「남의 요구에

응해서 짓다(求他作)」

가석可惜 : 애석하다 | 세간인世間人 : 세상 사람 | 선羨 : 부러워하다, 선망하다 | 타
他 : 달리 | 호부인豪富人 : 대단히 부유한 사람 | 여시如是 : 이와 같이 하다

귀한 제 몸 가꿀 생각은 않고 자꾸 엄한 데만 쳐다본다. 부자 되게 해달라고 부처님 전에 와서 빌고 또 빈다. 부자 돼서 뭐하려고? 사람들아! 몸 망치고 마음 해치는 물질의 부자 말고 나 살리고 남도 사는 마음의 부자가 되어라. 제 몸 아껴 잘 지니는 것이 가장 큰 부자니라. 어떤 사람이 한말씀 청하자 주신 말씀이다.

면벽

햇불 덕에 구덩이에 떨어짐을 면하고자
가부좌로 면벽해서 시간 허비 않으려면,
관운장이 안양 목을 따오듯이 해야지
한인韓人이 수레를 잘못 맞춤 배워서는 안 되리.

不欲憑炬免落塹　跏趺面壁費居諸

불욕빙거면락참　가부면벽비거저

須如關羽顏良奪　莫學韓人誤中車

수여관우안양탈　막학한인오중거

—— 청매 인오(靑梅 印悟, 1548-1623), 「참선하는 승려에게

보이다(示參禪僧)」

불욕不欲 : 하고자 하지 않다. 2구까지 걸어서 해석한다 | 빙거憑炬 : 햇불에 의지하
여 | 락참落塹 : 구덩이에 떨어지다 | 가부跏趺 : 가부좌를 틀고 앉다 | 면벽面壁 : 벽
을 마주하고 앉다 | 비거저費居諸 : 세월을 허송하다는 의미의 관용적 표현 | 수여
須如 : 모름지기 ~와 같아야 한다 | 관우안양탈關羽顏良奪 : 『삼국지』에서 관운장이
한 번 출진해서 안양과 문추의 목을 벤 일을 두고 하는 말. 통쾌하고 명백한 일처

자네 기세가 참 대단하군. 가부좌를 단단히 얽고 면벽한 채 도사리고 있네그려. 밤중에 구덩이에 떨어지지 않으려면 횃불을 환하게 들어 발 앞을 비춰야만 하겠지. 그런데 말일세, 그저 시늉이나 하고 앉았으면 백 년을 수행만 해도 거둘 것이 하나도 없네. 관운장이 적토마로 출진해서 안양의 모가지를 단칼에 덜렁 베어 오듯 해야지, 철퇴 들어 진시황은 못 맞추고 공연히 그가 탄 수레 모서리나 찌그러뜨리듯 해서는 못쓰지. 어깨에 힘을 좀 빼야겠네. 서슬을 조금 누그러뜨려야 하겠어.

리 | 막학莫學 : 배우지 말라 | 한인오중거韓人誤中車 : 한나라 사람이 진시황을 암살하려고 철퇴로 후려쳤으나 진시황을 못 맞추고 수레만 맞춰 암살이 실패로 돌아간 일을 두고 하는 말. 의욕만 앞서고 아무 실속은 없음

봄잠

282

우
리
선
시
삼
백
수

봄잠 깊어 사립문에 새벽 온 줄 몰랐다가
두견 울음 누워 듣고 푸름 속에 나섰네.
우산牛山을 둘러봐도 볼 것 하나 없건만
사람에게 눈앞 기미 몇 번이나 잃게 했나.

春眠不覺曉荊扉　臥聽鵑啼出翠微

춘면불각효형비　와청견제출취미

勘破牛山無一物　令人幾喪目前機

감파우산무일물　영인기상목전기

— 청매 인오(靑梅 印悟, 1548-1623), 「봄날 새벽(春曉)」

춘면春眠 : 봄잠 | 불각不覺 : 깨닫지 못하다, 미처 알지 못하다 | 형비荊扉 : 사립문 |
와청臥聽 : 누워서 듣다 | 견제鵑啼 : 두견이 울음 | 취미翠微 : 산의 푸른 기운. 산 |
감파勘破 : 살펴보다, 간파看破하다 | 우산牛山 : 춘추 시대 제나라 경공景公이 우산
牛山에 올라 노닐다가 북쪽으로 국성國城을 굽어보고는 "이 아름다운 강산을 놓아
두고 어떻게 죽을 수가 있단 말인가"라 하면서 눈물을 흘리자 참석했던 사람들이

봄날 새벽잠이 달았던 모양이다. 두견이 울음에 잠을 깨고서야 날이 샌 줄 알았다. 산으로 걸어 나가 멀리 도성 쪽을 바라본다. 예전 제나라 경공은 우산에 올라가 국성國城을 보다가 강산의 아름다움에 죽을 일 걱정부터 했다는데, 막상 내가 보니 눈에 차는 것이 하나도 없다. 도저히 봄날 새벽 산의 이 청신한 기운과 맞바꿀 수 있을 것 같지 않다. 하지만 사람들은 눈앞의 것들에 팔려서 제 앞에 날마다 펼쳐지는 이 놀라운 기미機微를 전혀 눈치 채지 못한다. 봄날 새벽, 산속을 거니는 승려의 눈이 한층 푸르다.

모두 옷깃을 적셨다는 고사. 덧없는 인생에 대한 비감이 일어난다는 뜻으로 쓴다 | 무일물無一物 : 물건 하나 없다. 막상 자기가 보니 건질 것이 하나도 없더라는 의미 | 영令 : 하여금 ~하게 하다 | 기상幾喪 : 몇 번이나 잃다 | 목전기目前機 : 눈앞의 기미

가을

손도 없고 발도 없는 어떤 물건이
허공 몰아 작은 다락 쳐들어왔네.
풍경 소리 낮잠에서 놀라 깨보니
산 빛 이미 깊어진 가을이로다.

有物無手足　驅空入小樓
유물무수족　구공입소루

風鈴驚午夢　山色已深秋
풍령경오몽　산색이심추

── 청매 인오(青梅 印悟, 1548-1623),「높은 누각에서

자고(宿高樓)」

무수족無手足 : 손발이 없다 | 구공驅空 : 허공을 몰다 | 풍령風鈴 : 풍경 | 경驚 : 놀라
다, 놀라서 잠이 깨다 | 오몽午夢 : 낮 꿈 | 이已 : 이미, 어느새

가을은 손발도 없이 살금살금 높은 다락 위까지 쳐들어왔구나. 허공을 앞잡이로 내세워 한꺼번에 몰려왔구나. 달게 든 낮잠이 처마 끝 풍경 소리에 깼다. 여기가 어딘가 싶어 둘러보니 깊은 가을 한가운데 내가 누워 있다. 나는 꼼짝없이 속수무책으로 가을에 포위당한다. 가을은 손발도 없이 쳐들어와 나를 무장해제시킨다.

어부

바람 바다 풍랑 일 줄 진작에 깊이 알아
낚싯줄 거두어선 바위 끝에 걸쳤구나.
온종일 팔베개로 한가한 잠이 깊어
해오라기 여윈 얼굴 스쳐감도 모르네.

深知風海起波瀾　收却絲綸掛石端

심지풍해기파란　수각사륜괘석단

盡日曲肱閑睡熟　不知飛鷺拂衰顏

진일곡굉한수숙　부지비로불쇠안

── 청매 인오(靑梅 印悟, 1548-1623), 「어옹(漁翁)」

심지深知 : 깊이 알다, 아주 잘 알다 | 파란波瀾 : 물결, 파도 | 수각收却 : 거두어들
이다 | 사륜絲綸 : 낚싯줄 | 괘掛 : 걸다, 걸쳐놓다 | 석단石端 : 바위 모서리 | 진일盡
日 : 온종일 | 곡굉曲肱 : 팔꿈치를 굽혀서 베다, 팔베개를 하다 | 한수숙閑睡熟 : 한
가한 잠이 깊다 | 비로飛鷺 : 나는 해오라기 | 불拂 : 스치다 | 쇠안衰顏 : 야윈 얼굴

"바람을 보니 오늘은 어렵겠구나." 바다 바람에서 풍랑을 읽은 어부가 혼자 중얼거린다. 그는 말없이 낚시 도구를 거둬 바닷가 바위 가에 척 걸쳐놓는다. 팔베개로 눕더니만 그길로 드르렁드르렁 코 골고 잔다. 심심해진 해오라기가 그만 일어나라고 어부의 얼굴을 간질여도 세상모르고 잔다. 인간의 바다에도 바람 파도 잘 날이 없는데 사람들은 읽는 눈이 없어 늘 뻘짓을 한다. 헛수고로 바쁘다. 낚싯대 걸쳐두고 낮잠이나 자거라.

그리움

흰머리의 생애가 쑥대로 구르는데
하늘 남쪽 가을 생각 기러기에 부쳐보네.
가을바람 비를 불어 간밤에 지나더니
끝도 없는 청산이 한없이 붉었구나.

白首生涯轉若蓬　天南秋思寄歸鴻
백수생애전약봉　천남추사기귀홍

西風吹雨過前夜　不盡靑山無限紅
서풍취우과전야　불진청산무한홍

── 청매 인오(靑梅 印悟, 1548-1623), 「고향 생각(鄕思)」

전약봉轉若蓬 : 쑥대처럼 구른다 ┃ 천남天南 : 하늘 남쪽 ┃ 기귀홍寄歸鴻 : 돌아가는 기러기 편에 부치다 ┃ 서풍西風 : 가을바람 ┃ 취우吹雨 : 비를 불어 가다 ┃ 불진不盡 : 다함없는, 끝없이 펼쳐진 선승의 고향 생각은 무슨 빛깔일까? 돌아보면 쑥대 덤불처럼 정처 없이 굴러온 인생이었다. 이 가을 먼 남녘 하늘에 눈길을 주니 어머니 생각이 문득 뜨겁다. 속세의 정은 내게도 이따금 문득문득 스며든다. 간밤 비가 한바탕 지나가더니 끝없이 펼쳐진 산하대지가 온통 붉은빛으로 물들었구나. 선승의 고향 생각이 그 빛깔을 닮았다.

나무하고 물 긷기

정밀함 속에서 늘 정밀해도
거친 가운데 더욱 거칠다.
예순에 몸소 나무하고 물 길어 오니
몸은 되도 마음은 고되지 않네.

精底每每精　麁底轉轉麁
정저매매정　추저전전추

六十躬柴水　體劬心不劬
육심궁시수　체구심불구

— 청매 인오(靑梅 印悟, 1548-1623), 「뜻을 말하다
(叙意)」 2-1

정저精底 : 정밀함 안에서 | 매매每每 : 늘, 언제나 | 추麁 : 거칠다 | 전전轉轉 : 도리
어 점점 더 | 궁시수躬柴水 : 몸소 나무하고 물 긷는다 | 체구體劬 : 몸이 고되다

체로 쳐서 뉘를 고르듯 매사에 정밀에 정밀을 더했다. 하지만 거
칠기만 한 마음이 갈수록 더 거칠어지니 민망하다. 내가 환갑 나
이에도 직접 땔감 장만하고 물 길어 오는 수고를 놓지 않는 것은
거친 것을 돌려 정밀한 데로 옮겨가기 위한 수행으로 여겨서다.
몸은 힘들어도 마음의 주름살이 거기서 펴지는 까닭이다.

붉은 잎

나고 멸함이 실상 아니요
실상이 바로 생멸인 것을.
봄 가고 나서 가을 아니라
푸른 잎 붉게 물든 것일세.

生滅非實相　實相是生滅
생멸비실상　실상시생멸
非春去又秋　靑葉染紅色
비춘거우추　청엽염홍색

—— 청매 인오(靑梅 印悟, 1548-1623),「가을빛(秋色)」

생멸生滅 : 태어나고 소멸됨. 일체의 유위법有爲法이 공통으로 지닌 네 가지 성질인 生生·주住·이異·멸滅 또는 생生·주住·노老·무상無常의 속성을 말함 | 실상實相 : 본체本體 또는 진여眞如. 무상無常의 상相을 떠난 만유萬有의 진상眞相. 깨달음의 내용이 되는 본연의 진실. 일여一如·실성實性·무위無爲·열반涅槃이라고도 한다. 선종에서는 본래의 진면목을 가리킴

누구나 생로병사의 순환을 벗어날 수는 없다. 봄가을로 갈마드는 계절의 순환도 그렇다. 하지만 태어나고 소멸되는 그 자체가 본래의 실상實相인가? 봄가을의 왕래가 만유의 진상인가? 태어나 기쁘고 죽어서 슬픈 것은 실상이 아니다. 봄날 설레고 가을날 서글픈 것은 실상이 아니다. 보라! 어제 푸르던 잎이 오늘은 붉게 물들었다. 이것이 우리가 아는 유일한 진실. 일체의 유위법은 실상 앞에서 흔적도 없다.

분별심

한바다에 뭇 고기 노니니
저마다 한 큰 바다 지녔네.
바다는 분별심 없으니
여러 부처의 법도 이렇다.

一海衆魚游　各有一大海

일해중어유　각유일대해

海無分別心　諸佛法如是

해무분별심　제불법여시

── 청매 인오(靑梅 印悟, 1548-1623),「가르침을 구하는

사람에게 보여주다(示求法人)」

일해一海 : 하나의 바다 | 중어衆魚 : 수많은 물고기 | 분별심分別心 : 갈라 나눠 따지
는 마음 | 제불법諸佛法 : 여러 부처의 설법

한바다 안에 무수한 물고기가 논다. 물고기는 저마다 하나의 큰 바다를 지녔다. 제가 바다의 주인으로 안다. 바다는 그 많은 물고기를 주인으로 다 받아준다. 누구는 되고 누구는 안 되고 가르지 않는다. 너도 나를 가져라, 그래 너도. 누구나 갖고 모두 다 가져라. 부처님의 가르침도 다를 게 없다. 말씀의 바다에 풍덩 빠져서 저마다 노닐고 마음껏 노닐자.

몸에게

이 땅에 나고부터 너를 의지하였더니
너와 나 서로서로 오십여 년 얼러왔네.
다만 염려 그대와 작별하는 그날에
백 년 우정 하루아침 소원해짐일러라.

我生落地即憑渠　渠我相將五十餘
아생낙지즉빙거　거아상장오십여

秖恐與渠分手日　百年交道一朝踈
지공여거분수일　백년교도일조소

── 기암 법견(奇巖 法堅, 1552-1634), 「혼자 마음을 대신해서

몸에게 주다(自代心贈身形)」

아생낙지我生落地 : 내가 태어나 땅에 떨어지다 | 즉即 : 바로 | 빙거憑渠 : 너에 기대다 | 거아渠我 : 너와 나 | 상장相將 : 서로 티격태격하다 | 지공秖恐 : 다만 ~을 염려하다 | 분수分手 : 손을 나누다, 작별하다 | 교도交道 : 우정 | 소踈 : 성글다, 소원해지다

여보게, 몸뚱이! 나 마음일세. 우리 한 오십 년 사이좋게 잘 지냈네그려. 이 마음이 생겨날 때 자네가 아니었더라면 내가 어디에 부쳐서 있을 수 있었겠나. 때로 자네가 내 마음같이 굴어주지 않을 땐 야속도 했었지. 우리는 서로 따로 놀 때가 많았던 것 같군. 그래도 이제 와 생각해보니 참 고맙네. 날마다 티격태격하긴 했어도 결국은 사이좋게 여기까지 온 셈이야. 어떤 때는 내가 너무 앞서가는 바람에 자네가 따라오느라 힘이 들었고, 또 어떤 때는 나는 뒷짐 진 채 자네 뒤만 따라다니기도 했지. 우리 둘의 호흡이 딱딱 잘 맞으면 삶이 참 거뜬하고 개운했었지. 여보게, 자네! 이제 우리가 작별할 날도 머지않은 듯하이. 갑자기 헤어지면 서운해서 어찌하나. 그래서 이렇게 미리 자네에게 고맙단 말 먼저 하네. 그동안 고마웠네. 애 많이 썼어.

거울 속

한 조각 가을 소리에 오동잎이 떨어지니
늙은 중이 놀라 일어나 가을바람 묻는구나.
아침나절 홀로 걸어 냇가에 서 있자니
칠십 년 세월이 거울 속에 담겨 있네.

一片秋聲落井桐　　老僧驚起問西風

일편추성낙정동　　노승경기문서풍

朝來獨步臨溪上　　七十年光在鏡中

조래독보임계상　　칠십연광재경중

── 기암 법견(奇巖 法堅, 1552-1634), 「초가을에 느낌이

있어(初秋有感)」

일편一片 : 한 조각 | 낙정동落井桐 : 우물가 오동나무 잎이 떨어지다 | 경기驚起 : 깜
짝 놀라 일어나다 | 서풍西風 : 가을바람 | 조래朝來 : 아침이 오다, 아침에 | 재경중
在鏡中 : 거울 속에 있다. 거울은 수면

오동나무 그 큰 잎이 우물로 툭 떨어진다. 놀라 하늘을 올려다보니 어느새 저만치 높아졌다. 지나는 바람의 한끝이 서늘하다. 벌써 가을인가? 새벽에 홀로 걸어가 냇가에 서니 칠십 년 해묵은 몸뚱이 하나가 물거울에 비친다. 내 인생도 바야흐로 가을로 접어들었다.

단풍

외론 뿌리 군세잖아 가을바람 겁나서
푸른 잎 서리 전에 붉게 변해버렸구나.
설령 산빛 비단처럼 밝다고 한다 해도
어이 홀로 푸르른 세한송歲寒松만 할까보냐.

孤根不勁怯秋風　綠葉霜前變作紅
고근불경겁추풍　녹엽상전변작홍

縱使山光明似綿　爭如獨翠歲寒松
종사산광명사금　쟁여독취세한송

── 기암 법견(奇巖 法堅, 1552-1634), 「단풍을 노래하다(咏楓)」

고근孤根 : 외로운 뿌리 | 불경不勁 : 군세지 않다 | 겁怯 : 겁내다, 겁먹다 | 상전霜
前 : 서리가 내리기 전 | 변작홍變作紅 : 변해서 붉은빛이 되었다 | 종사縱使 : 설령
~한다 해도 | 사금似綿 : 비단과 같다 | 쟁여爭如 : 어찌 ~만 하겠는가? | 독취獨
翠 : 홀로 푸르다 | 세한송歲寒松 : 추운 겨울에도 푸르름을 잃지 않는 소나무

붉게 물든 단풍잎이 온 산에 비단 한 필을 풀었다. 어여삐 곱지만
한편으로 안쓰럽다. 아직 서리도 안 내렸는데 미리 가을바람 앞에
겁을 잔뜩 집어먹고 푸른 낯빛을 제가 먼저 바꿨다. 추운 건 싫어
요. 힘든 건 안 할래요. 곱게 살다 예쁘게 갈래요. 하지만 저 솔을
보라. 낙목한천落木寒天 칼바람에 가지마다 찬 눈을 얹고도 끝내 푸
름을 잃지 않는 저 늠연한 기상을.

잡초

숲속 중이 선적禪寂 중에 안거安居를 함께하니
그를 것은 없지만 옳을 것도 없다네.
설령 약초밭에 악초가 난다 해도
봄의 뜻이 어여뻐서 김을 매지 않는다오.

林僧禪寂共安居　　不但無非是亦無
임승선적공안거　　부단무비시역무

縱有藥欄生惡草　　爲憐春意不鋤除
종유약란생악초　　위련춘의불서제

── 기암 법견(奇巖 法堅, 1552-1634), 「대중에게 보이다(示衆)」

임승林僧 : 숲속에 사는 승려 | 선적禪寂 : 적멸寂滅과 허정虛靜을 참선하는 것 | 안
거安居 : 출가승이 여름과 겨울 일정 기간 한곳에 머물며 수행하는 것 | 부단무비
不但無非 : 단지 그름이 없을 뿐 아니라 | 시역무是亦無 : 옳음 또한 없다 | 종유縱
有 : 설령 ~이 있다고 해도 | 약란藥欄 : 약초밭 울타리 | 생生 : 돋아나다 | 악초惡
草 : 나쁜 풀, 잡초 | 위련爲憐 : 어여삐 여기다 | 서제鋤除 : 김매서 제거하다

숲속 중의 일상은 참선과 안거가 따로 없다. 안거 속에 참선하고 참선하다 안거한다. 옳고 그름 따질 것 없이 생긴 그대로 산다. 동안거多安居, 하안거夏安居 한답시고 토굴에 들어가거나 하며 유난 떨지 않는다. 마음 가는 대로 자재롭다. 약초밭에 잡초가 돋아도 나는 뽑지 않는다. 다 같은 봄기운을 받고 나온 것인데 약초와 잡초의 구분을 두겠는가?

냇물 소리

허공을 쳐부수어 해와 달을 파묻으니
산하와 대지 모두 구덩이에 들었구나.
병중에 병 안 든 자 어디로 가는 게요
금강산 냇물 소리 고금에 한가질세.

打破虛空埋日月　山河大地一坑藏
타파허공매일월　산하대지일갱장
病中不病者何去　溪水金剛今古聲
병중불병자하거　계수금강금고성

──기암 법견(奇巖 法堅, 1552-1634), 「임종게(臨終偈)」

타파打破 : 쳐부수다 ┃ 매埋 : 파묻다 ┃ 갱장坑藏 : 구덩이에 묻어 감추다 ┃ 하거何
去 : 어디로 가는가?

허공을 주먹으로 쳐서 부숴버리고 해와 달을 떨궈 그 안에 묻어 버렸다. 산하대지가 순식간에 빛을 잃고 구덩이 속에 처박혔다. 앞도 없고 뒤도 없다. 온 세상이 병들어 신음하는 속에 병 안 든 한 사람이 이제 간다. 고금에 변함없는 금강의 냇물 소리 하나 남겨놓고 간다.

마음껏

자던 새 떠나려니 이별 한이 많은 듯
짹짹짹 우는 듯이 또 노래하는 듯해.
어여뻐라 취향 따라 남북으로 날아가서
만수萬水와 천산千山 속을 제멋대로 쏘다니리.

宿鳥辭群別恨多　啾啾如泣又如歌
숙조사군별한다　추추여읍우여가
可憐異趣飛南北　萬水千山自在過
가련이취비남북　만수천산자재과

── 기암 법견(奇巖 法堅, 1552-1634),「새는 한 가지서 함께 자고 날 밝으면

각자 날아간다(鳥宿共一枝, 天明各自飛)」

숙조宿鳥 : 자던 새 | 사군辭群 : 무리와 작별하다 | 추추啾啾 : 새가 짹짹대는 소리 |
여읍如泣 : 우는 것 같다 | 가련可憐 : 어여쁘다, 가련하다 | 이취異趣 : 취향을 달리
하다 | 만수천산萬水千山 : 일만의 시내와 일천의 산 | 자재自在 : 마음대로

한 가지에 옹기종기 기대 앉아 함께 잠을 자고는 날이 밝자 제 갈
데로 날아간다. 제 딴엔 친구들과 헤어지기가 서운한 모양인지 저
마다 우는 소리가 울음소리도 같고 노랫소리로도 들린다. 갈 길이
다르니 헤어져야지. 잘 있거라 쩩쩩쩩, 또 만나자 쩩쩩쩩. 끝없는
산과 시내 어디든 저마다의 날개로 마음껏 날아보자 쩩쩩쩩. 분명
치 않으나 품 안에 기르던 제자들이 뿔뿔이 제자리를 찾아 흩어
지는 것을 보며 쓴 시로 보인다.

쇠피리

녹양방초 사이사이 우거져 있는 곳에
가고픈 대로 맡겨 맘껏 놓아먹였지.
문득 고삐 풀어주자 종적조차 없어서
쇠피리 느긋하게 옛 산에서 부누나.

綠楊芳草間離離　牧爾縱橫任所歸
녹양방초간리리　목이종횡임소귀
忽放索頭無縱迹　閑將鐵笛故山吹
홀방삭두무종적　한장철적고산취

—— 기암 법견(奇巖 法堅, 1552-1634), 「소가 없다(無牛)」

녹양방초綠楊芳草 : 푸른 버들과 꽃다운 풀 | 간間 : 사이사이, 간간이 | 리리離離 : 풀이 무성하게 자란 모양 | 목이牧爾 : 너를 먹이다. 이爾는 소를 가리킴 | 종횡縱橫 : 마음대로 | 임소귀任所歸 : 돌아가는 바를 내맡겨두다, 가고 싶은 대로 가게 하다 | 홀방忽放 : 문득 놓아주다 | 삭두索頭 : 끈 머리, 고삐 | 한장閑將 : 한가로이 들고 가다 | 철적鐵笛 : 쇠피리 | 고산故山 : 옛 동산 | 취吹 : 불다

「심우도尋牛圖」의 끝 장면을 노래한 시다. 출가해서 도를 찾는 과정은 길에서 소 발자국을 보고 소를 찾는 과정과 같다. 발자국을 쫓아가 어렵사리 소를 잡았지만 처음엔 말을 잘 안 듣는다. 겨우 길을 들여놓아도 마음이 안 놓여 고삐를 못 놓는다. 그러다가 점점 길이 들면 소와 나 사이에 간격이 점차 사라진다. 고삐를 놓아도 아무 걱정이 없다. 그러다가 어느 순간 소는 사라지고 나도 사라진다. 둥근 하나의 원만 남는다. 나는 이제 쇠피리를 불며 다시 세간으로 내려온다. 소를 잡으러 갔다가 소를 잃고 원래 자리로 돌아왔지만 나는 더 이상 예전의 내가 아니다. 산은 산이요 물은 물이다가, 산은 산이 아니요 물은 물이 아니더니, 이제 와보니 다시 산은 산이요 물은 물이 분명하다.

빗소리

작은 집 쓸쓸하고 빗소리 차가운데
누더기 옷 행장이 온통 다 젖었구나.
소래산 아랫길서 잠깐 물어보노라
멀리 흰 구름 너머는 갔았나 못 갔았나?

小齋寥落雨聲寒　百結行裝捴未乾
소재요락우성한　백결행장총미건
借問蘇萊山下路　耕未遙指白雲端
차문소래산하로　경미요지백운단

── 기암 법견(奇巖 法堅, 1552-1634), 「길가 빈집에서 비를 피하다가

(途傍空舍避雨)」

소재小齋 : 작은 집 | 요락寥落 : 쓸쓸하고 호젓한 모양 | 백결百結 : 떨어진 곳을 백
번 깁다. 누더기 옷 | 행장行裝 : 나그네 옷가지 | 총미건捴未乾 : 온통 마르지 않았
다 | 차문借問 : 잠깐 묻다 | 소래산蘇萊山 : 인천과 시흥 사이에 있는 산 이름 | 경미
耕未 : 갈았는가 갈지 않았는가? | 요지遙指 : 멀리 가리키다, 저 멀리 | 백운단白雲
端 : 흰 구름 끝

길 가다 비에 홀딱 젖었다. 옷도 젖고 짐도 젖고 몸과 마음도 다 젖었다. 으슬으슬 한기가 돋아 더는 가지 못하고, 길가 빈집 마루에 달달 떨며 앉아 있다. 주룩주룩 내리는 빗속으로 걸어나갈 용기는 없고, 추위에 떨며 마냥 앉아 있기도 어렵다. 진퇴양난이 따로 없다. 애꿎은 원망이 산마루에 자욱이 몰려 있는 비구름 쪽을 향한다. 조물주의 구름밭 정리는 여태도 덜 끝난 것이냐? 앞으로도 저 산을 넘어가야 하는데 드넓은 구름밭을 장대비가 쑤석거린다. 쉬 그칠 비가 아니다. 비는 주룩주룩 쉴 새 없이 내리고, 추위 끝에 시장기마저 몰려든다. 어디로 가나? 어떻게 가나?

흰 구름

우리 선시 삼백수

일흔 살 늙은 중이 흰 구름에 앉아서
흰 구름 집을 삼고 또 문을 삼는다네.
만약 누가 마음속 일 물어볼 것 같으면
건곤에 아침 가고 저녁 옴과는 다르다고.

七十老僧坐白雲　白雲爲室又爲門
칠십노승좌백운　백운위실우위문

有人若問心中事　不似乾坤朝又昏
유인약문심중사　불사건곤조우혼

──기암 법견(奇巖 法堅, 1552-1634), 「우연히 읊조리다(偶吟)」

위실爲室 : 집을 삼다 | 약문若問 : 만약 묻는다면 | 불사不似 : 비슷하지 않다, 다르
다 | 건곤乾坤 : 하늘과 땅 | 조우혼朝又昏 : 아침이 왔다가 또 황혼이 됨

높은 산 흰 구름 위에 앉아서 산다. 집도 대문도 다 흰 구름 속이다. 욕심 없이 가볍고 물듦 없이 깨끗하다. 늘 변해도 그대로다. 그 흰 구름 속에 앉아 무슨 생각하며 사느냐고? 그저 건곤과 함께 흘러갈 뿐이다. 아침저녁의 이랬다저랬다 하는 일렁임은 잊은 지가 오래다.

염불 소리

염불 소리 드높아 맑고도 화창하니
신상神象마저 덩실덩실 춤을 추게 하누나.
어여뻐라 그대의 소리 가락 웅장하여
가슴속에 몇 이랑 물결 간직했나 모르겠네.

·　頌佛聲高淸且和　却敎神象舞婆娑
　　송불성고청차화　각교신상무파사

　　多君玉齒潮音壯　不識胷藏幾頃波
　　다군옥치조음장　불식흉장기경파

——기암 법견(奇巖 法堅, 1552-1634), 「어산의 인 스님이

말을 구하므로 주다(賽仁魚山求語)」

송불성頌佛聲 : 부처님을 찬송하는 예불 소리 | 청차화淸且和 : 맑고도 화창하다 |
각교却敎 : 문득 ~하게 하다 | 신상神象 : 부처님을 태운 코끼리 | 무파사舞婆娑 : 덩
실덩실 춤을 추다 | 다군多君 : 그대를 어여삐 보다 | 옥치玉齒 : 옥 같은 이. 여기서
는 아름다운 소리 | 조음潮音 : 물결 소리, 소리 가락 | 불식不識 : 모르겠다 | 흉장胷
藏 : 가슴속에 간직하다 | 기경幾頃 : 몇 이랑

여보, 인듬 스님! 스님의 염불 소리에는 부처님을 태운 저 코끼리 조각상도 신이 나는지 덩실덩실 너울너울 춤을 추는 것만 같소. 어찌 소리가 그토록 맑고도 장하시오. 그대의 가슴속에 필시 저 끝없는 바다 물결이 일렁이고 있지 싶구려. 한 물결이 지나가면 또 한 물결이 밀려오고, 그 물결 끝에 또 새 물결이 밀려오지요. 눈을 감고 듣노라면 멀미가 날 지경이오.

뜰 앞의 잣나무

올해는 지난해보다 가난이 더 심해서
길 떠나는 그대에게 줄 물건이 하나 없네.
서쪽서 온 뜰 아래 잣나무를 주노니
때때로 마음 쏟아 명심하여 잊지 말게.

今年貧甚去年貧　無物臨行可贈君
금년빈심거년빈　무물임행가증군

惟付西來庭下栢　時時着意又書紳
유부서래정하백　시시착의우서신

─ 기암 법견(奇巖 法堅, 1552-1634), 「급 스님이 말을 구하므로
시를 지어 주다(伋師求語作句贈之)」

빈심貧甚 : 몹시 가난하다 | 무물無物 : 물건이 없다 | 임행臨行 : 떠나기에 앞서 | 가
증可贈 : 줄 만하다 | 유부惟付 : 다만 이것만 준다 | 서래정하백西來庭下栢 : 어느 승
려가 조주 스님에게 달마가 서쪽에서 온 뜻을 묻자 뜰 앞의 잣나무라고 대답했다
는 고사에서 나온 말 | 착의着意 : 뜻을 붙이다, 유념하다 | 서신書紳 : 가르침을 잊
지 않으려고 허리띠에 써두고 늘 기억한다는 뜻. 명심하여 잊지 않다

이제 떠나려는가? 가난한 빈손이라 줄 게 하나도 없군. 그저 보내기 서운하니 대신 화두 하나 들려줌세. "달마 조사께서 서쪽에서 온 뜻은?" "뜰 앞의 잣나무." 조주 스님의 이 화두 하나 들고 가게나. 틈만 나면 참구해서 통쾌하게 꿰뚫어야지. 허리띠에 써놓고 잊지 않아야 하네. 성성하게 늘 들고 있게. 그럼 잘 가게.

걱정

하늘은 이불, 땅은 요, 산을 베개 삼고서
달 등불, 구름 병풍, 바다를 술통 삼네.
크게 취해 거나하게 일어나 춤을 추니
긴 소매에 곤륜산이 걸릴까 걱정일세.

　　　天衾地席山爲枕　　月燭雲屛海作樽

　　　천금지석산위침　　월촉운병해작준

　　　大醉居然仍起舞　　却嫌長袖掛崑崙

　　　대취거연잉기무　　각혐장수괘곤륜

—— 진묵 일옥(震默 一玉, 1562-1633), 「게송을 읊다(吟偈)」

천금지석天衾地席 : 하늘을 이불로 삼고 땅은 요로 삼는다 | 월촉운병月燭雲屛 : 달
을 등불로 삼고 구름을 병풍으로 삼는다 | 해작준海作樽 : 바다를 술통으로 만든다
| 거연居然 : 주홍이 도도하여 거만한 모양 | 잉仍 : 인하여 | 각혐却嫌 : 도리어 꺼리
다 | 장수長袖 : 긴 소매 | 괘곤륜掛崑崙 : 곤륜산에 걸리다

땅을 요로 알고 하늘은 이불로 삼는다. 저 높은 산은 베개로나 쓰면 마침 맞겠다. 방 안이 어두워서야 쓰겠나. 달을 등불 대신 불러오고, 다 보이면 곤란하니까 구름을 병풍 대신 둘러치겠다. 술 한 잔 거나하게 해야겠으니 아예 바다를 통째로 술통으로 만들어 잔질할 것 없이 통째 들이키겠다. 그쯤 하니 취기가 얼큰하게 올라와 기분이 딱 좋다. 흥이 오르니 그저 있을 수가 있나. 벌떡 일어나 두 소매를 너울대며 춤을 춘다. 한참 신이 났는데 자칫 내 긴 소매 끝에 저 곤륜산이 걸려 무너질까 봐 그게 조금 성가시다.

곡조

인심은 위태롭고 도심은 희미하니
아는 이는 말하는 자의 잘못을 말하잖네.
서쪽서 온 등불 하나 돌이켜 생각하면
어이 어노魚魯 구분 같은 훈몽訓蒙을 말하리오.

人心危假道心微　知者不言言者非

인심위가도심미　지자불언언자비

還憶西來燈一點　豈云魚魯訓蒙機

환억서래등일점　기운어노훈몽기

——중관 해안(中觀 海眼, 1567- ?), 「꿈에 한 문사를 보고

꿈속에서 짓다(夢見一文士, 夢中作)」

위가危假 : 위태롭고 거짓되다 | 도심道心 : 도의 마음 | 미微 : 희미하다 | 언자비言
者非 : 말하는 자의 잘못 | 환억還憶 : 돌이켜 생각하다 | 서래등일점西來燈一點 : 달
마가 서쪽에서 와서 밝힌 선종의 등불 | 기운豈云 : 어찌 말하겠는가? | 어노魚
魯 : 어魚와 노魯의 구분. 글자가 비슷해서 아이들이 잘 혼동하므로 하는 말 | 훈몽
기訓蒙機 : 몽학蒙學, 즉 어린이를 가르치는 기미

제목 아래 달린 풀이에 이런 얘기가 붙어 있다. "어떤 문사 한 사람이 꿈속에서 내게 말했다. '예전에 스님을 뵈었을 땐 선어禪語의 붓끝이 지극히 빼어났었소. 근자에 여러 스님네의 말을 들으니 스님이 인심을 잃고 무리와 함께 지내며 가르침을 주지도 않는다고 하시니 어째 그렇소?' 내가 아무 말 없이 이 시를 써서 문사에게 주자 그가 읽고 나서 이렇게 말했다. '스님의 뜻이 어디에 있는지 알겠소謂余曰: '曾見吾師禪語筆端, 極是出格. 近聞諸僧言, 師失人心, 不群居教誨, 何其然耶?' 余默以此詩書贈士, 覽之曰: '知師意之所在'云云.'" 시 속에 담긴 뜻은 이렇다. 인심은 늘 위태롭고 도심은 희미해 보이질 않소. 지혜로운 사람은 남의 잘못된 말에 왈가왈부 않는 법이라오. 저 달마대사가 동쪽으로 건너와서 소림사 석굴 안에 등불 하나 밝힌 그 뜻을 생각한다면 그깟 글자 하나 혼동해 잘못 읽었다고 아이들 야단치는 것쯤이야 굳이 입에 담을 것이 없겠지요.

장안 길

십자로 길머리에 백만의 많은 사람
장삼이사張三李四 더불어 한가지로 이웃 되네.
문밖에 장안 길이 나 있는 줄 모르고서
함원전의 봄날 풍경 서로에게 묻는구나.

十字街頭百萬人　張三李四與同鄰
십자가두백만인　장삼이사여동린
不知門外長安道　相問含元殿裡春
부지문외장안도　상문함원전리춘

── 중관 해안(中觀 海眼, 1567- ?),「무지한 행각승에게 주다

(贈無知行脚僧)」2-1

십자가十字街 : 가로세로로 뻗은 거리 | 장삼이사張三李四 : 장씨의 셋째아들과 이씨
의 넷째아들이란 뜻으로 평범한 사람을 가리킴 | 여동린與同鄰 : 더불어 같이 이웃
이 되다 | 상문相問 : 서로 묻다 | 함원전含元殿 : 당나라 때 궁전 이름. 여기서는 깨
달음의 세계를 비유한 말

여보 스님! 탁발을 열심히 다니십니다그려. 저 넓은 거리에는 사람들이 참 많소. 그렇게 다녀 그네들과 어깨를 부비며 한 이웃이 되려는 거요? 문을 열고 나가면 장안으로 가는 큰길이 활짝 열려 있소. 함원전의 봄날 풍경이 궁금하거든 이리저리 돌아다니며 묻지 말고 뻥 뚫린 그 길을 걸어 제 발로 직접 가보시구려. 종일 다니면서 거기가 어딘 줄도 모르고, 함원전을 바로 옆에 두고 입만 살아 그 봄날을 그린대서야 가볼 날이 있겠소? 아무 생각 없이 다니는 행각승을 타이르느라 써준 시다.

언외言外

삼만 축의 시서에도 들어 있지 아니하고
오천 함의 경전과도 아무 관계없다네.
말하기 전 담긴 뜻이 이미 새어 나오니
문자로 수고롭게 다시 가리키리오.

不在詩書三萬軸　非關經論五千凾
부재시서삼만축　비관경론오천함
言前已洩靈潛意　文字何勞更指南
언전이설영잠의　문자하로갱지남

——중관 해안(中觀 海眼, 1567‒ ?),「지수 영잠에게
답장으로 주다(智水靈潛贈答)」

부재不在 : 들어 있지 않다 | 비관非關 : 관계가 없다 | 이설已洩 : 이미 누설되다 | 영
잠의靈潛意 : 신령스레 담긴 뜻. 여기서는 승려 지수 영잠의 이름과 함께 중의적 표
현으로 썼다 | 갱更 : 다시 | 지남指南 : 방향을 가리키다

여보게 영잠 스님! 시서 삼만 축으로도 경전 오천 함에도 다 담을
길 없는 깨달음의 말씀 내 다 알아듣겠네. 자네 눈빛만 봐도 짐작
하고 남으이. 굳이 말로 하고 글로 써야 아는 것은 아니지. 말 이
전에 건너가고 문자 너머로 전해지는 그 이치 말일세.

이름

내 듣기로 이름은 실질의 손님이라
붓과 혀는 원래부터 참됨이 아니라네.
바위 곁의 천년 묵은 말라죽은 나무가
용호龍虎의 소리 내니 온통 모두 봄이라네.

吾聞名者實之賓　筆舌元來不是眞
오문명자실지빈　필설원래불시진

嵓畔千年枯死樹　龍吟虎嘯一般春
암반천년고사수　용음호소일반춘

──중관 해안(中觀 海眼, 1567- ?), 「인백 선자 경린이 시를
청하기에(仁伯禪子敬麟賽句)」

실지빈實之賓 : 실질의 손님 ┃ 필설筆舌 : 붓과 혀 ┃ 암반嵓畔 : 바위 둘레 ┃ 고사수枯
死樹 : 말라죽은 나무 ┃ 용음호소龍吟虎嘯 : 용이 읊조리고 범이 휘파람 불다 ┃ 일반
춘一般春 : 모든 것이 봄이다

이름은 실질의 껍데기에 지나지 않는다. 붓과 혀로 표현하는 세계는 참됨 그 자체와는 거리가 멀다. 여기 이미 하얗게 말라죽은 고사목이 있다. 천년의 비바람을 맞아 견뎠다. 이것은 죽은 것인가? 바람이 마른 가지 사이로 지나가면 범이 웅크리고 용이 꿈틀대듯 숨겨둔 노래를 꺼내든다. 저 형해形骸 위로 핏기가 돌고 금세 움이 돋아 꽃까지 피어날 것만 같다. 살았다 죽었다로 나무를 말하는 것은 과연 옳은가? 천년 고사목에 봄이 왔다. 깨어나고 있다. 언어에 현혹되지 말고 심연深淵을 보라.

새해

물병엔 두세 병 우물물을 담았고
창에는 너덧 조각 산 구름이 산다네.
이웃 스님 살림살이 궁색하다 말을 마소
화로에 맑은 향을 또 하나 사르노라.

瓶貯二三井澗水　窓栖四五片山雲

병저이삼정간수　창서사오편산운

隣僧莫道生涯拙　爐爇淸香又一分

인승막도생애졸　노설청향우일분

—중관 해안(中觀 海眼, 1567- ?),「제석의 대화에 답하다

(畲分歲話)」2-1

병저瓶貯 : 병에 담다 | 정간수井澗水 : 우물물과 시냇물 | 창서窓栖 : 창에 깃들다 |
인승隣僧 : 이웃에 사는 승려 | 막도莫道 : 말하지 말라 | 생애生涯 : 생계와 같은 의
미 | 졸拙 : 졸렬하다, 궁색하다 | 노설爐爇 : 화로에 사르다 | 분세화分歲話 : 분세는
묵은해와 새해가 나뉘는 즈음. 제석除夕의 밤중에 나누는 덕담을 말함

목마르면 물병의 물을 마신다. 창을 내다보면 너댓 조각 흰 구름이 늘 떠간다. 여보게, 살림살이 궁하다고 투덜대지 말게. 이만하면 산승의 살림이 넉넉하지 않은가? 배고프면 물 마시고 욕심나면 산의 구름을 보게. 가진 것 없고 배고파도 화로에 맑은 향 심지 하나 새로 사르며 맑게 건너가세나. 재물이니 명예니 하는 것 알고 보면 다 부질없다네. 우리는 또 이렇게 건강하게 새해의 첫해를 맞고 있지 않은가?

마음 밖

우리
선
시
삼
백
수

배고프면 밥 먹고 피곤하면 잠자니
다만 이 수행이 그윽하고 그윽하다.
세상 사람 일러줘도 모두들 믿지 않고
문득 마음 밖을 따라 부처를 찾는다네.

飢來喫飯倦來眠　只此修行玄更玄
기래끽반권래면　지차수행현갱현

說與世人渾不信　却從心外覓金仙
설여세인혼불신　각종심외멱금선

—— 중관 해안(中觀 海眼, 1567- ?), 「의고 이수(擬古二首)」 2-1

기래飢來 : 배고픔이 오다 | 끽반喫飯 : 밥을 먹다 | 권래倦來 : 피곤이 오다 | 지차只
此 : 다만 이것만을 | 현갱현玄更玄 : 그윽하고 더욱 그윽하다 | 설여說與 : 일깨우다,
가르치다 | 혼渾 : 온통 모두 | 각却 : 문득, 도리어 | 멱覓 : 찾다 | 금선金仙 : 부처의
별칭

수행이란 무엇인가? 멀리서 찾을 게 없다. 배고프면 밥 먹고 피곤하면 잠자는 것이 수행의 시작이요 끝이다. 몸이 원하는 것과 마음이 가는 길을 하나로 일치시키는 공부가 수행이다. 삼시 세끼 밥 잘 먹고 하루의 3분의 1을 잠 잘 자는 것이 도 닦는 일이다. 내가 아무리 이렇게 일러줘도 세상 사람들은 마음은 딴 데 두고 자꾸 깊은 산속 절에 와서 부처님만 찾는다. 마음 밖에서 부처님 찾지 말고 네 마음이나 잘 간수해라.

한번 웃고

왕옥산 아슬하고 맹진엔 물 마르니
천남天男 옥녀玉女인들 장차 어이 막을손가.
달빛이 초8일과 24일 사이 드니
한번 웃고 길 떠나야 함을 알겠다.

王屋山危孟津竭　天男玉女將何遏
왕옥산위맹진갈　천남옥녀장하알
月之初八卄四間　一笑可知行當發
월지초팔입사간　일소가지행당발

── 중관 해안(中觀 海眼, 1567- ?),「임종게(臨終偈)」2-1

왕옥산王屋山 : 산서성山西省 양성陽城에 있는 산 이름. 세 겹 산이 집 모양이라 붙
은 이름. 황제黃帝가 이 산을 찾아와 도를 물었다 하여 수도하는 장소의 의미로 쓴
다 | 맹진孟津 : 고대 황하에 있던 나루 이름. 주나라 무왕이 이곳에서 제후의 회맹
을 주도해 이런 이름이 붙었다 | 천남옥녀天男玉女 : 천상의 미남 미녀 | 장하알將
何遏 : 장차 어이 막겠는가? | 초팔初八 : 초8일 | 입사卄四 : 24일 | 행당발行當發 : 길

달이 초승달에서 어느새 반달로 접어들었다. 저 달이 보름달로 차올랐다가 다시 반달로 되리라. 이 반달에서 다음 반달까지의 보름 사이에 나는 이곳을 떠나겠다. 왕옥산 아슬해도 올라가고 맹진 나루에 물 말랐으니 걸어 건너리. 내가 그곳으로 건너간대도 천상의 선동옥녀가 날 막을 방법이 없다. 행장 없이 훌훌 나서겠다. 한 웃음만 남긴 채.

을 마땅히 출발하다

토끼 뿔

거북이 털 화살을 한 방 날리고
토끼 뿔 활을 세 번 당기리.
안개 바람 부는 곳에 사려 앉아서
곧장 쏘아 허공을 박살내리라.

一隻龜毛箭　三彈兎角弓
일척구모전　삼탄토각궁

嵐風吹處坐　直射破虛空
남풍취처좌　직사파허공

── 중관 해안(中觀 海眼, 1567- ?), 「임종게(臨終偈)」 2-2

일척一隻 : 한 대 | 귀모전龜毛箭 : 거북이 털로 만든 화살. 거북이는 털이 없으므
로 세상에 없는 물건이란 뜻. 언어도단의 세계 | 삼탄三彈 : 세 차례 쏘다 | 토각궁
兎角弓 : 토끼 뿔로 만든 활. 토끼는 뿔이 없으므로 거북이 털과 같은 의미 | 남풍嵐
風 : 이내를 불어오는 바람 | 취처吹處 : 부는 곳 | 직사直射 : 곧바로 쏘다

토끼 뿔 활에 거북이 털 화살을 매겨 자욱한 안개 바람 속에서 허
공을 쏘아 한 방에 박살내겠다. 자! 누가 나설 텐가?

진공

달빛 아래 맑은 시내 목메 흐르고
바람 앞에 낙엽은 붉기도 하다.
이 또렷한 소리와 빛깔 속에서
어이 다시 진공眞空을 말하시는가.

月下淸溪咽　風前落葉紅
월하청계인　풍전낙엽홍
分明聲色裡　何更說眞空
분명성색리　하갱설진공

— 월봉 무주(月峯 無住, 1623-?), 「오 스님께 보이다

(示悟師)」

인咽 : 목메다 ┃ 성색리聲色裡 : 소리와 빛깔 속 ┃ 하갱何更 : 어이 다시 ┃ 진공眞
空 : 참된 공空

달빛 젖은 시내는 목이 콱 멨고 바람에 날리는 낙엽은 붉은 정을 머금었소. 울며 흐르는 저 소리와 여태도 붉은 저 더운 정을 듣고 보지 못하셨소? 여보, 오悟 스님! 중생이 아프니 나도 아프다 하신 말씀 이제 나는 알 것 같소. 어쩌자고 무無와 공空만 자꾸 말씀하시는 게요. 저 소리와 이 빛깔에서 눈을 떼라 하시는 게요.

진공

나를 찾아서

일 년 내내 무주無住를 찾아다니고
사방에서 몰향沒鄕을 찾아 헤맸네.
푸른 산과 도회의 자줏빛 거리
어느 곳이 그가 있을 도량이더냐.

三際尋無住　十方覓沒鄕
삼제심무주　시방멱몰향
靑山與紫陌　何處是渠塲
청산여자맥　하처시거장

— 월봉 무주(月峯 無住, 1623-?), 「주인공을 찾아가다

(訪主人公)」

삼제三際 : 일 년. 인도에서 일 년을 열시熱時와 우시雨時, 한시寒時의 세 시기로 구
분한 데서 나온 말 | 심尋 : 찾다 | 무주無住 : 머묾이 없다. 자신의 이름이기도 하니
나를 찾아다녔다는 뜻 | 시방十方 : 온 세상천지. 십방이라고도 한다 | 멱覓 : 구하다
| 몰향沒鄕 : 어디에도 없는 고장. 무하향無何鄕 | 자맥紫陌 : 도회의 번화한 거리 |
거장渠塲 : 그가 있어야 할 곳. 거渠는 시인 자신을 지칭 | 주인공主人公 : 몸의 주인

제목이 「주인공을 찾아가다」이니 결국은 '나를 찾아서'의 뜻이다. 예전 서악사언瑞嶽師彦 화상이 날마다 반석 위에 나와 앉아서 "어이, 주인공!" 하고 부르고는 이내 "예!" 하며 자문자답했다는 화두가 있다. 나는 난가? 참 나는 어디 있나? 나를 찾아보겠다고 일 년 내내 천지 사방을 헤매고 다녔다. 있지도 않은 허깨비 고장에서 한곳에 머무는 법이 없는 나를 내가 어디 가서 찾는단 말이냐. 푸른 산속에도 없고 번잡한 거리 속에도 나는 없다. 어디로 가야 나는 나를 만나나.

노릇을 하는 사람. 마음을 가리킴

생로병사

살고 죽고 늙고 병드는 네 가지 일이
인간 세상 누군들 능히 없으랴.
삼도三途의 괴로움을 면하려거든
한 번씩 주인옹을 찾아보게나.

死生老病四　人世孰能空
사생로병사　인세숙능공

欲免三途苦　時時覓主翁
욕면삼도고　시시멱주옹

── 월봉 무주(月峯 無住, 1623-?),「옹 대사에게 보이다

(示膚大師)」

사생로병死生老病 : 생로병사의 네 가지 사이클 | 숙능공孰能空 : 누군들 능히 없겠
는가? | 욕면欲免 : 면하고자 하다 | 삼도三途 : 악행을 저지른 중생이 과보로 받게
되는 세 가지 생존. '삼악취三惡趣' 또는 '삼악도三惡道'라고도 한다. 뜨거운 불로
몸을 태우는 지옥의 화도火途, 서로 잡아먹는 축생畜生의 혈도血途, 칼과 몽둥이로
핍박받는 아귀餓鬼의 도도刀途가 그것이다 | 시시時時 : 때때로 | 멱주옹覓主翁 : 주

생로병사의 이치에서 벗어날 수 있는 이가 누구겠는가? 아무도 없다. 인생을 살면서 짓게 마련인 악업으로 인해 인간은 누구나 삼도三途의 고통을 면하기가 어렵다. 그러니 내 몸의 주인되는 마음[주옹主翁]을 자주 돌아보지 않으면 안 된다. 마음이 딴 데 놀러가서 욕망의 노예가 되면 인생은 문득 고해苦海로 변하고 내세 또한 뜨거운 지옥 불과 서로 잡아먹으려 으르렁대는 아비규환의 아귀다툼이 기다릴 뿐이다. 어찌 정신을 놓고 살 수가 있겠는가?

인을 찾다. 여기서 주옹은 자기 자신, 또는 주체의 마음을 가리킨다

무생無生

설악산 천 겹 뫼가 온통 하얀데
찬 시내 한 굽이 울며 흐른다.
너무도 분명한 소리와 빛깔
진작부터 무생無生을 말하고 있다.

雪岳千重白　寒泉一曲鳴
설악천중백　한천일곡명

明明聲與色　早已說無生
명명성여색　조이설무생

── 월봉 무주(月峯 無住, 1623-?), 「문 상인에게 보이다

(示文上人)」 2-2

천중千重 : 일천 겹 | 명명明明 : 환하고 분명한 모습 | 성여색聲與色 : 소리와 빛깔 |
조이루已 : 일찍부터 이미 | 무생無生 : 모든 법의 실상은 태어남도 소멸함도 없다는
의미 | 상인上人 : 승려를 높여 이르는 말

설악산 일천 봉우리가 눈에 덮여 온통 희다. 시내는 한 곡조 찬
가락을 울린다. 흰 산 빛에 눈을 씻고 물소리에 귀를 씻는다. 저
명백한 빛깔과 소리가 내게 무생의 설법을 들려준다. 태어남도 소
멸함도 없다. 애초에 생겨나지 않았으니 사라지는 법도 없다. 인
증할 수 없으나 눈앞에 엄연히 현존한다. 없다고도 할 수 없고 있
지도 않은, 하지만 분명히 존재하는 그 무엇을 향한 마음을 어디
서 찾을까? 당나라 시인 왕유王維가 시 「추야독좌秋夜獨坐」에서 "늙
고 병듦 없애는 법 알고 싶은가. 다만 오직 무생을 배워야 하리欲
知除老病, 唯有學無生"라고 말한 그 뜻을 자꾸 되뇌고 있다.

철벽

푸른 바다 깊이 재기 무에 어렵고
수미산도 어이해 못 오르리오.
조주 스님 무無자 화두 이것만큼은
철벽에다 더하여 은산이로다.

滄海何難測　須彌豈不攀

창해하난측　수미기불반

趙州無字話　鐵壁又銀山

조주무자화　철벽우은산

—— 월봉 무주(月峯 無住, 1623-?), 「혜 스님에게 보이다

(示慧師)」2-1

하난측何難測 : 측량함에 어려움이 무엇이랴. 그다지 어려울 것이 없다는 의미 | 수
미須彌 : 세계의 중심에 솟아 있다는 산 이름 | 기불반豈不攀 : 어찌 오르지 못하겠
는가? 오를 수 있다는 뜻 | 조주趙州 : 조주 선사 | 무자화無字話 : 무無자의 화두. 선
종에서 해탈의 방편으로 드는 화두로 개에게 불성이 있느냐고 묻자 "없다"고 한
대답에 의심을 품어 이를 타파해야 견성見性한다고 한다. 보조국사 지눌 이래 한

푸른 바다가 아무리 깊어도 추를 드리워 잴 수가 있다. 수미산이 제아무리 높다 해도 작정하고 오른다면 못 오를 것도 아니다. 그런데 조주 스님의 없을 무無자 화두만큼은 도저히 어찌해볼 수가 없다. 밑도 끝도 없고 눈앞이 캄캄하다. 손 하나 발 한끝 붙여볼 데가 없다. 전체가 얼음덩어리인 철벽鐵壁에다 흰 눈에 덮인 은산 銀山을 무슨 수로 오른단 말인가? 나는 날마다 그 산 밑자락에서 절망하며 허물어진다. 이 화두 하나 들고 중노릇의 끝장을 보겠다.

국 선종에서 깨달음의 방편으로 가장 많이 들었던 화두 | 철벽은산鐵壁銀山 : 얼음이 얼고 눈에 덮혀 마치 쇠나 은으로 된 듯한 절벽과 가파른 산. 도저히 극복하기 어려운 난관을 뜻한다

바다

비워야만 한 웅큼도 모두 담으니
바다 또한 물병에 전부 채우리.
평범하든 거룩하든 모든 물건은
이름 짓기 어렵고 형상도 없네.

空應皆納掬　海亦盡盛瓶
공응개납국　해역진성병
有物通凡聖　難名又沒形
유물통범성　난명우몰형

──월봉 무주(月峯 無住, 1623-?),「해 선사에게 보이다

(示海禪)」2-2

공응空應 : 텅 비울 수 있어야만 응당 | 납국納掬 : 한 웅큼의 적은 양도 넣는다. 국
掬은 두 손을 모아 담을 수 있는 들이의 용량 | 해역海亦 : 바다도 또한. 이 시를 준
승려의 이름이 해海 스님이어서 말장난으로 한 말이다. 아마 승려의 원래 이름이
해공海空이었던 듯하다 | 성병盛瓶 : 물병에 채우다 | 유물有物 : 사물이라면 | 통범
성通凡聖 : 평범함과 거룩함을 통틀다 | 몰형沒形 : 형상도 없다

담으려면 속에 빈구석이 있어야 한다. 비울 수만 있다면 까짓 바닷물도 다 담을 수가 있다. 물병에 바닷물을 어찌 담느냐고 묻고 싶겠지? 다 할 수가 있네. 세상일 머리로만 따지려 들면 못쓰네. 뻔해 보여도 뻔하지 않고, 어렵지만 쉽다네. 이름 붙여 규정하는 순간 형상은 사라져버리지. 여기저기 욕심 사납게 꽉꽉 채워두고 이름만 해공海空이라 하면 안 되네. 바다처럼 텅 비우려면 공부 좀 더 하셔야겠네. 이름값 하려면 비우는 연습을 더 해야겠네.

회광반조

기쁘다 우리 스님 공부 방법 물으시니
때에 맞게 자주자주 주인공을 부르시게.
옷 입고 밥 먹으며 경행經行하는 중에도
가만가만 빛을 돌려 끝까지 비춰보소.

可喜吾師問做工　時中頻喚主人公
가희오사문주공　시중빈환주인공
着衣喫飯經行處　密密回光返照窮
착의끽반경행처　밀밀회광반조궁

—— 월봉 무주(月峯 無住, 1623-?), 「성 스님의 물음에 답하다

(答性師問)」

가희可喜 : 기뻐할 만하다 | 문주공문做工 : 공부하는 방법을 묻다 | 시중時中 : 그때
그때 상황에 맞게 | 빈환頻喚 : 자주 부르다 | 주인공主人公 : 내 몸의 주재가 되는
마음을 가리키는 표현 | 착의끽반着衣喫飯 : 옷 입고 밥 먹다. 일상다반사의 뜻 | 경
행經行 : 참선 수행자가 좌선을 할 때 졸음을 방지하고 굳어진 몸을 풀기 위해 천
천히 걸으면서 닦는 수행. 행선行禪이라고도 한다 | 밀밀密密 : 비밀스러운 모양 |

네가 내게 성성한 공부법을 물으니 내 마음이 기쁘다. 공부의 방법은 사실 별것이 없다. 생활의 매 순간마다 자주 주인공을 부르는 것이 전부다. 나는 누군가? 여기는 어딘가? 어디로 가는가? 왜 사는가? 옷 갈아입을 때도 주인공을 부르고, 밥 한술 뜨면서도 주인공을 잊어서는 안 된다. 참선하다가 잠깐씩 행선行禪할 때조차 매 발걸음마다 주인공을 불러내라. 주인공과 정면에서 맞대면해서 그 빛을 되돌려 네 몸에 비춰보거라. 거기에 네가 있으리라. 다른 데 가서 찾을 것 없다.

회광반조回光返照 : 일몰 직전 일시적으로 햇살이 강하게 밝아지는 자연현상. 선종에서는 내면을 돌이켜 진실한 자신의 불성을 발견하는 것을 의미한다

마음 부처

참선과 염불이 말은 비록 달라도
염불과 참선이 의미는 다름없네.
염불하고 참선함이 오히려 한가지니
신령스런 마음 부처 염불 어이 끝 있으리.

參禪念佛言雖異　念佛參禪意則同
참선염불언수이　염불참선의즉동

念念參參猶是一　一靈心佛念何窮
염염참참유시일　일령심불염하궁

──월봉 무주(月峯 無住, 1623-?),「다시 웅 판사에게 보이다
(又示膺判事)」

참선參禪 : 선을 참구參究하고 선에 참입參入한다는 뜻. 화두를 들고 앉아서 본성을
간파하고 의심을 깨트리는 수행 ┃ 염불念佛 : 부처의 상호相好를 떠올리며 명호를
부르는 불교의 보편적 수행법. 청정한 한마음으로 부처님의 명호를 외워 천만 경
계를 하나로 모으고 천만 가지 생각을 한생각으로 만들어 이어가는 수행법이다 ┃
유시일猶是一 : 오히려 한가지다 ┃ 일령一靈 : 하나의 신령한, 한결같이 신령한 ┃ 심

"참선과 염불 중 어느 것이 더 공덕이 높습니까?" "다를 게 없이 꼭 같네. 참선은 내 마음과 마주해서 내 마음속에 숨은 부처를 드러내는 것이고, 염불은 부처님의 명호를 끊임없이 불러들여 내 마음속에 깃들이는 것일세. 이렇게 되면 내 마음이 곧 부처요, 부처가 바로 내 마음인 게지. 갈라 말할 수가 없네. 염불이 맥없다고 생각해선 안 되고, 참선만이 참 수행이라고 고집해도 안 되네. 참선으로 내 마음이 곧 부처임을 깨달으니 어이 기뻐 염불을 하지 않을 수 있겠는가? 반대로 참선이 길을 잘못 잡으면 마장魔障에 들게 되고 염불도 입으로만 외면 공염불일 뿐이지. 무얼 하느냐가 중요한 게 아니고 어떻게 하느냐가 관건인 셈이라네. 염염참참念念參參, 염불이면 염불, 참선이면 참선, 제대로 하는 것이 중요하네. 그 나머진 따지지 말게."

불心佛 : 마음속에 내재한 부처. 마음 부처. 마음 자체가 부처라는 뜻으로도 씀 | 하궁何窮 : 어찌 다함이 있으랴?

돌돌돌

송헌松軒에 달빛 들어 그윽한 꿈을 깨니
돌돌돌 냇물 소리 침상 곁을 맴돈다.
또렷이 있건만 찾아도 자취 없으니
이 무슨 선禪이냐고 큰스님께 물어본다.

月入松軒幽夢罷　小溪聲送繞床邊

월입송헌유몽파　소계성송요상변

明明如有尋無迹　試問宗師是何禪

명명여유심무적　시문종사시하선

── 월봉 무주(月峯 無住, 1623-?),「무적당의 원수좌에게 부침

(寄無迹堂元首座)」4-1

송헌松軒 : 소나무로 지은 집 | 유몽幽夢 : 그윽한 꿈 | 파罷 : 마치다, 꿈을 깨다 |
성송聲送 : 소리를 보내다 | 요繞 : 두르다, 에워싸다 | 상변床邊 : 침상 곁 | 명명明
明 : 너무도 분명한 모습 | 여유如有 : 있는 것 같다 | 심무적尋無迹 : 찾아봐도 자취
가 없다. 무적당의 원수좌에게 주는 글이어서 무적無迹의 중의적 의미를 담았다 |
시문試問 : 시험 삼아 묻는다 | 종사宗師 : 큰스님

달빛에 잠을 깼네. 돌돌돌 시냇물 소리에 내가 떠내려가는군. 달빛은 어디서 왔을까? 냇물은 어디에 있나? 내 눈에 또렷하고 내 귀에 성성한데 보이지 않고 잡을 수 없네. 여보게, 원수좌元首座! 이게 대체 어떤 선禪일까? 내 여기까지만 말하겠네.

아마도 무적당無迹堂에서 만난 원수좌가 어지간히 잘난 척을 해댔던 모양이다. 수좌더러 종사宗師라 부른 데서 짐작한다. 무적당은 자취 없는 집인데 그래서야 쓰겠는가? 달빛을 배워야지. 냇물 소리를 깃들여야지.

천진

산수를 찾아다님 우리의 도 아니요
염불하고 현담玄談 말함 어이 우리 참이랴.
배고프면 나물밥에 목마르면 물 마시니
마음에 일없는 것 이게 바로 천진일세.

尋山訪水非吾道　念佛談玄豈我眞

심산방수비오도　염불담현기아진

飢則噉蔬渴則飮　心頭無事是天眞

기즉담소갈즉음　심두무사시천진

── 월봉 무주(月峯 無住, 1623-?), 「무적당의 원수좌에게 부침

(寄無迹堂元首座)」 4-2

심산방수尋山訪水 : 산을 찾고 물을 찾다 | 염불담현念佛談玄 : 염불을 외우고 현담
玄談을 주고받음 | 기豈 : 어찌 | 담소噉蔬 : 나물 또는 나물밥을 먹다 | 갈渴 : 목마르
다 | 심두心頭 : 마음 자락

산수유람 하자고 중노릇해서는 안 되지. 염불만 죽어라 외우고 현담만 일삼는다고 부처 되는 법이 없네. 자넨 폼만 잡고 있군. 나 말인가? 음. 나야 배고프면 나물밥 먹고 목마르면 물 마시지. 궁리도 없고 속셈도 없어 생긴 대로 놀고 내키는 대로 하네. 심심할 것 같은가? 그렇지 않네. 안에서 늘 천진이 샘솟는다네. 자넨 생각이 너무 많아.

깔깔

나무 인형 피리 불며 구름 속으로 달아나고
돌 여자가 금琴을 타며 바다 위로 오는구나.
그 가운데 한 늙은이 이목구비 하나 없이
깔깔깔 박수치며 파안대소破顏大笑하누나.

木人吹笛雲中走　石女彈琴海上來
목인취적운중주　석녀탄금해상래

箇裡有翁無面目　呵呵拊掌笑顏開
개리유옹무면목　가가부장소안개

—— 월봉 무주(月峯 無住, 1623-?), 「무적당의 원수좌에게 부침

(寄無迹堂元首座)」 4-3

목인木人 : 나무 인형 | 취적吹笛 : 피리를 불다 | 석녀石女 : 돌로 만든 여자 | 탄금彈
琴 : 거문고를 타다 | 개리箇裡 : 그 속 | 무면목無面目 : 면목이 없다, 얼굴 형체가 없
다 | 가가呵呵 : 껄껄 웃는 소리 | 부장拊掌 : 손뼉을 치다 | 소안笑顏 : 웃는 얼굴

언어도단言語道斷의 세계다. 나무로 깎은 인형이 피리를 부는 것도 괴이한데, 그도 모자라 구름 속 허공을 달려간다. 무거운 돌멩이 여인은 천연스레 거문고를 타며 가라앉기는커녕 파도 위에 앉아 있다. 이목구비 하나 없는 웬 늙은이가 그 광경을 지켜보다가 갑자기 우스워 죽겠다는 듯이 손뼉 치고 깔깔대며 파안대소를 한다. 나무 인형은 어디로 갔나? 돌 여인은 어디서 왔나? 면목 없는 노인이 무슨 수로 웃나? 따져 알려 하지 말라. 말의 길은 이미 끊겼다.

참투參透

수미산을 붓을 삼고 바다를 먹물 삼아도
우리 집안 한 구절조차 설명하기 어렵다네.
스님 만약 이 일을 알고자 하신다면
모름지기 손수 직접 조주선趙州禪을 참투하소.

須彌爲筆海爲墨　難寫吾家一句詮
수미위필해위묵　난사오가일구전
師若要知這箇事　自須參透趙州禪
사약요지저개사　자수참투조주선

— 월봉 무주(月峯 無住, 1623-?),「심 선사에게 보이다

(示心禪)」2-1

수미須彌 : 고대 인도인이 상상한 세계의 중심에 솟아 있다는 산 이름 | 난사難
寫 : 베껴 쓰기가 어렵다 | 전詮 : 풀이하여 설명하다 | 약若 : ~할 것 같으면 | 저개
사這箇事 : 이러한 일 | 자수自須 : 스스로 모름지기 | 참투參透 : 참여하여 통달하다
| 조주선趙州禪 : 조주 스님의 선법

히말라야의 뾰족한 산봉우리를 붓 삼고 가없는 사해의 바다를 먹물 삼아도 외외巍巍한 부처님의 무량한 공덕은 설명할 길이 없다. 그 깨달음의 언어를 어이 베껴 쓰리오. 선禪은 마음속의 작용이니 사변적 지식을 포개본들 소용이 없다. 언하言下에 통쾌하게 깨쳐야 한다. 이 뭣고? 여보 스님! 이 화두를 놓지 말고 참구하여 투득透得하소.

공염불

아침부터 저녁까지 무슨 도리 궁리하나
소를 타고 다시금 소 찾음과 흡사쿠나.
우습다 오늘날 참학參學하는 무리들
깨달음 기다리길 언제나 그만둘까.

終朝竟夜窮何道　恰似騎牛更覔牛
종조경야궁하도　흡사기우갱멱우
可笑如今參學輩　將心待悟幾時休
가소여금참학배　장심대오기시휴

── 월봉 무주(月峯 無住, 1623-?), 「세상의 뜬 명예를 탄식함

(歎世浮譽)」 4-3

종조경야終朝竟夜 : 아침을 마치고 저녁이 끝나도록 | 궁窮 : 궁구하다 | 흡사恰
似 : 아주 꼭 같다 | 기우騎牛 : 소를 올라타다 | 멱우覔牛 : 소를 찾다 | 가소可笑 : 우
습다, 가소롭다 | 참학배參學輩 : 배움에 참여하는 무리 | 장심將心 : 마음을 가지고
| 대오待悟 : 깨달음을 기다리다 | 기시幾時 : 어느 때나 | 휴休 : 그만두다

보여주자고 하는 수행은 수행이 아니다. 종일 앉아 공부해도 도로徒勞에 그친다. 경전을 참학하고 화두를 참구해도 다 공염불이다. 그것은 쇠등에 올라타고 소 찾겠다고 설치는 일. 긁다보니 남의 다리요 애써봐도 도로아미타불이다. 그 마음으로 어이 깨닫기를 기대할까?

헛일

기괴한 얘기하면 선지식이라 하고
해박하게 많이 알면 성인聖人에다 견준다네.
경전과 시부詩賦에 비록 능하다 해도
마음 밭이 안 밝으면 모두 헛일이라네.

奇談恠語稱知識　博覽多聞擬聖流
기담괴어칭지식　박람다문의성류
雖善經書詩賦筆　未明心地盡虛頭
수선경서시부필　미명심지진허두

— 월봉 무주(月峯 無住, 1623-?),「세상의 뜬 명예를 탄식함

(歎世浮譽)」 4-4

기담괴어奇談恠語 : 기이한 얘기 괴상한 말 | 지식知識 : 선지식善知識의 줄임말. 큰
지혜를 지닌 사람 | 박람다문博覽多聞 : 널리 보아 많이 앎 | 의의擬 : 견주다, 비의하
다 | 성류聖流 : 성인의 부류 | 수선雖善 : 비록 잘한다 해도 | 심지心地 : 마음 | 허두
虛頭 : 헛됨

듣도 보도 못한 얘기를 해주면 존경하는 기색이 역력하다. 모르는
게 없어 보여야 거룩하게 본다. 묻기도 전에 답하고 모르는 것을
얘기해야 대단히 여긴다. 경전을 좔좔 외고 시문을 척척 지어야
근사해 보인다. 네 마음에 한 줄기 광명이 없는데 세상의 뜬 기림
이 무슨 소용이 있나. 아! 정신을 차려야 한다.

배회

부처님 노천에 앉아 계시고
보탑엔 이끼가 황량도 하다.
땅에 가득 벼와 기장 돋아나 있어
서성이는 나그네 한恨 끝이 없어라.

金仙全露坐　寶塔半苔荒
금선전로좌　보탑반태황
滿地生禾黍　徘徊客恨長
만지생화서　배회객한장

── 한계 현일(寒溪 玄一, 1630-1716), 「폐사를 지나다가

(過廢寺)」

금선金仙 : 부처님의 별칭 | 전로좌全露坐 : 완전히 노출된 채 앉아 있다. 노천露天에
놓였다는 의미 | 반태황半苔荒 : 절반쯤 이끼가 돋아 황폐하다 | 만지滿地 : 온 땅에
| 화서禾黍 : 벼와 기장 | 배회徘徊 : 서성이며 떠나지 못하다

나그네 발걸음이 옛 절터를 지난다. 전각은 무너진 지 이미 오래
고 부처님이 노천에 앉아 서리 이슬을 그대로 맞고 계신다. 기가
턱 막힌다. 한창 시절 풍경 소리 쟁그랑거렸을 보탑은 허물어진
채 그나마 드러난 절반마저 이끼에 덮였다. 둘레에는 누가 갈았는
지 곡식이 땅을 덮었다. 나는 떠나지도 못한 채 아까부터 부처님
둘레만 맴돌고 있다.

심우 尋牛

도란 본래 마음에서 얻는 법인데
어이 굳이 밖에서 구하려 드나.
평평한 밭 풀 우거진 언덕에서도
곳마다 소 찾기가 좋을 터인데.

道本從心得　何勞向外求
도본종심득　하로향외구

平田芳草岸　隨處好尋牛
평전방초안　수처호심우

—— 한계 현일(寒溪 玄一, 1630-1716), 「산놀이하는 승려에게

주다(贈遊山僧)」

종심득從心得 : 마음을 통해 얻다 ┃ 하로何勞 : 어이 수고로이 ┃ 향외구向外求 : 밖을
향해 구하다 ┃ 수처隨處 : 곳에 따라, 가는 곳마다 ┃ 심우尋牛 : 소를 찾다. 소를 찾음
은 구도求道의 의미로 쓴다

산수 유람 다니는 승려를 만나 일침을 준 시다. 여보 스님! 틀어 앉아 화두는 안 들고 어찌 그리 산수 유람이 이다지도 늘어졌소? 구도求道의 행각行脚이라 그 말이 좋소만 깨달음은 마음에서 오는 것이지 산이 주는 것은 아니잖소? 굳이 다리품 들이지 않아도 집 둘레 풀밭 언덕에 소 먹일 풀은 지천에 널렸다오. 심우尋牛, 소를 찾으시려거든 깊은 산속 헤매지 말고 근처 풀밭 가서 찾으시구려. 딱해 보여 내 한마디하오.

태허 太虛

내 집 이름 태허당이라 부르니
청허를 사랑해서만은 아니다.
육기는 무궁히 변화하느니
비록 비었어도 빈 것 아닐세.

吾堂號太虛　不獨愛淸虛
오당호태허　불독애청허

六氣無窮化　雖虛不是虛
육기무궁화　수허불시허

── 동계 경일(東溪 敬一, 1636-1695), 「태허당을 조롱한
객의 시에 차운하다(次客嘲太虛堂韻)」

오당吾堂 : 내 집 | 부독不獨 : 유독 ~해서만은 아니다 | 육기六氣 : 육합六合, 즉 동
서남북상하에 가득한 기운 | 불시허不是虛 : 빈 것이 아니다

당호를 태허당이라고 썼더니 객이 슬쩍 비웃는 태도를 보인다. 얼마나 맑고 텅 비었으면 태허라 했느냐는 얘기겠지. 태허는 태청허공太淸虛空이니 아무것도 없는 텅 빔 그 자체다. 하지만 천지의 기운이 그 속에서 끊임없이 생성변화한다. 텅 빈 것 같은가? 꽉 찼다. 텅 비어 충만한 그 뜻을 아시겠는가?

아침 해

새벽에 동해바다 앉아서 보니
가로걸린 구름이 산 모양 짓네.
붉고 푸른 빛깔을 산이 머금다
그 사이서 아침 해를 토해내누나.

坐見扶桑曉　橫雲作假山
좌견부상효　횡운작가산
山含紅翠色　朝日吐其間
산함홍취색　조일토기간

——동계 경일(東溪 敬一, 1636-1695), 「구름이 만든 가짜산을
노래하다(詠雲假山)」

좌견坐見 : 앉아서 보다 | 부상扶桑 : 해 뜨는 나라에 있다는 상상 속의 뽕나무. 동
해바다를 말함 | 횡운橫雲 : 가로로 길게 누운 구름 | 작가산作假山 : 가짜 산을 만들
다. 구름이 기이한 봉우리 모양을 지었다는 뜻 | 함含 : 머금다, 포함하다 | 홍취색
紅翠色 : 울긋불긋한 빛깔 | 조일朝日 : 아침 해

금강산 꼭대기에서 새벽 동해바다를 한눈에 내려다본다. 수평선 끝에 가로걸린 구름이 띠를 이루며 펼쳐지더니 중간중간 불쑥불쑥 솟아 기이한 연봉의 자태를 만든다. 웬 못 보던 산인가 싶어 보니 빛깔도 곱구나. 잠시 뒤 붉은 해가 그 산봉우리 사이로 빼꼼 고개를 내민다. 해가 돋자 산은 제 소임을 다했다는 듯 문득 사라지고 없다.

맑은 바람

정수리 위 눈을 늘 뜨고 있으니
삶과 죽음 길 따위는 상관도 않네.
맑은 바람 태허를 불어가더니
만고에 한 도만이 살아 있구나.

常開頂門眼　不關生死路
상개정문안　불관생사로
淸風吹太虛　萬古活一道
청풍취태허　만고활일도

──동계 경일(東溪 敬一, 1636~1695), 「임종게(臨終偈)」

상개常開 : 항상 열어놓다 | 정문안頂門眼 : 정수리에 붙은 눈. 지혜의 눈 | 불관不
關 : 상관하지 않다 | 취吹 : 불다 | 태허太虛 : 허공. 본인의 법호이기도 함

스님의 병세가 위중할 때 문도가 부축해 일으켜 마지막 일깨움의 말씀을 청하자 스님이 종이를 펼치게 하고 그 위에 직접 써주었다는 시다. 깨달음의 눈을 뜨고 있다면 삶과 죽음의 갈림이 너희에게 무슨 걸림이 되겠느냐? 와서 기쁠 것도 없고 간다 슬프지도 않다. 보아라. 저 맑은 바람이 이 태허를 불어 천지에 흩는구나. 내 가고 나도 만고에 변치 않을 한 가지 도만큼은 성성하게 살아 있을 터. 너희가 어찌 지향처를 묻느냐. 스님은 통쾌하게 이 한말씀 남기고 붓 잡은 그대로 그 자리에서 앉은 채 가셨다.

달 구슬

푸른 바다 용이 손아귀에 구슬 쥐고
밤에 천문天門 올라가 천도天都에 바치누나.
항아 아씨 어여쁜 무지개 옷 비춰 보다
그림자 있나 없나 단총丹叢 기대 웃는다네.

碧海龍兒掌頷珠　夜昇閶闔獻天都
벽해용아장함주　야승창합헌천도

姮娥照取霓裳美　笑倚丹叢影有無
항아조취예상미　소의단총영유무

—— 동계 경일(東溪 敬一, 1636-1695),「달을 읊다(詠月)」

용아龍兒 : 용 | 장함주掌頷珠 : 손바닥에 여의주를 쥐다 | 창합閶闔 : 천상의 문 | 헌獻 : 바치다 | 천도天都 : 하늘의 수도 | 항아姮娥 : 서왕모의 불사약을 훔쳐 먹고 달로 달아났다는 선녀 | 조취照取 : 가져다가 비춰 보다 | 예상霓裳 : 무지개 실로 짠 치마 | 소의笑倚 : 웃으며 기대다 | 단총丹叢 : 단하丹霞의 무더기. 달무리를 가리키는 듯하다 | 영유무影有無 : 그림자가 있나 없나?

푸른 바다 끝에서 노란 여의주 하나가 하늘로 올라간다. 바닷속을 뛰놀던 용이 마침내 손아귀에 여의주를 움켜쥔 채 하늘나라 옥황상제께 그 구슬을 바치려고 목하 승천하는 중이다. 캄캄하던 천지가 갑자기 환하다. 달 구슬 속 항아 아씨는 그 광채에 무지개 실을 자아 짠 제 옷맵시가 드러나는 것이 기뻐, 붉은 달무리 속에 기대 앉아 활짝 웃으며 이리저리 폼을 잡아본다.

먼 바다에 달이 떠올라 중천을 향해 가는 광경을 바다 용이 여의주 물고 승천하는 것으로 그려낸 상상력이 참 놀랍다.

활안活眼

만법귀일이라 하니 어디로 돌아갈꼬
온갖 사물 돌아가도 돌아가지 못하네.
정문頂門의 활안이 활짝 열릴 것 같으면
산하대지 온전한 기틀을 드러내리.

萬法歸一一何歸　八物咸歸不見歸

만법귀일일하처　팔물함귀불견귀

若得頂門開活眼　山河大地露全機

약득정문개활안　산하대지로전기

— 동계 경일(東溪 敬一, 1636-1695),「온갖 법은 한곳으로
돌아간다(萬法歸一)」

만법귀일萬法歸一 : 조주 선사가 선을 수행하는 승려에게 내린 화두. 만법이 한곳
으로 돌아간다는데 그곳이 어디냐는 물음. 그 지점은 심心이니 목표는 명심견성明
心見性, 오도성불悟道成佛에 있다는 가르침 | 팔물八物 : 팔방의 사물. 만물과 같다
| 함귀咸歸 : 모두 돌아가다 | 불견귀不見歸 : 돌아감을 보지 못하다, 못 돌아가다 |
약득若得 : 만약 얻는다면 | 정문頂門 : 정수리 | 활안活眼 : 사리를 밝게 관찰하는 눈

만물은 마침내 모두 한곳으로 돌아간다. 그곳이 어디인가? 팔방
의 사물이 모두 돌아가는 곳, 안도 아니고 밖도 아닌, 여기도 아
니고 저기는 더더욱 아닌 그 지점이 궁금한가? 정수리 한가운데
로 지혜의 활안活眼이 한번 활짝 열리게 되면 산하대지 위 일체법
一切法이 모를 게 하나 없다. 사물 하나하나가 나침반이 되어 정확
히 그 지점을 가리키리라. 그러니 우리의 공부란 활안을 얻기 위
한 도정에 지나지 않는다. 보이지 않는 것은 내 공부가 투철하지
못해서다. 열리면 그 순간 모든 것이 달라진다.

| 로전기露全機 : 온전한 기틀을 드러내다

무념

부처가 곧 이 마음, 이 마음이 부처이니
물결이 물이 되고 물이 물결 됨과 같네.
갑자기 한마음이 무념으로 돌아가면
곧장 바로 위음나반威音那畔 그 시절에 다다르리.

佛卽是心心卽佛　如波還水水還波

불즉시심심즉불　여파환수수환파

瞥然一念歸無念　直到威音那畔家

별연일념귀무념　직도위음나반가

─동계 경일(東溪 敬一, 1636-1695), 「적천사 호장로에게 보이다

(示磧川寺湖長老)」

심즉불心卽佛 : 마음이 곧 부처다 | 파환수波還水 : 물결이 도로 물이 된다 | 별연瞥
然 : 잠깐만에 | 무념無念 : 잡된 생각이 없는 상태 | 직도直到 : 곧장 다다르다 | 위
음나반威音那畔 : 아마득한 태초 공겁空劫에 처음 나온 부처님인 성취무상成就无上
정등정각正等正覺의 위음왕威音王 여래의 시절 나반那畔은 백화어 나변那邊과 같
다. 그곳 또는 그 시절

부처가 뭐 별거겠소? 이 마음이 바로 부처이지요. 물이 일렁이면 물결이 되고 물결이 가라앉으면 다시 물이 됩니다. 물과 물결을 두 물건이라 할 수 있습니까? 문제는 수많은 상념想念을 일념一念으로 집중해 무념무상無念無想의 경지로 밀어붙이는 것이지요. 대부분 이 지점에서 마魔가 들어 고꾸라지고 맙니다. 마음에서 생각의 얼룩이 말끔히 지워지는 순간 저 태초 위음왕 여래의 그 시절이 바로 내 눈앞에 펼쳐집니다. 딴 데 가서 찾을 것 없지요. 먼 데 가서 찾을 것 없습니다.

아침 내내

아침 내내 밥 먹어도 무슨 밥을 먹으며
밤새도록 잠잤어도 잠잔 것이 아니로다.
고개 숙여 못 아래 그림자만 보느라
밝은 달이 하늘 위에 있는 줄을 모른다네.

우리 선시 삼백수

終朝喫飯何曾飯　竟夜沉眠未是眠
종조끽반하증반　경야침면미시면
低首只看潭底影　不知明月在靑天
저수지간담저영　부지명월재청천

── 동계 경일(東溪 敬一, 1636-1695), 「우연히 읊다(偶吟)」 2-1

종조終朝 : 아침 내내 | 끽반喫飯 : 밥 먹다 | 하증반何曾飯 : 어찌 일찍이 밥을 먹었
겠는가? | 경야竟夜 : 밤새도록 | 침면沉眠 : 잠에 빠지다 | 미시면未是眠 : 잠잔 것이
아니다 | 저수低首 : 고개를 숙이다

밥을 계속 먹었는데 배는 하나도 안 부르고, 밤새 쿨쿨 잤는데도 여전히 졸린다. 웬일일까? 무슨 일일까? 먹어도 그냥 먹고 자도 그저 자서 그렇다. 밝은 달은 푸른 하늘 위에 저토록 환하건만 어리석은 중생이 고개를 숙인 채 연못 위 달그림자만 쳐다보고 있구나. 달 보라고 손가락을 들어 가리키는데 보라는 달은 안 보고 어이 손가락 끝만 보는고?

우습다

우습다 쇠등 타고 다시 소를 찾다니
모름지기 머리 위에 머릴 얹진 않는 법.
조계의 거울 속엔 아무 물건 없건만
천하의 선승들은 면벽하고 찾는다네.

可笑騎牛更覓牛　不須頭上更安頭
가소기우갱멱우　불수두상갱안두

曹溪鏡裡元無物　天下禪流面壁求
조계경리원무물　천하선류면벽구

—동계 경일(東溪 敬一, 1636-1695), 「우연히 읊다(偶吟)」 2-2

기우騎牛 : 쇠등에 올라타다 | 갱更 : 다시금 | 멱우覓牛 : 소를 찾다 | 안두安頭 : 머리를 얹다. 안安은 안치하다, 놓아두다의 뜻 | 조계曹溪 : 불교 조계종단을 가리킴 | 경리鏡裡 : 거울 속 | 선류禪流 : 선승의 부류

쇠등에 올라 앉아 잃어버린 소 찾겠다고 난리를 떤다. 멀쩡한 머리 위에 머리 하나 더 얹겠다고 설쳐대는 꼴이 아닌가. 조계의 거울 같은 수면 위에는 아무 비치는 것이 없다. 본래무일물本來無一物이건만 있지도 않은 그 무엇을 찾겠노라 오늘도 천하의 선승들이 흙벽 앞에 도사려 앉아 참구參究의 한세월을 보낸다. 참 딱하다.

꼭두각시놀음

환해幻海에 부침하며 몇 번 봄을 보내고서
시렁 위서 또다시 꼭두각시놀음 했지.
이제서야 껍질 벗고 티끌세상 벗어나면
정계淨界에선 연꽃이 곱게 새로 피어나리.

幻海浮沉度幾春　棚頭又作弄傀人
환해부침도기춘　붕두우작롱괴인
如今脫殼超塵累　淨界蓮花發艶新
여금탈각초진루　정계연화발염신

── 풍계 명찰(楓溪 明晉, 1640-1708), 「임종게(臨終偈)」

환해幻海 : 허환虛幻의 바다. 헛된 세상의 비유 | 부침浮沉 : 뜨고 가라앉다 | 도
度 : 보내다 | 기춘幾春 : 몇 번의 봄 | 붕두棚頭 : 꼭두각시극의 무대 | 롱괴인弄傀
人 : 꼭두각시놀음을 하는 사람 | 탈각脫殼 : 허물을 벗다. 죽음의 의미 | 진루塵
累 : 티끌세상에 얽매임 | 발염신發艶新 : 곱게 새로 피어나다

헛것 속에 부침하며 보낸 세월이 짧지 않다. 무대 뒤에 숨어 꼭두 각시놀음을 잘 놀았다. 이제 남 보여주자고 산 꼭두각시의 세월에 허물을 벗고 나를 옭죄던 티끌세상을 훌훌 털고 떠날 참이다. 서 방정토에서는 딛는 발길마다 연꽃이 환하게 피어나겠지. 생각만 해도 개운하다.

봄꽃

마른 대는 안개에 잠겨 차갑고
향기론 꽃 찾아오는 나비가 많다.
봄바람에 그 빛깔 비록 고와도
눈서리 몰아침을 어이 견디랴.

瘦竹和烟泠　香花引蝶多
수죽화연냉　향화인접다

春風雖艶色　其奈雪霜何
춘풍수염색　기내설상하

—— 함월 해원(涵月 海源, 1691-1770), 「의혜에게 주다(贈意慧)」

수죽瘦竹 : 비쩍 마른 대나무 | 화연和烟 : 안개에 잠기다 | 냉泠 : 차다, 싸늘하다 |
인접引蝶 : 나비를 끌어당기다 | 염색艶色 : 고운 빛, 또는 빛깔이 곱다 | 기내하其奈
何 : 어찌하겠는가?

꽃 시절이 부러운 게로구나. 꽃 찾는 나비가 그리운 게지. 대중의
관심을 한 몸에 받고 싶으냐? 인생이 늘 따뜻한 봄날이고 꽃밭이
었으면 좋겠지? 하지만 그런 건 없다. 고운 꽃은 열흘을 못 가고,
봄바람은 변덕이 심하단다. 꽃샘바람이 불거나 느닷없는 눈보라
가 몰아치면 꽃동산은 간데없고 향기는 무참하다. 몰려들던 나비
들은 대체 어디로 간 것이냐? 저 비쩍 마른 대나무를 보아라. 찬
안개 속에서 무서리, 눈보라를 견디고 저리 서 있다. 존재는 지워
져 보일 듯 사라져도 대체 아무런 말이 없구나. 저기가 수행자의
자리니라. 바로 네가 있어야 할 데다. 꽃자리 너무 탐하지 마라.
보기 좋은 떡 자꾸 욕심내지 마라.

깨달음

수없이 감옥을 들락거려도
연꽃을 피워냄은 다함 있으리.
안양安養으로 가는 길 알고 싶거든
모름지기 주인옹께 물어봐야지.

入獄雖無數　生蓮政有窮
입옥수무수　생련정유궁

欲知安養路　須問主人翁
욕지안양로　수문주인옹

── 함월 해원(涵月 海源, 1691-1770),「염불하는 사람에게

(示念佛人)」

입옥入獄 : 감옥에 들어가다 | 생련生蓮 : 연꽃을 피워내다. 깨달음을 얼음의 비유 |
정政 : 바로 | 유궁有窮 : 다함이 있다, 끝이 있다 | 욕지欲知 : 알고자 하다 | 안양安
養 : 마음을 편히 하고 몸을 쉬게 함 | 수문須問 : 모름지기 묻다 | 주인옹主人翁 : 자
기 자신 또는 마음

죄 많이 짓고 평생 감옥만 들락거려도 깨달음의 길은 열려 있는 법. 이리 열심히 염불하는 걸 보니 남의 재물 말고 깨달음을 얻고 싶은 겐가? 안양安養의 길을 알고 싶은 게로군. 그것도 다 방법이 있지. 어쩌자고 무턱대고 염불만 할 것인가? 부처님 전에서 부처님 이름만 자꾸 시끄럽게 불러대지 말고, 자네 마음을 부처님 앞에 탁 꺼내놓고 스스로에게 한번 물어보게나. 이제껏 자네가 살아온 길과 지은 죄, 살고 싶은 삶, 걷고 싶은 길에 대해 말일세. 주인공은 젖혀놓고 애꿎은 부처만 외쳐대니 내 딱해서 하는 말일세.

이 속에

달빛은 창 사이에 환하고
솔 소리 베개맡에 해맑다.
이 속에 담긴 뜻이 많지만
세인과 얘기하긴 어렵네.

月色窓間白　松聲枕上清

월색창간백　송성침상청

此中多意趣　難與世人評

차중다의취　난여세인평

—— 함월 해원(涵月 海源, 1691-1770),「준청 스님에게

(示俊清師)」

창간窓間 : 창 사이 | 침상枕上 : 베개 위 | 다의취多意趣 : 담긴 뜻과 운치가 많다 |
여與 : 더불어

저 달빛 좀 보게. 방 안이 온통 환하군. 귀를 열어 들어보게나, 저
솔바람 소리. 방은 희게 빛나고 귀는 맑고 깨끗하다네. 중노릇하
는 재미가 온통 여기에 있는 것을. 자네밖에 이 말귀 알아들을 사
람이 없어 자네에게만 살짝 얘기해주네. 자네만 알고 있게.

꾀꼬리 노래

객탑서 한가해 일이 없길래
턱 괴고 죽방에 누워 있었지.
들리느니 시냇가 버들 위에서
구성진 한 곡조 꾀꼬리 노래.

客榻閑無事　支頤臥竹房
객탑한무사　지이와죽방

惟聞溪柳上　鶯歌一曲長
유문계류상　앵가일곡장

── 함월 해원(涵月 海源, 1691-1770), 「차운하여
원혜에게 주다(次贈圓慧)」

객탑客榻: 나그네가 묵어 자는 평상 | 지이支頤: 턱을 괴다 | 죽방竹房: 대나무로
얽어 짠 방 | 유문惟聞: 다만 ~만 들린다 | 앵가鶯歌: 꾀꼬리 노래

허름한 객방에 턱 괴고 누워 있었네. 딱히 할 일도 없었고. 이리 뒹굴 저리 뒹굴 하며 이 생각 저 생각이 하염없는데, 창밖에서 문득 법문法文 한 자락이 펼쳐지지 뭔가? "스님! 쓸데없는 생각 그만하시고, 내 예불 노래 한 자락 들어보시렵니까?" 하! 그놈 참. 쉴 새 없이 조잘대니 그 많던 잡생각이 싹 사라져버리더군. 그저 노래하면 그뿐인 것을, 따지고 보면 우린 너무 생각이 많고 궁리가 많은 듯하이.

안빈

물은 물결 속에 있는 법
몸 밖에서 도 구해선 안 되지.
안빈은 참으로 너의 즐거움
어디서든 근심 잊고 전송해야지.

水是波中在　道非身外求
수시파중재　도비신외구
安貧眞汝樂　到處送忘憂
안빈진여락　도처송망우

— 함월 해원(涵月 海源, 1691-1770), 「체우 대사의

시에 차운하다(次體愚大師)」

파중波中 : 파도 속 ┃ 신외구身外求 : 몸 밖에서 구하다 ┃ 안빈安貧 : 가난을 편안히
여기다 ┃ 여락汝樂 : 너의 즐거움 ┃ 도처到處 : 가는 곳마다 ┃ 송망우送忘憂 : 전송하
여 근심을 잊다

물이 있어야 물결이 일 게 아니오. 물 따로 물결 따로인 법이 있
던가? 내 몸이 있고 나서 도가 있는 법. 내 몸 밖에서 도를 찾은들
찾을 수 있겠소? 가난을 근심하면서 도를 향해 나아갈 수는 없겠
지. 그대 어딜 가더라도 빈손 빈 마음으로 근심 잊고 지내소. 근심
은 마음이 짓는 것. 물 위에 일렁이는 물결 같은 것이라오. 보이는
게 전부가 아니지.

종용從容

나그네 처지로 말도 않고서
일 년의 세월을 허송했구나.
날 찾아와 게송 구함 다행스럽다
적막하던 이곳이 편안해지네.

客狀無與語　虛送一年春
객상무여어　허송일년춘

幸爾來求偈　從容寂寞濱
행이래구게　종용적막빈

── 함월 해원(涵月 海源, 1691-1770), 「포학 상인의
시에 차운함(次飽學上人)」

객상客狀 : 나그네 처지 | 무여어無與語 : 더불어 말하지 않다 | 허송虛送 : 헛되이 보
내다 | 행이래구게幸爾來求偈 : 네가 나를 찾아와 게송을 구하는 것을 다행으로 여
긴다 | 종용從容 : 편안하고 조용한 모양 | 적막빈寂寞濱 : 적막한 구석.

여보게, 포학鮑學 스님! 실컷 배우겠다고 이름을 그리 지으셨소? 그런데 이곳에서 일 년이나 머물면서 어째 혼자 끙끙 앓기만 하고 묻지를 않은 게요. 이제라도 날 찾아와 이렇게 게송을 청하니 고맙구려. 모르면 물어야지. 혼자 벽만 들이박고 있으면 다치기밖에 더하겠소. 문은 저리 활짝 열려 있는데 빈 벽만 두드려서 어찌한단 말이오. 공부는 언제고 늦는 법이 없다오. 그대 펴진 얼굴 보니 적막하던 이곳에 화색이 다 도는군.

천년

파초의 헛된 바탕 탄식하지만
인간의 몸뚱이도 다름없다네.
견고하지 않은 줄도 알지 못하고
금석인 양 천년을 계획하누나.

芭蕉戲幻質　四大亦如然
파초희환질　사대역여연

不識非堅固　金石計千年
불식비견고　금석계천년

── 함월 해원(涵月 海源, 1691-1770), 「각심 상인에게
(贈覺心上人)」

희戲: 탄식하다, 희롱하다 | 환질幻質: 환신幻身, 허깨비 몸. 계절에 따라 푸르고 시
듦을 두고 한 말 | 사대四大: 인간의 육신 | 여연如然: 똑같다, 다름없다 | 불식不
識: 알지 못하다 | 금석金石: 쇠나 돌인 줄 알다 | 계천년計千年: 천년의 삶을 계획
하다

그 푸르고 장하던 파초가 서리 맞고부터는 맥을 못 추는군. 겨우 숨이나 붙어 있는 꼴일세그려. 따지고 보면 우리네 몸뚱이도 저와 다를 게 하나 없지. 파초나 우리나 연약하긴 매일반이란 말일세. 파초는 그래도 제 주제를 알아 몸을 움츠리지만, 인간은 그만도 못해 그 연약한 육신이 천년만년 갈 줄 알고 헛된 꿈을 깨지 못하니 내 그것이 안쓰러울 뿐일세. 파초를 웃지 말게. 나를 웃어야 하리.

육근六根

한바다도 오히려 다할 수 있고
수미산도 갈아서 없앨 수 있네.
그중에 다 없애기 어려운 것은
다만 육근六根의 허물뿐일세.

大海猶能渴　須彌亦可磨

대해유능갈　수미역가마

其中難盡者　惟是六根瑕

기중난진자　유시육근하

── 함월 해원(涵月 海源, 1691-1770), 「우찰 대사에게

(愚察大師)」 3-1

유능갈猶能渴 : 오히려 능히 마르게 할 수가 있다 | 수미須彌 : 세계의 중심에 우
뚝 선 상상의 산. 해와 달이 그 허리를 맴돈다 | 가마可磨 : 갈아서 없앨 수가 있다
| 난진자難盡者 : 다 없애기 어려운 것 | 유시惟是 : 오직, 다만 | 육근六根 : 눈과 귀,
코와 혀, 몸과 생각 등 죄업을 짓게 만드는 여섯 가지 뿌리 | 하瑕 : 허물, 티

큰 바다의 물을 한 방울도 안 남기고 말리기, 저 높은 수미산을 갈아서 평지로 만들기는 그래도 안 될 게 없다. 정말 어려운 것은 우리네 눈과 귀, 코와 혀의 감각과 몸과 생각이 짓는 죄업을 원천 봉쇄하는 것이다. 작은 몸뚱이로 짓는 허물이 큰 바다보다 넓구나. 수미산만큼 높구나.

지족知足

여러 가지 부족한 것 거둬들이면
부족함이 도리어 족하게 되리.
만족만 추구하는 세상사람들
부족함을 만족할 줄 알지 못하네.

總收諸不足　不足還爲足
총수제부족　부족환위족

求足世間人　不知不足足
구족세간인　부지부족족

── 함월 해원(涵月 海源, 1691-1770),「지족(知足)」

총수總收 : 모두 거둬들이다, 욕심을 접다 ┃ 제부족諸不足 : 여러 가지 부족한 것
┃ 환위족還爲足 : 도리어 족하게 되다 ┃ 구족求足 : 만족을 추구하다 ┃ 부족족不足
足 : 부족한데도 족하게 여기다

세상일에 만족이란 없겠지. 늘 부족하고 자꾸 부족해서 채우려 들면 욕심이 끝도 없다. 차라리 끝없는 욕심을 끝장내고 부족하면 부족한 대로 만족하고 살면 거기서 대자유의 경계가 열린다. 욕망의 노예가 되어 채우려고만 드는 세인은 부족을 만족으로 알 때 열리는 새로운 세상을 가늠하지 못한다. 평생을 부나방처럼 욕망을 좇아 살다가 파멸에 임박해서야 헛된 욕망의 실체를 깨닫지만 너무 늦었다.

지
족
知
足

표주박

하루 종일 기심機心 잊고 앉았노라니
온 하늘에 꽃비가 흩날리누나.
살림살이 지닌 것 무엇이 있나
벽에 걸린 표주박 하나뿐일세.

終日忘機坐　諸天花雨飄
종일망기좌　제천화우표
生涯何所有　壁上掛單瓢
생애하소유　벽상괘단표

── 함월 해원(涵月 海源, 1691-1770), 「벽 위에 표주박

하나를 걸어놓고(壁上掛一瓢)」

망기忘機 : 기심機心을 잊다. 기심은 분별하고 헤아리는 마음 | 제천諸天 : 일반적으
로 불교의 여러 신격神格을 말하나, 여기서는 온 하늘의 의미로 씀 | 화우花雨 : 비
처럼 흩날리는 꽃잎 | 생애生涯 : 생계生計와 같은 뜻 | 하소유何所有 : 지닌 것이 무
엇인가? | 괘掛 : 걸다 | 단표單瓢 : 표주박 하나

온 하늘에 꽃비가 내리던 날, 따지지 않고 종일 앉아 있었다. 내려
놓으니 편안하다. 숨이 잘 쉬어진다. 빈방의 세간이라곤 벽에 걸
린 표주박 하나뿐이다. 그래도 아무 아쉬운 것이 없다.

심법

마음은 만법 따라 생겨나오고
만법은 마음 따라 사라지누나.
심법은 본래부터 텅 비었거니
다시금 일물조차 전함이 없네.

心從萬法生　萬法從心滅
심종만법생　만법종심멸
心法本來空　更無傳一物
심법본래공　갱무전일물

—— 함월 해원(涵月 海源, 1691-1770), 「계운 대사에게
부치다(寄桂雲大師)」

종從 : ~따라 | 종심멸從心滅 : 마음을 따라 소멸되다 | 심법心法 : 마음으로 전하여
온 불법의 이치 | 갱무更無 : 다시금 ~이 없다

마음은 만법에서 생겨나고 만법은 마음 따라 사라진다. 마음은 만법을 녹이는 용광로 도가니다. 다 녹고 나면 아무것도 없다. 텅 비었다. 무엇을 보았는가? 무엇을 전하겠는가? 그대 말하라.

하산

얕은 물엔 배 띄우기 쉽지가 않고
가난한 집 도적도 오지를 않네.
만약 이를 아무도 안 가져가면
산에 와서 자줏빛 안개를 먹자.

舟難浮淺水　賊不來貧家
주난부천수　적불래빈가
若斯無人取　歸山餐紫霞
약사무인취　귀산찬자하

──함월 해원(涵月 海源, 1691-1770),「인악 스님에게
주다(贈仁嶽師)」

난부難浮 : 띄우기가 어렵다 | 천수淺水 : 얕은 물 | 적賊 : 도둑 | 약사若斯 : 만약 이
를 | 무인취無人取 : 가져가는 사람이 없다 | 찬餐 : 먹다 | 자하紫霞 : 자줏빛 안개

그만 하산하겠다고? 그래도 될까? 얕은 물에 어찌 배를 띄우려느냐? 없는 집에는 도둑도 안 드는 법이다. 네 공부, 네 깜냥으로 중생을 어찌 건네주며, 가뜩이나 없는 살림에 대체 무엇을 나눠주겠다는 게냐? 가겠다니 가거라. 하지만 아무도 그 배에 안 올라타고, 도둑마저 거들떠보지 않거든 부끄러워 말고 다시 올라오너라. 안개 기운 실컷 먹고 나면 기운이 돌아올 게다. 정신이 돌아올 게다.

거짓되이 살면서 거짓 못 버려
참됨을 구하여도 참됨 못 얻네.
만약 능히 활안이 활짝 열리면
옛 동산 봄날에 꽃이 피리라.

住妄無捨妄　求眞不着眞
주망무사망　구진불착진

若能開活眼　花發故園春
약능개활안　화발고원춘

―함월 해원(涵月 海源, 1691-1770), 「정암 대사에게
주다(贈靜庵大師)」

주망住妄 : 망령된 삶에 머물다 | 무사망無捨妄 : 망령됨을 버리지 못하다 | 불착진
不着眞 : 참됨을 지니지 못하다 | 약능若能 : 만약 능히 | 활안活眼 : 사리를 환히 분
별하는 눈 | 고원故園 : 옛 동산

미망 속을 헤매면서 참을 얻겠다 하니 그 참됨을 어이 얻을 것이며, 그 망령됨을 어찌 버릴 것이냐? 산 눈이 열려야 안 보이던 것이 보이고, 산 귀가 뚫릴 때 안 들리던 것이 들린다. 옛 동산에 봄 꽃 피는 거룩한 장관을 한번 보여다오.

허깨비

나는 허깨비 몸, 그도 또한 허깨비라
허깨비 중 허깨비니 다시 뉘게 전하랴.
애석타 바야흐로 천추필로 적게 하면
이쪽은 쓰지 않고 저쪽만 기록하리.

我是幻身渠亦幻　幻中之幻更誰傳
아시환신거역환　환중지환갱수전
惜哉方辯千秋筆　不寫那邊記這邊
석재방변천추필　불사나변기저변

──함월 해원(涵月 海源, 1691-1770),「진영에 쓴 자찬
(影自讚)」

환신幻身 : 허깨비 몸 | 거渠 : 그. 여기서는 그림 속의 나 | 갱수전更誰傳 : 다시 누구
에게 전하랴 | 석재惜哉 : 애석하다 | 방변方辯 : 바야흐로 얘기하게 하다 | 천추필
千秋筆 : 역사를 기록하는 붓 | 나변那邊 : 이쪽 | 저변這邊 : 저쪽 | 자찬自讚 : 자신의
진영을 그린 그림에 자신이 스스로에 대해 직접 쓴 찬문撰文

내가 허깨비인데 그 허깨비를 그려놓은 허깨비는 또 어떤 허깨비인가? 헛것 중의 헛것을 남겨두어 어디다 쓸 것인가? 그런데 참 안타깝다. 나 죽고 나면 이 허깨비의 허깨비를 참으로 알아, 진짜 나는 거들떠도 안 보고 가짜의 가짜만 진짜로 여겨 이러쿵저러쿵 떠들어댈 것이 아니냐. 참 나는 어디 있나? 진짜 나는 어디 있나?

적막

흰 구름 한가롭고 흐르는 물 맑으니
내 장차 운수雲水되어 솔바람 소리 베개 삼네.
선창禪窓은 적막하다 아무도 오지 않고
동쪽 뫼에 달이 솟아 밝아짐만 기다리네.

流水白雲閑且淸   我將雲水枕松聲
유수백운한차청   아장운수침송성
禪窓寂寞無人到   惟待東峯月出明
선창적막무인도   유대동봉월출명

─ 함월 해원(涵月 海源, 1691-1770), 「민총의 시에

차운하다(次敏聰)」

한차청閑且淸 : 한가롭고도 맑다 | 아장운수我將雲水 : 내가 운수승이 되다 | 침송성
枕松聲 : 솔바람 소리를 베개 삼는다 | 선창禪窓 : 선승의 거처에 난 창 | 무인도無人
到 : 아무도 오는 이가 없다 | 유대惟待 : 다만 기다린다

물은 맑고 구름은 희다. 물은 바삐 흐르고 구름은 한가롭게 떠간다. 저 구름 저 물을 본받아 운수납자로 살고 싶다. 오늘 이 선창 禪窓 아래 나는 솔바람 소리를 베고 누웠다. 종일 찾는 이 없는 적막 속에 동쪽 봉우리 위로 둥그런 흰 달이 불쑥 솟을 그 순간을 나는 숨죽이며 기다린다. 깨달음도 마침내 그렇게 오리라.

종소리

다시 오매 옛 알던 이 아무도 없고 보니
사미승이 반절하며 어디서 왔나 묻는구나.
그래도 옛 다락의 찬 종소리 들려오니
맑은 소리 변함없이 나 오기만 기다렸네.

再到無人舊顏開　沙彌半揖問何來
재도무인구안개　사미반읍문하래
猶聞古樓寒鐘在　不改淸音待我廻
유문고루한종재　불개청음대아회

— 함월 해원(涵月 海源, 1691-1770), 「다시 용추사에 와서
(再到龍湫寺)」

재도再到 : 다시 오다 ┃ 구안개舊顏開 : 옛 알던 이가 맞이하다 ┃ 반읍半揖 : 제대로
격식을 갖추지 않은 어정쩡한 절 ┃ 문하래問何來 : 어디서 오셨느냐고 묻다 ┃ 유문
猶聞 : 그래도 들린다 ┃ 불개不改 : 고치지 않다, 변함없다

모처럼 용추사에 들렀다. 기억하던 얼굴들은 하나도 없다. 사미승 하나가 쭈뼛쭈뼛 다가오더니 절은 하는 둥 마는 둥 고개를 삐뚜름히 들고 "어디서 오셨습니까?" 한다. 요런 맹랑한 녀석을 봤나. 그때 문득 해묵은 종루에서 울리는 찬 종소리를 들었다. 저 해맑은 소리만 그때나 지금이나 변함이 없다. "스님! 잘 오셨습니다. 오래 기다렸어요. 어서 드시지요." 그래도 나를 알아보는 존재가 있구나 싶어 비로소 다리를 쭉 뻗고 앉는다. "얘, 아가. 네 큰스님 좀 뵙자고 전해라."

허깨비 꿈

티끌세상 헛된 꿈
크게 깬 이 누구랴.
오경에 봄잠 깨니
사물마다 천진하다.

幻夢風塵界　誰能大覺人

환몽풍진계　수능대각인

五更春睡罷　物物摠天眞

오경춘수파　물물총천진

── 월파 태율(月波 兌律, 1695-?), 「봄잠에서 깨어나

(春眠覺)」

환몽幻夢 : 헛꿈 ┃ 풍진계風塵界 : 티끌세상 ┃ 수능誰能 : 뉘 능히 ┃ 대각인大覺人 : 크
게 깨달은 사람 ┃ 오경五更 : 새벽 세시에서 다섯시 사이 ┃ 춘수파春睡罷 : 봄잠에서
깨어나다 ┃ 물물物物 : 사물마다 ┃ 총摠 : 온통, 모두

티끌세상의 살림살이란 한바탕 허깨비 꿈에 지나지 않는다. 이 긴 꿈에서 홀로 깬 그 사람은 누구인가? 간밤 달게 자고 동틀 무렵 개운하게 일어났다. 방문을 활짝 열자 천지간의 온갖 사물이 투명하고 참되다. 눈에 끼었던 막 하나가 벗겨져 나간 것 같다. 새 날 새 세상이다. 긴 꿈에서 깨어나 기지개를 쭉 켠다.

목마르면

해와 달을 등불 삼고
건곤으로 집을 지어,
목마르면 냇물 마셔
해장경海藏經을 살펴보리.

日月爲雙燭　乾坤作一廳

일월위쌍촉　건곤작일청

渴飮淸溪水　探看海藏經

갈음청계수　탐간해장경

── 월파 태율(月波 兌律, 1695-?),「월저당의 시운에 삼가

차운하다(敬次月渚堂韻)」

쌍촉雙燭 : 두 개의 등촉 | 일청一廳 : 건물 하나 | 갈渴 : 목마르다 | 탐간探看 : 살펴
보다 | 해장경海藏經 : 바다같이 가없는 장경藏經. 부처님의 모든 설법

건곤으로 한 채의 집을 지어, 해와 달로 등불 대신 밝힌다. 그 안에서 하는 일은 무엇인가? 목마르면 냇물을 떠와 마시면서, 그 집 온 벽에 가득한 부처님의 바다처럼 가없는 가르침의 말씀을 살펴보겠다.

두견새

전생에 무슨 인연 지어 지금 새가 되었노
근심 품고 한을 안아 정신을 놓았구나.
산중의 피눈물은 아무 쓸데없으리니
입 닫고 남은 봄을 보냄만 못하리라.

前作何緣今作鳥　含愁抱恨喪精神
전작하연금작조　함수포한상정신
血淚山中無用處　不如緘口過殘春
혈누산중무용처　불여함구과잔춘

—— 월파 태율(月波 兌律, 1695-?), 「두견(杜鵑)」

전작하연前作何緣 : 전생에 무슨 인연을 지어서 | 함수포한含愁抱恨 : 근심을 머금
고 한을 품다 | 상정신喪精神 : 정신을 잃다 | 무용처無用處 : 쓸 데가 없다 | 함구緘
口 : 입을 다물다 | 잔춘殘春 : 남은 봄

산속 두견이가 피를 토하며 밤새 운다. 전생에 무슨 인연을 지었
길래 새로 태어나 이처럼 안타까운 울음을 우느냐. 근심과 한을
못 이겨 아예 정신 줄을 놓고 운다. 얘! 산새야. 산속에서 이리 피
눈물을 흘린들 누가 알아주겠느냐? 꾹꾹 눌러 참고 남은 봄을 견
더내야지. 네 울음에 내 애간장이 그만 다 녹겠구나.

활계活計

하늘을 선실禪室 삼고 땅으로 자리 삼아
산은 장성長城 되고 바위는 문이 되네.
그 가운데 종사宗師 있어 도덕을 아우르니
신장神將을 부리어서 마군魔軍을 깨뜨리리.

天爲禪室地爲席　山作長城石作門

천위선실지위석　산작장성석작문

中有宗師兼道德　應敎神將破魔軍

중유종사겸도덕　응교신장파마군

── 월파 태율(月波 兌律, 1695-?),「종사의 활계(宗師活計)」

선실禪室 : 선승의 수행처 | 지위석地爲席 : 땅을 방석으로 삼는다 | 종사宗師 : 으뜸
가는 큰스님. 부처님을 가리킴 | 겸도덕兼道德 : 도덕을 아우르다 | 응교應敎 : 마땅
히 ~하게 해야 한다 | 신장神將 : 불법을 수호하는 신격 | 마군魔軍 : 불법을 해치는
악마의 무리

하늘을 지붕 삼고 땅을 자리 삼는다. 산은 장성이 되고 바위는 대문이 된다. 하늘땅과 산과 바위가 모두 나를 에워싸서 지킨다. 이 가운데 도덕 높으신 부처님이 오뚝이 앉아 계시면서 신장들을 부려 고리눈을 부릅떠 설쳐대는 마군魔軍들을 철퇴로 박살내게 해주신다. 미욱한 중생들이 어리석음에 빠지지 않게 지켜주신다.

솔바람

솔바람 여라女蘿 달빛 정신을 길러주고
옥동玉洞의 맑은 물은 찌든 때를 씻어주네.
목마르면 물 마시고 추우면 풀 옷 입어
남북으로 오고 가매 천진함을 깨닫누나.

松風蘿月養精神　玉洞淸流洗垢塵

송풍나월양정신　옥동청류세구진

渴飮靈泉寒衣草　去來南北覺天眞

갈음영천한의초　거래남북각천진

── 월파 태율(月波 兌律, 1695-?), 「천암 대사에게

부치다(寄天岩大師)」

나월蘿月 : 여라 넝쿨 사이로 비치는 달빛 | 세구진洗垢塵 : 때와 먼지를 씻다 | 한의
초寒衣草 : 추우면 풀 옷을 입는다

여라 넝쿨 사이로 비치는 달빛, 악기 소리를 내며 불어오는 솔바람, 이 빛깔 이 소리로 내 정신을 기른다. 옥류동 맑은 물결은 세상의 때와 티끌을 깨끗이 씻어낸다. 정신은 해맑아 충만하고, 육신은 청정하다. 여기에 더해 목마르면 물 마시고 추우면 옷 입으니 아쉬울 것이 하나도 없다. 여기 있으나 거기로 가나 삶이 천진 그 자체다. 누추하지 않다.

분명

일만 법문 온 마음에서 나오고
일천 물결 한 물을 이루는도다.
외물이 아닌 줄 알 것 같으면
우리 도가 그 즉시 분명하리라.

萬法全心起　千波一水成

만법전심기　천파일수성

如知非外物　吾道即分明

여지비외물　오도즉분명

── 괄허 취여(括虛 取如, 1720-1789), 「담 선자에게

보여주다(示淡禪子)」

만법萬法 : 부처님의 일만 가지 법 | 전심全心 : 온전한 마음 | 여如 : 만약 ~할 것 같
으면 | 즉即 : 즉시, 그 자리에서

만법이 한마음에서 일어난다. 천 개의 일렁이는 파도는 통째로 강물 하나다. 깨달음은 밖에서 오는 법이 없다. 내 안에 있다. 이 이치를 통투通透해야 미혹이 없다. 하나하나의 법이 온 마음이요 일렁이는 물결이 한줄기 물이다. 딴 데 기웃댈 것 없고 이리저리 흔들릴 것 없다. 따져서 알려 들고 갈라서 세려 하면 헛디뎌 자빠지고 만다.

마음 바다

홀로 앉아 마음 바다 들여다보니
망망한 물결이 하늘 닿았네.
뜬구름 일어나 스러짐 없고
외론 달만 삼천세계 비추는구나.

獨坐觀心海　茫茫水接天

독좌관심해　망망수접천

浮雲無起滅　孤月照三千

부운무기멸　고월조삼천

── 괄허 취여(括虛 取如, 1720-1789), 「관심(觀心)」

독좌獨坐 : 홀로 앉다 | 심해心海 : 마음의 바다 | 망망茫茫 : 아득히 끝없이 펼쳐진
모양 | 수접천水接天 : 수평선이 하늘과 맞닿다, 물이 끝 간 데 없다 | 부운浮雲 : 뜬
구름 | 무기멸無起滅 : 새로 일어나거나 소멸됨이 없다 | 고월孤月 : 외로운 달 | 삼
천三千 : 삼천세계, 온 세상

혼자 가부좌를 틀고 앉아 눈을 감고 내 마음속의 바다를 들여다본다. 잔잔한 물결이 끝없이 펼쳐져 수평선까지 달려가 하늘에 맞닿았다. 고개 들어 허공을 보니 뜬구름 하나 없는 푸른 하늘뿐이다. 깨끗하다. 그때 동편 하늘 너머에서 둥근 달이 둥실 떠오르더니 삼천세계를 환하게 비춘다. 명백해서 모를 것이 하나도 없다. 개운하다.

심법

법은 마음 밖의 법이 아니요
마음은 법 가운데 마음이라네.
마음의 법 본래부터 있지 않다면
무엇으로 법의 마음 전하겠는가?

法非心外法　心是法中心
법비심외법　심시법중심

心法本非有　有何傳法心
심법본비유　유하전법심

── 괄허 취여(括盧 取如, 1720-1789), 「설순 대사가
　　계송을 구하므로(雪淳大師求偈)」

심외법心外法 : 마음 밖의 법 | 법중심法中心 : 법 속의 마음 | 심법心法 : 마음의 법
| 본비유本非有 : 본래부터 있는 것이 아니다 | 하전何傳 : 어찌 전할까? | 법심法
心 : 법의 마음

깨달음의 온갖 법은 마음에서 나온다. 그러면 그 마음은 어디에
있나? 법 속에 있다. 법과 마음은 서로 갈마든다. 떨어질 수도 없
고 딱 붙지도 않았다. 하나지만 으레 둘이고, 둘인가 싶다가도 어
느새 하나다. 심법心法이 있으니 법심法心을 전하지, 심법이 없다면
법심도 없다. 마음 밖에서 법을 찾지 마라. 마음이 법이다.

빈주賓主

마음은 몸 가운데 주인이지만
몸은 마음 밖의 손님 아닐세.
마음이 편안하면 몸도 고요해
주인 손님 힘써 서로 가깝다네.

心是身中主　身非心外賓
심시신중주　신비심외빈
心安身亦靜　賓主力相親
심안신역정　빈주력상친

── 괄허 취여(括虛 取如, 1720-1789),「안심 비구가

게송을 구하기에(安心比丘求偈)」

신중주身中主 : 몸 가운데 주인 | 심외빈心外賓 : 마음 밖의 손님 | 심안心安 : 마음이
편안하다 | 빈주賓主 : 주인과 손님

마음은 몸의 주인, 몸은 마음이 모시는 손님이다. 마음이 편안하면 몸은 금세 안정을 찾는다. 마음이 번잡하면 몸도 편할 날이 없다. 주인은 손님 대접을 잘해야 하고 손님은 주인의 뜻을 잘 헤아림이 마땅하다. 안심 비구여! 안심의 방법을 내게 묻는가? 몸 관리를 잘해야 마음 관리도 잘 된다네. 마음을 잘 보듬어야 몸도 건강해지지. 핵심은 몸과 마음의 조화에 있다네.

비방

남을 헐면 남 또한 날 비방하고
외물 잊자 외물도 날 함께 잊네.
내가 남을 잘해주면 남도 잘하나
내가 외물 강요하면 그도 그러리.

毀人人亦毀　忘物物俱忘

훼인인역훼　망물물구망

我善人人善　我強物物強

아선인인선　아강물물강

—— 괄허 취여(括虛 取如, 1720-1789), 「어떤 사람의 일로

술회하다(因人述懷)」

훼인毀人 : 남을 비방하다, 헐뜯다 | 망물忘物 : 외물을 잊다, 염두에 두지 않다 | 물
구망物俱忘 : 사물도 함께 잊는다 | 아선인我善人 : 내가 남에게 잘해주다 | 인선人
善 : 남도 내게 잘해준다 | 아강물我強物 : 내가 외물에 대해 억지를 부리다 | 물강物
強 : 사물도 내게 억지를 부린다

‘인인人人’과 ‘물물物物’의 위치를 바꿔가며 솜씨를 부렸다. 제목으로 보아 어떤 사람이 남 비방하는 말을 듣고 타이르려 지은 시다. "여보게! 남 헐뜯는 버릇을 고치게. 자네가 남 욕을 하면 그 사람도 자네 욕을 하겠지? 조금 분한 일이 있더라도 그러려니 하고 마음에서 지워버리게. 그러면 그 일도 없던 일로 된다네. 그 대신 그 사람에게 잘해주어야지 생각해보는 건 어떤가? 내가 그에게 잘해주면 그도 기뻐서 자네에게 잘해주려 할 걸세. 내가 못되게 구는데 그만 내게 잘해줄 까닭이 없지 않은가? 비방하지 말고 더 잘해주게. 따지지 말고 그저 내주게. 선업善業 쌓는 일이 뭐 별건가?"

성색聲色

바위샘은 흰 달을 마중을 하고
뜨락의 잣나무는 청풍 부른다.
몸은 소리 빛깔 속에 앉아 있지만
마음은 소리 빛깔 속이 아닐세.

巖泉迎白月　庭柏引淸風
암천영백월　정백인청풍
身是坐聲色　心非聲色中
신시좌성색　심비성색중

— 괄허 취여(括虛 取如, 1720-1789), 「바람과 달(風月)」

암천巖泉 : 바위 틈에서 솟는 샘 | 정백庭柏 : 뜨락의 잣나무 | 인引 : 끌다, 끌어오다
| 성색聲色 : 소리와 빛깔, 현상계

샘물에 흰 달이 떠올랐다. 잣나무로 맑은 바람이 이끌린다. 샘이 달을 마중했나, 달이 샘을 찾아왔나. 바람이 잣나무로 깃든 것일까, 잣나무가 바람을 청한 것일까? 나를 위해 저 달이 뜨고 날 보러 맑은 바람이 분다. 눈은 저 달빛 보고 귀는 저 바람 소리를 듣고 있는데 내 마음은 이미 그 너머에 닿아 있다.

본래의 몸

허깨비로 왔다가 그저 떠나니
헛것 속의 사람으로 오고 가누나.
헛것 속에 헛것이 아닌 그것은
본래부터 있었던 나의 몸일세.

幻來從幻去　來去幻中人
환래종환거　래거환중인
幻中非幻者　是我本來身
환중비환자　시아본래신

── 괄허 취여(括虛 取如, 1720-1789), 「죽음에 임하여 쓴

게송(臨歸偈)」 2-2

종환거從幻去 : 헛것을 좇아 떠난다 | 환중인幻中人 : 헛것 속에서 살아가는 사람 |
환중비환幻中非幻 : 헛것 가운데 헛것이 아닌 것 | 본래신本來身 : 본래부터 있던 몸

허깨비로 와서 허깨비 속에 있다가 허깨비 따라간다. 단 하나 부처님 이전부터 있어왔고 억겁 후에도 사라지지 않을 내 본래의 몸뚱이만 진짜다. 놓치지 마라.

달빛 긷기

산승이 물속 달빛 너무도 사랑해서
찬 샘물과 달을 함께 물병에다 담았지.
돌아와 동이 안에 쏟아서 부었지만
온통 물을 뒤져봐도 달빛은 간데없네.

山僧偏愛水中月　和月寒泉納小缾
산승편애수중월　화월한천납소병
歸到石龕方瀉出　盡情攪水月無形
귀도석감방사출　진정교수월무형

── 괄허 취여(括虛 取如, 1720-1789),「찬 샘에서 달을 긷다

(寒泉汲月)」

편애偏愛 : 몹시 사랑하다 | 수중월水中月 : 물속에 뜬 달 | 화월和月 : 달과 함께 | 납
納 : 들이다, 넣다 | 소병小缾 : 물을 담는 작은 그릇 | 귀도歸到 : 돌아와 도착하다 |
석감石龕 : 돌로 만든 확, 물동이 | 방方 : 바야흐로, 막 | 사출瀉出 : 쏟아내다 | 진정
盡情 : 정을 다해, 있는 대로 | 교수攪水 : 물을 휘젓다 | 급월汲月 : 달을 길어올리다

달밤에 물을 긷는데 달빛이 참 곱다. 두레박으로 긷자 두레박 안으로 달빛이 저도 데려가라고 쏙 들어온다. 돌아와서 물동이에 길어 온 물을 부으니 웬걸 좀 전에 함께 길어 온 달빛이 간데없다. 물을 휘저어 찾아보지만 흔적도 없다. 색즉시공色卽是空, 공즉시색空卽是色, 색불이공色不異空, 공불이색空不異色. 그리 숱하게 외우고도 또 마음이 잠깐 나가서 놀았구나.

이 시는 고려 때 이규보李奎報의 시 「산속의 저녁 우물 속 달을 노래하다山夕詠井中月」에서 나왔다. 원시는 이렇다. "산 스님 달빛에 욕심이 나서, 물병 안에 나란히 길어 왔다네. 절에 가면 그제야 깨닫게 되리. 물 따르면 달빛 또한 사라지는 줄山僧貪月色, 幷汲一瓶中. 到寺方應覺, 瓶傾月亦空."

소춘풍笑春風

물과 하늘 다 푸르러 먼 허공을 비추고
두세 칸 띳집은 저물녘 나무 속에.
신령스런 구름 소식 끊겼다 말을 마소
복사꽃 변함없이 봄바람에 웃고 있네.

水天雙碧映遙空　茅屋數三暮樹中

수천쌍벽영요공　모옥수삼모수중

莫道靈雲消息斷　桃花依舊笑春風

막도영운소식단　도화의구소춘풍

—— 괄허 취여(括虛 取如, 1720-1789),「강마을의 복사꽃

(江村桃花)」

수천水天 : 물과 하늘 | 쌍벽雙碧 : 쌍으로 푸르다 | 요공遙空 : 아득히 먼 허공 | 모
옥茅屋 : 초가집 | 모수暮樹 : 석양 무렵의 나무 | 막도莫道 : 말하지 말라 | 영운靈
雲 : 신령스러운 구름 | 의구依舊 : 옛날 그대로, 변함없이

산도 물도 푸르러 천지가 파랗다. 저무는 날 숲속에 초가집 두세 채가 들어앉았다. 고운 구름은 어디로 갔나? 해 떨어지는 저녁 하늘이 너무 심심하다. 소림少林의 봄소식도 적막하다. 하지만 보라! 아득히 끊긴 줄로만 알았던 그 소식이 강가 마을 초가집 둘레에 복사꽃으로 활짝 피어났다. 방긋방긋 웃고 있다.

일출

불 바퀴 해문海門 동편 이제 막 솟아나니
일만 가닥 붉은빛이 푸른 허공 쏘는구나.
천지는 밝게 비어 멀리 눈길 보내려니
구름이 막 물에 흩어져 붉은빛만 영롱하다.

火輪初出海門東　萬縷紅光射碧空
화륜초출해문동　만루홍광사벽공
天地虛明遙送目　雲初散水玲瓏彤
천지허명요송목　운초산수영롱동

—— 괄허 취여(括虛 取如, 1720-1789),「낙산의 이정에서 일출을
보다(洛山梨亭觀日出)」

화륜火輪 : 불덩어리 바퀴. 해의 비유 | 초출初出 : 처음으로 막 나오다 | 만루萬
縷 : 일만 가닥 | 사射 : 쏘다 | 요遙 : 멀리, 아득히 | 송목送目 : 눈길을 보내다 | 영롱
玲瓏 : 환하게 아롱진 모양 | 동彤 : 붉은색

바다 저편에서 시뻘건 불덩이가 바닷물을 부글부글 끓이며 올라온다. 일만 개의 붉은 화살이 수면 위 푸른 허공에 180도로 동시에 쏟아진다. 그 광휘에 하늘과 땅이 그만 구분을 잃는다. 다 텅 빈 허공 속이다. 정신을 겨우 차려 수면 위를 보니 구름이 수면 위로 쫘악 흩어지다가 순식간에 새빨간 빛으로 물이 들면서 사방으로 돌진한다. 태초 천지창조 때의 광경이 꼭 이랬을 것 같다.

이름

도 끊기니 형상 반듯해도 어이 이름 붙이리
이름 짓기 어렵거늘 도를 어이 부를까?
물로 인해 파도 일자 물결에 물 섯도니
물결과 물 서로 기대 억지로 이름 있네.

道絕形端豈有名　名猶難作道何名
도절형단기유명　명유난작도하명
波因水起波澴水　波水相依强有名
파인수기파환수　파수상의강유명

—— 괄허 취여(括虛 取如, 1720-1789),「김 처사의 시축에 있는 시를
차운하다(次金處士軸韻)」

도절道絕 : 도가 끊기다 | 형단形端 : 형상이 단정하다 | 명유난작名猶難作 : 이름조차
오히려 짓기가 어렵다 | 도하명道何名 : 도를 무어라 이름 짓겠는가? | 파환수波澴
水 : 물결이 물을 소용돌이 치게 하다 | 상의相依 : 서로 기대다 | 강强 : 억지로, 굳이

천지 이전에 도가 있고 만물은 그 도가 형상으로 구현된 것이다. 도가 끊기면 형상은 발 딛고 설 데가 없다. 무어라 이름 붙일 수조차 없게 된다. 그러니 그 원천이 되는 도야 말해 무엇하겠는가? 자! 여기 물결이 있다고 치자. 물결은 본시 물이 다른 사물과 부딪쳐 일어난 현상이요 형상이다. 물결은 물 없이는 존재하지 못한다. 그런데 막상 물결이 만들어지자 도리어 물이 그 물결에 휩쓸려 소용돌이를 만든다. 물결이 먼저인가, 물이 먼저인가? 일단 분별이 생기자 억지로 이름 붙여 하나는 물결이라 하고 하나는 물이라고 구분한다. 이름에 현혹되지 마라. 현상에 휘둘리지 마라. 물결이 물이요 물이 물결이다. 운자가 놓일 자리에 '명^名'만 세 번 반복해 쓴 파격이다.

때때로

능히 넓고 깊기가 한바다 다름없고
더하거나 줄지 않음 허공과 한가지라.
이따금 비밀스레 돌아드는 빛 비추니
마음 절로 빌 적에 경계도 절로 비네.

能廣能濬如大海　無增無減若虛空
능광능심여대해　무증무감약허공

時時密密回光照　心自空時境自空
시시밀밀회광조　심자공시경자공

— 괄허 취여(括虛 取如, 1720-1789), 「일원상(一圓相)」

능광능심能廣能濬 : 능히 드넓고 능히 깊다 | 무증무감無增無減 : 늘어남도 없고 줄
어듦도 없다 | 밀밀密密 : 비밀스러운 모양 | 회광조回光照 : 회광반조回光返照의 줄
인 표현. 내면을 돌이켜 자신의 불성을 발견하는 것을 말함 | 경자공境自空 : 경계
마저 절로 텅 비다 | 일원상一圓相 : 「심우도尋牛圖」의 마지막 단계에서 나도 없고
사물도 사라진 경지에서 열리는 깨달음의 단계. 하나의 둥근 원의 모습으로 표현

소는 사라지고 일원상, 즉 하나의 둥근 원만 남았다. 너비가 가없고 깊이가 한이 없다. 늘어나는 법도 없고 줄어들지도 않는다. 큰 바다의 품 같고 가없는 허공 같다. 그 사이로 한 번씩 비밀스런 빛이 돌아와 둥근 형상을 비춘다. 내 마음은 텅 비어 아무것도 없고 경물 또한 홀연히 사라져 황홀한 빛의 아우라만이 천지에 가득하다.

완급

염불할 땐 망상심을 먼저 제거해야 하니
때에 따라 조절함이 거문고 줄과 같네.
소리마다 곧바로 진여眞如와 합치해야
마침내 고금古今 분별 모두 다 잊게 되리.

念佛先除妄相心　隨時緩急若調琴
염불선제망상심　수시완급약조금
聲聲直與眞如合　畢竟渾忘古與今
성성직여진여합　필경혼망고여금

—— 괄허 취여(括虛 取如, 1720-1789), 「염불(念佛)」

염불念佛 : 부처의 명호를 부르는 불교의 수행법 | 선제先除 : 먼저 제거해야 한다
| 망상심妄相心 : 형상에 망령되이 휘둘리는 마음 | 수시隨時 : 때에 따라 | 완급緩
急 : 늦추고 조이다 | 조금調琴 : 거문고 줄을 고르다 | 직여直與 : 곧바로 ~와 더불어
| 필경畢竟 : 마침내 | 혼망渾忘 : 모두 다 잊다

무슨 일이든 완급의 조절이 늘 중요하다. 거문고 줄도 조이고 늦추는 것이 딱 맞아야 가락을 탄다. 염불도 마찬가지다. 생각이 복잡하면 염불이 겉돈다. 마음이 형상에 끌려다니면 하나마나다. 부처님 명호를 부를 때마다 진여眞如와 딱딱 맞아떨어져야 그 가락속에서 문득 과거와 현재, 미래의 구분이 사라진다. 입으로만 외지 말고 망상을 정돈해라. 긴장과 이완이 잘 익어서 흐름을 타야한다.

으뜸 사람

과실은 맘에 있지 몸에 있지 않는 법
몸 때림이 마음 탓하는 진실함만 하겠는가?
애증을 떠나서 마음을 늘 꾸짖어야
그제야 사람 중에 으뜸가는 사람 되리.

過失在心不在身　鞭身何似責心眞

과실재심불재신　편신하사책심진

勿論憎愛心常責　是乃人中第一人

물론증애심상책　시내인중제일인

── 괄허 취여(括虛 取如, 1720-1789), 「훈계를 지어 심 두타에게

보여주다(誡示心頭陁)」

과실過失 : 잘못, 허물 ┃ 편신鞭身 : 몸에 채찍질하다, 매질하다 ┃ 하사何似 : 어찌 비
슷하랴? ~만 못하다 ┃ 책심責心 : 마음을 나무라다 ┃ 물론勿論 : 따지지 않고 ┃ 증애
憎愛 : 미워하고 사랑함, 혹은 그 대상 ┃ 시내是乃 : 이것이 바로 ┃ 제일인第一人 : 으
뜸가는 사람

사람이 잘못을 범하는 것은 마음이 시키는 일이지 몸의 잘못이 아니다. 잘못한 장본인은 따로 있는데 왜 애꿎은 몸뚱이만 매질하는가? 차라리 정신을 차려 그 마음을 따끔하게 나무라는 것이 맞다. 좋고 싫고를 떠나 마음을 늘 점검하고 나무라서 허물을 멀리 해야 한다. 예쁘다고 그저 넘어가고 밉다고 매질을 하면 발전의 희망이 없다. 으뜸가는 사람이 되고 싶은가? 네 마음을 먼저 다잡아라.

새벽달

성性이 거울 본체라면 마음은 빛과 같아
성품 만약 해맑으면 마음 절로 드러나리.
묵은 구름 바람이 쓸자 천 리 하늘 말끔한데
푸른 하늘 외론 달이 새벽까지 푸르구나.

性如鏡體心如光　性若澄淸心自彰
성여경체심여광　성약징청심자창

風掃宿雲千里盡　碧天孤月曉蒼蒼
풍소숙운천리진　벽천고월효창창

—— 괄허 취여(括虛 取如, 1720-1789),「성심 노숙에게
답하다(答性心老宿)」

경체鏡體 : 거울의 본체 ｜ 징청澄淸 : 해맑다 ｜ 자창自彰 : 절로 드러나다 ｜ 풍소風
掃 : 바람이 쓸어가다 ｜ 숙운宿雲 : 묵은 구름 ｜ 고월孤月 : 외로운 달 ｜ 창창蒼蒼 : 푸
르다

성性이 거울의 본체라면 마음은 그 위에 어린 빛이다. 거울 표면에 얼룩이 없어야 물체가 또렷이 비친다. 본성이 해맑으면 마음이 그 위로 떠오른다. 바람이 묵은 구름을 불어가자 천 리 하늘이 본모습을 드러냈다. 그 푸른 하늘 위로 외로운 달이 떠서 새벽까지 푸르다. 구름 없는 하늘 같은 성품 위에 새벽달처럼 푸른 마음이 떠 있다.

갈림길

기울고 굽은 길에 갈림길도 많은데
굽은 곳엔 가시 많고 갈림길엔 의심 많네.
길 갈 때 갈림길과 굽은 길 가지 마소
가운데 길로 가야 바야흐로 평탄하리.

路多邪曲又多岐　曲處多莉岐處疑
로다사곡우다기　곡처다형기처의

行路莫行岐與曲　正當中路路方夷
행로막행기여곡　정당중로로방이

—— 괄허 취여(括虛 取如, 1720-1789), 「갈림길을 꺼림(忌多路)」

사곡邪曲 : 기울고 굽은 길. 삿된 길의 의미도 있다 | 다기多岐 : 갈림길이 많다 | 다형多莉 : 가시덤불이 많다 | 기처의岐處疑 : 기처다의岐處多疑를 줄여서 한 표현. 갈림길에는 의심스런 곳이 많다는 뜻 | 막행莫行 : 가지 말라 | 정당중로正當中路 : 바로 가운데 길을 지켜야 | 방이方夷 : 바야흐로 평탄하다

세상길이 종류도 참 많다. 굽은 길, 후미진 길, 샛된 길, 가시밭길, 막힌 길까지 있다. 평탄한 대로를 곁에 두고 지름길을 찾다가 가시덤불에 갇혀 꼼짝도 못했다. 조금 더 빨라 보여 들어섰다가 진창길에 발목을 붙들리곤 했다. 빨라 보이는 길이 늘 한발 더 늦었다. 굽은 길을 에돌아가는 것을 모험으로 착각한 적도 있었다. 갈림길의 선택은 늘 비장했다. 사람들이 많이 걸어가면 그것이 길이 된다. 넓고 평탄한 길을 놓아두고 굳이 에돌거나 질러가지 않겠다.

소리마다

반 벽의 찬 등불이 가물가물거릴 때
동틀 무렵 잔월이 솔가지에 걸렸구나.
두견아 처마 밑 나무엘랑 오지 마라
소리마다 내 마음이 괴로울까 염려된다.

半壁寒燈明滅時　五更殘月掛松枝
반벽한등명멸시　오경잔월괘송지

杜鵑莫近簷前樹　只恐聲聲惱我思
두견막근첨전수　지공성성뇌아사

── 괄허 취여(括盧 取如, 1720-1789), 「죽은 제자를 그리며

(憶亡弟子)」

한등寒燈 : 차가운 등불 | 명멸明滅 : 불빛이 깜빡대다 | 오경五更 : 새벽 녜시 동틀
무렵 | 잔월殘月 : 지는 달 | 괘掛 : 걸리다 | 두견杜鵑 : 두견새 | 막근莫近 : 가까이 오
지 말라 | 첨전簷前 : 처마 밑 | 지공只恐 : 다만 염려된다 | 뇌惱 : 괴롭다, 근심겹다

밤을 새운 등불이 벽 위에서 가물댄다. 지는 달도 겨우 소나무 가지를 붙들고 넘어가는 숨을 고르고 있다. 두견아! 불여귀^{不如歸} 불여귀 하며 울지 마라. 울어도 저만치 딴 데 가서 울려무나. 처마 밑에서 네가 울면 그 소리 날 때마다 죽은 제자 생각이 나서 내 마음이 괴롭다. 전에는 사제가 나란히 면벽하고 앉아 밤새 네 소리를 들었더니 이제 나 혼자 네 소리를 어이 듣는단 말이냐.

내 이름

평생 자취 감추고 이름마저 감추니
세상에선 내 이름 아는 이가 없다네.
다만 그저 금강산 맨 꼭대기 학만이
내 마음과 내 얼굴과 내 이름을 알리라.

平生藏跡又藏名　世上應無識我名
평생장적우장명　세상응무식아명
但是金剛山上鶴　知心知面又知名
단시금강산상학　지심지면우지명

── 괄허 취여(括虛 取如, 1720-1789), 「김 처사의 시축에 차운함
(次金處士軸韻)」

장적藏跡 : 자취를 감추다 | 응무應無 : 응당 없을 것이다 | 지심知心 : 마음을 알다

김 처사가 말한다. "금강산에서 오셨다는데 내가 금강산을 꽤 다녔소만 대사의 이름을 들어본 적이 없소." "여보 처사님! 내 자취를 드러낸 적 없고 내 이름 알린 적 없소. 세상이 나를 모르는 것이 당연하지요. 나를 알아주는 사람은 없지만 금강산 꼭대기의 흰 학이 나를 안답니다. 내가 무슨 마음으로 사는지, 내가 어떻게 생겼는지, 심지어 내 이름까지도 안다오. 그것으로 충분하지요." 1, 2, 4구의 끝 운자 자리에 놓인 글자가 모두 '명名'이다. 이름만 가지고 따지는 세상에 대해 한마디하고 싶었던 모양이다.

꿈속

선방은 고요하고 깨끗해 먼지 없어
반나절 구름 창서 내처 꿈만 꾸었네.
애석타 인간 세상 모두 다 꿈에 잠겨
꿈속에서 다시금 꿈속 사람 되었구나.

禪房闃寂淨無塵　半日雲牕一夢身
선방격적정무진　반일운창일몽신
可惜人間都是夢　夢中還作夢中人
가석인간도시몽　몽중환작몽중인
── 괄허 취여(括虛 取如, 1720-1789), 「단꿈(夢酣)」

선방禪房 : 선승들이 수행하는 방 | 격적闃寂 : 고요하고 적막하다 | 무진無塵 : 티끌
이 없다 | 운창雲牕 : 구름무늬 장식을 새긴 창 | 가석可惜 : 애석하다 | 도시몽都是
夢 : 온통 모두 꿈이다 | 환작還作 : 도리어 되다 | 몽감夢酣 : 꿈이 한창 무르익다, 단
꿈을 꾸다

적막한 선방에 티끌 하나 없다. 반나절을 그 속에서 단잠을 잤다. 사방은 적막하고 내 꿈은 투명하다. 산 아래 인간 세상은 온통 꿈속을 헤맨다. 그들은 이룰 수 없는 허황한 꿈을 꾼다. 꿈을 현실로 알고 꿈속에서 또 꿈을 꾼다. 꿈속에서 꾸는 꿈은 어떤 꿈인가? 참 나는 어디 있나?

부싯돌

부싯돌 치는 사이 오십 년 세월 지나
인간의 영욕이 온통 모두 헛것일세.
오늘 아침 껄껄 웃고 표연히 떠나가니
장삼 입은 중 행장엔 만 리의 바람뿐.

五十年光石火中　人間榮辱摠虛空
오십년광석화중　인간영욕총허공

今朝大笑飄然去　一衲行裝萬里風
금조대소표연거　일납행장만리풍

—— 괄허 취여(括虛 取如, 1720-1789), 「대중을 떠나며(捨衆)」

년광年光 : 세월 | 석화石火 : 부싯돌로 치는 불. 짧은 순간의 비유 | 영욕榮辱 : 영예와 욕됨 | 총摠 : 모두, 전부 | 표연飄然 : 바람이 나부끼는 모양 | 일납一衲 : 납은 승려가 입는 장삼. 한 승려 | 행장行裝 : 짐 보따리 | 사중捨衆 : 대중을 버리다. 자신이 곧 죽음으로써 대중과 작별한다는 의미

오십 년 잘 살다 간다. 길다면 긴 이 세월을 돌아보니 부싯돌 한 번 부딪쳐 불똥이 허공에 잠시 반짝한 것만 같다. 그 짧은 시간 속의 영욕이야 따지는 것이 더 우습다. 참 대단하다고 생각했던 일도 지나고 나면 허무하다. 이제 알았으니 미련 두지 않겠다. 껄껄껄 한 번 웃고 잘 놀았다고 인사하며 떠난다. 행장에 든 것은 만 리 길에 벗해줄 맑은 바람뿐이다. 텅 비었다.

눈 감고

상운암 담장 절반 햇빛 받아 붉은데
서리 숲 온기 돌자 바람결에 새가 운다.
모를쾌라 어떤 이 창 안에 있으면서
눈 감고 향로 향에 온갖 생각 텅 비었네.

曦色雲庵半堵紅　　霜林初暖鳥啼風
희색운암반도홍　　상림초난조제풍

不知人在蘿窓內　　瞑目爐薰百念空
부지인재라창내　　명목로훈백념공

── 연담 유일(蓮潭有一, 1720-1799), 「법천사 상운암에 제하다

(題法泉上雲庵)」

희색曦色 : 햇빛 | 반도홍半堵紅 : 담장의 절반이 붉게 물들다 | 상림霜林 : 서리 맞은
숲 | 초난初暖 : 막 따뜻해지다 | 조제鳥啼 : 새가 우짖다 | 부지不知 : 잘은 몰라도 아
마 그럴 것이라는 의미 | 라창蘿窓 : 여라 넝쿨에 둘러싸인 창 | 명목瞑目 : 눈을 감
다 | 로훈爐薰 : 향로에서 나는 향내 | 백념百念 : 온갖 생각 | 상운암上雲庵 : 승달산
법천사의 상운암

아침 해가 장엄하게 떠올라 구름 위에 자리 잡은 암자의 담장을 절반쯤 붉게 물들였다. 해가 솟을수록 천지가 차례로 개벽을 한다. 햇살이 난로가 되어 숲의 서리를 녹이자 옹송그려 달달 떨던 새들이 새 아침 새 바람에 노래하며 깨어난다. 법천사 상운암의 눈 푸른 스님은 이때 작은 들창 안에서 가부좌를 틀고 앉아 있겠지. 향로에서는 향이 고물고물 피어오르고 마음속의 오만 가지 생각들이 그 연기 따라서 허공으로 흔적 없이 사라져버렸을 게다.

아직도

관음보살 일천 개 손 지녀 계시니
바른 눈으로 보면 없는 이 뉘랴.
손 하나 없다 해서 혐의하리오
아직도 구백구십구 개 남아 있나니.

觀音菩薩有千手　正眼看來誰不有

관음보살유천수　정안간래수불유

一箇雖殘何須嫌　猶存九百九十九

일개수잔하수혐　유존구백구십구

— 연담 유일(蓮潭有一, 1720-1799), 「오른손이 없는

손님에게 주다(贈無右手客)」

관음보살觀音菩薩 : 중생을 구제하는 부처님. 천수관음千手觀音이라고도 한다 |
정안正眼 : 바른 눈, 깨달음의 눈 | 수불유誰不有 : 누군들 있지 않으리오 | 수잔雖
殘 : 비록 없지만 | 하수혐何須嫌 : 어찌 모름지기 싫다고 하겠는가? | 유존猶存 : 오
히려 남아 있다

오른손을 잃으셨구려. 음 안됐소만 괜찮소. 관음보살 부처님은 손
이 천 개나 되어서 천수대비^{千手大悲}라고도 하지요. 깨달음의 눈으
로 볼진대 사람은 누구나 일천 개의 손이 있다오. 제 안에 숨은
그 많은 손을 보지 못해 둘만으로 알 뿐이지. 어려운 사람 향해
손 한 번 내밀 때마다 숨은 손 하나가 밖으로 나오는 게요. 손 하
나 잃었다고 행여 주눅 들지는 마시게. 아직 자네에겐 구백구십구
개의 손이 남아 있지 않은가? 보이지 않는 손 꺼내 쓸 생각을 해
야지 그까짓 없어진 손 하나에 연연해선 안 되네.

취미

472

옷은 한 해 여러 번 기워서 입고
하루에 밥그릇은 두 번 씻는다.
산중의 취미를 알지 못하면
산속 또한 진세와 다름없다네.

一年衣重補　一日鉢兩洗
일년의중보　일일발양세

不曉山中趣　山中亦塵世
불효산중취　산중역진세

─ 연담 유일(蓮潭有一, 1720-1799),「산거(山居)」

중보重補 : 해진 옷을 여러 번 깁다 | 발鉢 : 바리때, 승려의 밥그릇 | 불효不曉 : 깨닫
지 못하다, 알지 못하다 | 진세塵世 : 티끌세상

산속의 하루는 바리때 두 번 씻으면 간다. 산속의 일 년은 낡은 옷 몇 번 기워 입으면 바뀐다. 날마다 같고 해마다 변함없다. 그 속의 무궁한 취미는 말로 일러줄 수가 없다.

표범

무늬 표범 안개 깊자 동굴 속에 숨었고
선학仙鶴은 구름 짙어 삼나무에 깃들었네.
장삼 입은 이 중은 골짝에만 사는지라
티끌세상 흥망성쇠 있음은 모른다네.

霧深斑豹隱幽巖　雲重胎禽宿老杉
무심반표은유암　운중태금숙노삼

一衲頭陀專半壑　不知塵世有荊凡
일납두타전반학　부지진세유형범

── 연담 유일(蓮潭有一, 1720-1799), 「사창 김 사백 형제가 와서

지은 시에 차운하다(次社倉金詞伯昆季來韵)」 8-4

반표斑豹 : 얼룩무늬 표범. 털갈이 때가 된 표범은 남산에 짙은 안개가 끼면 털 빛
깔을 선명하게 하려고 일주일씩 굶으면서도 굴 밖으로 나오지 않는다고 함 | 은
유암隱幽巖 : 깃들어 사는 바위 동굴에 숨어 있다 | 태금胎禽 : 학의 별칭 | 노삼老
杉 : 해묵은 삼나무 | 일납두타一衲頭陀 : 장삼 한 벌 걸쳤을 뿐인 승려 | 전반학專半
壑 : 골짜기 안에서만 오로지 지낸다 | 형범荊凡 : 형과 범은 모두 예전 서주西周 때

남산에 사는 얼룩 표범은 배를 곯면서도 안개 속에는 쏘다니지 않는다. 자칫 안개에 젖어 털 빛깔이 흐려질까 염려해서다. 선학은 구름이 자옥하면 삼나무 꼭대기에 틀어둔 둥지에서 꼼짝도 하지 않는다. 자칫 제 흰 깃이 추레해질까 걱정해서다. 이 늙은 중은 깊은 산골짝에 처박혀 세상일을 모르고 산다. 코딱지만 한 형荊나라가 새로 흥했느니 범凡나라가 이참에 망했느니 하는 소식 따위는 애초에 관심조차 없다. 안개 속에서 먹이 찾다가 무늬 잃고 개털이 박히거나, 구름 속을 날다가 지저분한 회색빛 깃털을 얻는 짓은 하고 싶지가 않다.

의 작은 나라 이름. 후대에 존망存亡이 일정치 않아 덧없다는 의미로 씀. 『장자』 「전자방田子方」편에 나온다

흰 쥐 한 쌍

석 자 길이 검은 뱀은 어둔 방서 잠을 자고
한 쌍의 흰 쥐가 마른 등걸 갉는구나.
고향 산 지척인데 돌아갈 길이 없어
한층 더 정을 막아 애증을 몰아내리.

三尺黑蚖眠暗室　一雙白鼠囓枯藤
삼척흑완면암실　일쌍백서설고등
家山只尺無歸路　有甚閑情逐愛憎
가산지척무귀로　유심한정축애증

— 연담 유일(蓮潭有一, 1720-1799), 「스스로를 경계함(自警)」

흑완黑蚖 : 잠든 뱀이다. 시의 원주에 수사睡蛇라 썼다 | 암실暗室 : 캄캄한 방. 미혹
에 잠겨 있다는 의미 | 일쌍백서一雙白鼠 : 한 쌍의 흰 쥐. 시의 원주에 "경전에 말
했다. 해와 달은 흘러가 늙어 죽음 재촉하니, 마치 두 마리 쥐가 등나무를 갉아 등
나무가 절로 넘어지는 것과 같다經云 : 日月流邁, 催人老死, 如二鼠侵藤. 藤自倒也"고
했다 | 설囓 : 갉아먹다 | 가산家山 : 고향 산. 여기서는 궁극으로 돌아가야 할 곳 |

캄캄한 방에서 몸을 쭉 펴고 잠에 곯아떨어진 석 자의 뱀이 바로
나다. 마음이 쿨쿨 잠든 사이에 한 쌍의 흰 쥐가 신이 나서 버썩
마른 등나무 등걸을 열심히 갉는다. 그저 버려두면 자다가 날벼락
맞게 생겼다. 고향 길이 바로 코앞인데 아직도 가는 길을 잘 모르
겠다. 잠든 뱀 깨우고 갉는 쥐 내쫓고, 사사로운 정은 꽉 눌러, 미
워하고 사랑하는 마음마저도 내게서 말끔히 몰아내야 하겠다.

지척只尺 : 지척咫尺과 같다. 아주 가깝다 | 유심有甚 : 백화투의 표현 십마什麼와 같
다. 얼마간, 한층 더 | 한정閑情 : 정을 막다, 억누르다 | 축애증逐愛憎 : 애증을 몰아
내다

달빛

동서로 남북으로 수풀 속을 다니면서
쇠등 타고 두세 소리 피리를 빗겨 부네.
황혼 지나 돌아와 배불리 밥을 먹고
도롱이도 벗지 않고 밝은 달에 눕누나.

南北東西草裡行　笛橫牛背兩三聲
남북동서초리행　적횡우배양삼성

歸來飽飯黃昏後　不脫蓑衣臥月明
귀래포반황혼후　불탈사의와월명

—— 연담 유일(蓮潭有一, 1720-1799),「목동의 노래(牧童詞)」

초리草裡 : 수풀 속 | 적횡笛橫 : 피리를 빗겨 불다 | 포반飽飯 : 밥을 배불리 먹다 |
불탈不脫 : 벗지 않다 | 사의蓑衣 : 비를 가리기 위해 입는 도롱이

종일 수풀 속을 오가며 쇠꼴을 먹였다. 쇠등에 올라타고 앉아 피리를 빗겨 불었다. 소의 배가 불러올수록 목동의 배는 점점 고파온다. 그렇게 느슨한 하루가 가고 저물녘 돌아와 고봉밥으로 주린 배를 채웠다. 종일 주린 배에 밥이 들어가자 피곤이 쏟아진다. 덤불 속을 다니느라 걸쳤던 도롱이를 벗지도 못한 채 벌렁 자리에 드러눕는다. 눕자 바로 코를 고는 목동 아이 위로 오늘도 수고가 참 많았다며 밝은 달이 달빛 이불을 덮어준다. 포근하다.

술

공업功業을 멀리하고 지나친 술 말아야지
석 잔도 마다커늘 하물며 많이 하랴.
수보手報 없단 불경 말씀 기억하여둘지니
승려로서 경계 않고 말년에 어이할까.

破除功業酒無過　三爵猶辭矧敢多
파제공업주무과　삼작유사신감다
記得經中無手語　僧而不誡末如何
기득경중무수어　승이불계말여하

── 연담 유일(蓮潭有一, 1720-1799), 「술 즐기는 승려를
경계하다(誡嗜酒禪者)

파제破除 : 제거하다, 없애다 ‖ 공업功業 : 공을 세우는 사업 ‖ 주무과酒無過 : 술이
지나침이 없다 ‖ 삼작三爵 : 석 잔 ‖ 유사猶辭 : 오히려 사양하다 ‖ 신矧 : 하물며 ‖ 감
다敢多 : 감히 많이 하다 ‖ 무수어無手語 : 수보手報, 즉 직접 받는 응보가 없다. 시의
원주에 "불경에 이르기를, 승려가 술집을 드나들면 오백 생에 수보가 없음을 받는
다梵經云 : 僧指酒家, 五百生受無手報"라고 적혀 있다 ‖ 계誡 : 경계하다, 조심하다 ‖

수행자는 공업을 이루려는 욕심을 내던지고 술을 멀리 해야 한다. 수행자의 신분으로 술 마시는 것을 멋이나 풍류로 아는 경우가 간혹 있다. 불경에서는 술 가까이 하는 승려는 오백 생을 거듭나도 받을 보답이 없다고 했다. 술로 계율을 허물어 내면이 황폐해지면 말로가 더없이 비참하다. 분별을 잃고 절제를 잃어 부처를 잃고 사람마저 못쓰게 된다. 어쩌자는 것인가?

말여하末如何 : 끝에 어찌하겠는가?

일촌광음

한 치의 시간이 한 치의 금쪽이란
옛 사람이 내린 훈계 뜻이 어찌 깊은지.
승려라도 혹시나 푸른 눈이 안 열리면
늙어서도 헛 애쓰며 붉은 마음 토로하리.

一寸光陰一寸金　古人垂誡意何深

일촌광음일촌금　고인수계의하심

闍梨倘不開靑眼　老漢徒勞吐赤心

도리당불개청안　노한도로토적심

―― 연담 유일(蓮潭有一, 1720-1799),「장 상인에게

주다(贈壯上人)」

일촌一寸 : 한 치. 아주 짧은 시간 또는 작은 분량 | 수계垂誡 : 베풀어준 훈계 | 의하
심意何深 : 뜻이 어찌 이다지도 깊은가? | 도리闍梨 : 승려에게 덕행을 가르치는 스
승. 승려의 범칭으로도 쓴다 | 당倘 : 혹시 | 청안靑眼 : 푸른 눈. 여기서는 지혜의 안
목 | 노한老漢 : 늙은 사내 | 도로徒勞 : 한갓 애만 쓰다 | 적심赤心 : 붉은 마음

수행자는 시간을 금쪽같이 아껴 써야 한다. 그저 놀고먹자면 이 노릇만큼 편하고 여유로운 것이 없고, 하자면 끝이 없는 것이 수행의 길이다. 주자는 "소년은 늙기 쉽고 배움 이룸 어려우니, 한 치의 시간도 가벼이 쓰지 말라少年易老學難成, 一寸光陰不可輕"고 했다. 어 하다 보면 한세월이 간다. 그것을 알아차렸을 때는 이미 늦다. 남을 가르치는 입장에 놓인 도리闍梨조차도 안목이 열리지 않아 입으로 머리로만 공부하는 사람이 너무 많다. 죽으라고 애를 써도 도로徒勞에 그칠 뿐 아니라 이따금 객기까지 부리게 만든다. 어이 삼가지 않으랴.

낚시

양 기슭 갈대꽃에 한 잎의 조각배로
바람 맑고 고요한 밤 달빛이 바늘 같네.
천 척의 낚싯줄을 깊은 물에 던져놓고
금린金鱗을 낚아야만 그제야 편히 쉬리.

兩岸蘆花一葉舟　風淸夜靜月如鉤
양안노화일엽주　풍청야정월여구

絲綸千尺抛深浪　釣得金鱗始便休
사륜천척포심랑　조득금린시편휴

—— 연담 유일(蓮潭有一, 1720-1799), 「어부(漁父)」

양안兩岸 : 양편 기슭 | 노화蘆花 : 갈대꽃 | 일엽주一葉舟 : 일엽편주一葉片舟. 작은
조각배 | 월여구月如鉤 : 달이 갈고리 모양 같다. 초승달. 달빛이 낚시 바늘처럼 생
겼다는 의미 | 사륜絲綸 : 낚싯줄 | 포抛 : 던지다 | 심랑深浪 : 깊은 물결 | 조득釣
得 : 낚아 올리다 | 금린金鱗 : 금빛 비늘의 물고기 | 편휴便休 : 문득 쉬다, 혹은 편히
쉬다

그림을 보고 지은 시인 듯하다. 물 양편으로 갈대숲이 무성한데 강 가운데 일엽편주가 희미한 달빛 아래 떠 있다. 바람은 잔잔하고 밤은 적막하다. 하늘의 초승달이 물 위에 비쳐 낚시 바늘로 떴다. 초승달 낚시 바늘로 오늘은 어떤 금린대어金鱗大魚를 낚아볼까? 어부는 꼼짝도 않고 앉아 수면을 응시한다.

잊음

나 또한 그댈 잊고 그대 또한 날 잊으니
유유히 마주 대해 둘 다 서로 잊었네.
잊은 중에 잊기가 어려운 것 있나니
이것마저 잊어야만 크게 잊은 것이라네.

我亦忘君君亦忘　悠然相對兩相忘
아역망군군역망　유연상대양상망

忘中亦有難忘了　此物忘時是大忘
망중역유난망료　차물망시시대망

── 연담 유일(蓮潭有一, 1720-1799), 「임 대아에게

주다(贈林大雅)」

망군忘君 : 그대를 잊다 | 유연悠然 : 유유하게 여유로운 모양 | 양상망兩相忘 : 둘이
서로를 잊음 | 난망難忘 : 잊기가 어렵다 | 차물此物 : 이 물건. 여기서는 마음을 뜻
함 | 대망大忘 : 큰 잊음 | 대아大雅 : 비슷한 또래의 상대를 높여 부르는 표현

여보, 임 대아! 이렇게 헤어지려니 섭섭하오. 하지만 까짓 정에 얽매이지 말고 우리 경쾌하게 헤어집시다. 나는 그대를 안 만난 셈 치겠소. 그대도 나를 모르는 셈이 되오. 무덤덤하게 남 보듯 손 나눕시다. 그래도 함께했던 그 시간, 같이 나눈 그 정이야 쉬 없어지겠소? 정말 다 잊으려면 잊어야 한다는 그 마음마저 잊어야 할 거외다. 그저 무심無心의 경지에 도달하는 수밖에. 그래도 아직 그러기는 싫소. 잘 가시오. 우리 다음에 또 봅시다. 처음 만나는 사람처럼.

잔월

너 죽고 또다시 한 봄을 맞이하니
대들보 위 잔월에 상심하기 몇 번이뇨.
넋이 홀연 오늘 밤 꿈속에 들어와서
잠깨기 전까지는 진짜로만 알았네.

一自爾亡又一春　屋梁殘月幾傷神
일자이망우일춘　옥량잔월기상신

精靈忽入今宵夢　未到覺時猶是眞
정령홀입금소몽　미도각시유시진

── 연담 유일(蓮潭有一, 1720-1799), 「꿈에 긍현을

만나보고(夢見亘賢)」 2-1

일자이망一自爾亡 : 한번 네가 죽고 나서부터 | 옥량屋梁 : 대들보 | 잔월殘月 : 지기
직전의 희미한 달 | 기상신幾傷神 : 몇 번이나 마음을 상했는가? | 금소今宵 : 오늘
밤 | 미도각시未到覺時 : 잠이 깨기 전 | 유시진猶是眞 : 오히려 진짜로 알다

여보게, 긍현! 그리 훌쩍 떠나가선 잘 있는 게냐? 너 가고도 지상에는 또 봄이 찾아왔구나. 자다가 문득 깨면 희미한 새벽달 올려다보며 네 생각을 했다. 이런 내 마음 만져주려고 다녀간 게로구나. 하도 반갑고 기뻐서 잠 깨기 전까진 생시로만 여겼다. 나이 들며 잔정만 깊어지는군. 어쩌겠느냐. 너 보고 싶은 마음까지야. 그 많던 재주가 한 줌 재로 되다니.

공空

십 년간 임하에서 앉아 공空을 보더니
마음 텅 빔 깨닫자 법도 또한 텅 비었네.
마음과 법 다 비어도 오히려 끝 아니니
다 빈 것마저 비워야만 비로소 진공眞空이리.

十年林下坐觀空　了得心空法亦空

십년임하좌관공　료득심공법역공

心法俱空猶未極　俱空空後始眞空

심법구공유미극　구공공후시진공

── 연담 유일(蓮潭有一, 1720-1799), 「추월 대사의 삼공자

시에서 차운하다(次秋月大師三空字)」

임하林下 : 숲 아래. 탈속의 공간 ┃ 좌관坐觀 : 앉아서 살피다 ┃ 료득了得 : 깨닫다 ┃
심공心空 : 마음이 텅 비어 아무것도 없음 ┃ 구공俱空 : 모두 텅 비다 ┃ 유미극猶未
極 : 오히려 끝이 아니다 ┃ 구공공후俱空空後 : 심법이 모두 공空하다는 그 생각마저
비운 뒤라야 ┃ 시진공始眞空 : 비로소 참된 공이라 할 수 있다 ┃ 삼공자三空字 : 1, 2,
4구 끝 운자가 들어갈 자리에 모두 '공空'을 썼다는 뜻

무無자 화두를 십 년간 들고 가부좌 틀고 앉아 있더니 마음도 공이요 일체 법이 또한 공임을 마침내 깨달으신 모양이오. 하지만 그것만으론 아직 안 되지. 마음도 법도 다 공이라고 자각하는 그 마음마저 깨끗이 비워내야 그제야 진공眞空이 되는 게요. 묘유妙有(모든 것이 실체가 없으면서 존재하는 모양)는 또 그다음의 일이고.

개 가죽

내 집에 한 마리 개가 있는데
사나워 사람을 따르질 않네.
개 죽자 그대가 먼 데서 오니
서푼 주고 가죽과 맞바꾸세나.

吾家一隻狗　獰性沒人追
오가일척구　녕성몰인추

狗死君來遠　三錢換得皮
구사군래원　삼전환득피

——경암 응윤(鏡巖 應允, 1743-1804),「진허 스님에게

주다(贈振虛師)」

일척一隻:한 마리 | 녕성獰性:성질이 사납다 | 몰인추沒人追:사람을 따르지 않
는다 | 래원來遠:먼 데서 오다 | 삼전三錢:서푼, 얼마 안 되는 금액 | 환득피換得
皮:바꿔서 가죽을 얻다

성질이 더러운 개 한 마릴 길렀더랬소. 어찌나 고약한지 곁에 사람이 못 갔지. 그놈이 죽자 마침 그대가 왔구려. 그 개 가죽을 벗겨두었으니 내게 서푼만 주고 가져가시구랴. 여보, 진허 스님! 사람이 그렇게 순해 빠져서야 어디다 쓰겠소. 미친 개는 아니래도 제 성질은 좀 지녀야지. 그래야 사자후를 한번 토해볼 게 아니겠소. 내 사나운 개 가죽 줄 테니 사 가시구랴.

정면

왼편도 오른편도 치우쳐선 안 되니
정면과 중간으로 돌아가야 한다네.
부처님의 안신처를 알고자 하는가
서리 온 뒤 국화꽃이 뜰 가득 피었네.

勿偏於左勿偏右　正面中間歸去來
물편어좌물편우　정면중간귀거래
欲知佛祖安身處　霜後黃花滿院開
욕지불조안신처　상후황화만원개

— 경암 응윤(鏡巖 應允, 1743-1804),「강동으로 가는

순 스님을 전송하며(送淳師之江東)」

물편勿偏 : 치우치면 안 된다 ┃ 귀거래歸去來 : 돌아가다 ┃ 불조佛祖 : 부처님 ┃ 안신
처安身處 : 몸을 편하게 누이신 곳 ┃ 상후霜後 : 서리 온 뒤 ┃ 황화黃花 : 국화꽃

좌우로 치우침 없이 정면 돌파해야 하오. 중앙으로 정정당당하게 나아가야 합니다. 이제 강동 땅으로 돌아가신다니 스님의 안신처가 바로 거기일 게요. 사람이 제 몸뚱이 하나 편히 누일 곳 찾기가 어디 쉬운가. 무서리 내린 뒤 국화가 동산 가득 피어났겠소. 여름날 천둥 번개 다 거치고 찬 서리 견뎌 피운 꽃이라 향기가 맵소. 왼쪽도 아니고 오른쪽도 아닌 정면과 중앙으로 곧이곧대로.

말과 침묵

밤낮의 냇물 소리 장광설인데
여기 어이 묵계라고 이름 지었나.
말하고 침묵함이 다가 아니니
이 속 알기 어려워서 묵계라 했지.

日夜溪聲廣舌長　云何這裡默爲名
일야계성광설장　운하저리묵위명
即聲即默非聲默　此裡難明故默名
즉성즉묵비성묵　차리난명고묵명

—경암 응윤(鏡巖 應允, 1743-1804), 「묵계에 제하다

(題默溪)」

일야日夜 : 밤낮 | 광설장廣舌長 : 장광설, 거침없이 쏟아내는 지혜의 말씀. 여기서는
쉴 새 없이 들려오는 냇물 소리 | 저리這裡 : 여기 | 성묵聲默 : 소리 냄과 침묵함 |
난명難明 : 설명하기가 어렵다 | 고故 : 그래서, 때문에

밤낮 들려오는 냇물 소리가 부처님의 설법인 양 장광설이다. 정작 시내의 이름이 묵계默溪인 것이 이상할 정도다. 소리 내어 얘기하는 것과 입 다물어 침묵하는 것이 단지 입을 열고 닫는 일을 두고 하는 말만은 아닐 것이다. 무엇을 말하고 무엇을 침묵해야 하나. 그 분간을 세우는 일이 워낙 어려워서 입을 뗄 수가 없는지라 묵계라고 이름을 지었던 게지.

극락의 봄

염불해도 그 부처가 다른 얼굴 아니오
사람을 생각해도 본래의 그 사람일세.
하루아침 사람 부처 둘 다 잊어버리니
산꽃이 흐드러져 극락의 봄이로다.

念佛佛非他面佛　念人人是本來人
염불불비타면불　염인인시본래인
一朝人佛兩忘了　爛熳山花極樂春
일조인불양망료　난만산화극락춘

─ 경암 응윤(鏡巖 應允, 1743-1804), 「징 스님이 법어를

구하기에 주다(賽澄師求法語)」

염불念佛 : 부처의 상호相好를 떠올리며 명호를 부르는 불교의 수행법 | 타면불他
面佛 : 별다른 모습을 한 부처 | 염인念人 : 어떤 사람을 염두에 두어 생각함 | 본래
인本來人 : 본래부터 있어온 바로 그 사람 | 인불人佛 : 사람과 부처 | 양망료兩忘
了 : 둘 다 잊다 | 난만爛熳 : 꽃이 흐드러지게 핀 모양

염불하며 부처님의 상호를 차례로 떠올려 그 얼굴을 딴 데 가서
찾을 게 없다. 남을 생각하면서 그 사람을 그리지만 그 사람은 곧
나다. 그러니 부처도 잊고 사람도 잊고, 잊으려는 그 마음마저 잊
으라. 저 난만하게 흐드러진 산꽃을 보라. 누가 물을 주고 거름 주
고 김매주지 않아도 저처럼 아름답지 않은가. 너와 나의 경계가
무너진 자리, 일체의 분별지가 사라진 지점에 극락의 봄이 활짝
열렸다.

새벽종

서편 뫼에 달이 지고 새벽종이 울리자
대 바람 소슬하다 새 아침을 여는구나.
예불 마친 연단蓮壇에서 경궤經几에 기대려니
이제 막 선창禪牕이 절반쯤 밝아온다.

月落西峯曉磬鳴　竹風蕭瑟做新晴
월락서봉효경명　죽풍소슬주신청
蓮壇禮訖凭經几　纔是禪牕一半明
연단예흘임경궤　재시선창일반명
──아암 혜장(兒庵 惠藏, 1772-1811), 「산거잡흥
(山居雜興)」20-1

효경曉磬 : 새벽종. 경磬은 풍경 | 소슬蕭瑟 : 가을바람이 맑고 쓸쓸한 모양 | 주
做 : 짓다, 만들다 | 신청新晴 : 날이 새로 갬 | 연단蓮壇 : 연화대蓮花臺의 단상 | 임
凭 : 기대다 | 경궤經几 : 불경을 얹어둔 안석 | 재시纔是 : 이제 막

달이 서산마루를 넘어가길 기다려 새벽종이 운다. 대숲이 갑자기 소란스럽더니 희부윰하게 먼동이 터온다. 연화대 위 부처님께 예불을 다 마친 뒤 경궤에 잠깐 기대 밖을 내다본다. 동쪽 봉우리에 겨우 고개를 내민 해가 아직 창문의 절반에도 못 미쳤다. 헹궈낸 것처럼 정신이 시원하다.

주렴 가득

주렴 가득 산 빛이 고요 속에 선명하니
푸른 나무 붉은 놀 눈에 가득 어여쁘다.
사미에게 당부하여 차를 끓여 내게 하니
베갯머리 원래부터 지장地漿 샘이 있다네.

一簾山色靜中鮮　碧樹丹霞滿目妍
일렴산색정중선　벽수단하만목연
叮囑沙彌須煮茗　枕頭原有地漿泉
정촉사미수자명　침두원유지장천

— 아암 혜장(兒庵 惠藏, 1772-1811), 「산거잡흥
(山居雜興)」 20-2

일렴一簾 : 주렴 전체 | 선鮮 : 선명하다 | 하霞 : 노을 | 만목滿目 : 눈에 가득 | 연
妍 : 곱다, 어여쁘다 | 정촉叮囑 : 당부하다, 청하다 | 사미沙彌 : 심부름하는 어린 승
려 | 자명煮茗 : 차를 끓이다 | 지장천地漿泉 : 땅속에서 솟는 샘물

주렴 위로 산 빛이 점차 또렷해진다. 푸른 나무와 붉은 햇살의 선명한 색채 대비에 눈이 부시다. "얘야! 차를 달여 내오너라." 사미가 고개를 숙이고 물러난다. 집 뒤란에 땅속 깊은 곳에서 솟아나는 단 샘물이 있다. 벌써 이빨 사이에 침이 고인다.

목어

일천 상자 대장경은 한마음을 말하고
목어木魚 치는 소리 속에 뜰 그늘 옮겨간다.
하늘 꽃 마구 짐은 어느 해 일이던가
처마 너머 보이느니 짝겨 나는 새뿐일세.

大藏千函說一心　木魚聲裏轉庭陰
대장천함설일심　목어성리전정음

天花亂落何年事　惟見飛檐兩兩禽
천화난락하년사　유견비첨양양금

── 아암 혜장(兒庵 惠藏, 1772-1811), 「산거잡흥

(山居雜興)」 20-3

대장大藏 : 팔만대장경 | 천함千函 : 일천 개의 상자 | 목어木魚 : 절에 법고法鼓와 함
께 모신 나무로 깎은 물고기. 속을 파내서 막대로 두드려 소리를 낸다 | 전轉 : 바
꾸다, 돌다 | 천화天花 : 하늘 꽃, 우담바라 | 유견惟見 : 다만 보인다 | 비첨飛檐 : 나
는 듯 날렵한 처마 | 양양兩兩 : 둘둘씩 짝지어 나는 모양

일천 개의 상자를 가득 채운 팔만대장경을 한마디로 말하면 마음 공부다. 저녁 무렵 법고가 둥둥 울리더니 다시금 목어 두드리는 소리가 요란하다. 뜰의 그늘이 옮아가도록 한동안 계속된다. 그 소리에 하늘에서 우담바라 꽃잎이 비처럼 떨어질 것 같다. 처마 끝을 따라 눈길이 하늘 쪽을 맴돌지만 보이는 것은 이따금 짝지어 나는 새들뿐이다. 둥둥둥, 달그닥달그닥달그닥, 둥둥둥 달그닥 달그닥달그닥. 팔만대장경이 둥둥 떠서 내게로 온다. 말씀의 꽃비가 내린다.

주역 공부

우리 선시 삼백수

말쑥한 선방에 하루해가 아주 긴데
다 해진 베적삼에 대 침상도 부서졌네.
올 들어 이천역伊川易은 아예 읽지 않으면서
자명慈明과 중상역仲翔易만 곰곰이 생각하네.

瀟灑禪房白日長　敝麻衫子破筠牀
소쇄선방백일장　폐마삼자파균상
年來不讀伊川易　思殺慈明與仲翔
년래부독이천역　사쇄자명여중상

── 아암 혜장(兒庵 惠藏, 1772-1811), 「산거잡흥

(山居雜興)」20-4

소쇄瀟灑 : 말쑥하고 깨끗한 모양 ｜ 폐敝 : 해져 떨어지다 ｜ 마삼자麻衫子 : 삼베 적삼
｜ 균상筠牀 : 대나무 침상 ｜ 이천역伊川易 : 북송의 철학자 정이程頤가『주역』을 주해
한『정씨역전程氏易传』4책을 말함.『주역』의 괘사와 효상을 체용의 관점에서 풀
이하여 송명宋明 이학理學의 중요 저작으로 평가받는다 ｜ 사쇄思殺 : 깊이 사색한
다. 쇄殺은 강세의 의미 ｜ 자명慈明 : 동한東漢의 학자 순상荀爽의 자. 경학상의 여

텅 빈 방이다. 하루해가 고즈넉하다. 내려다보니 낡은 베적삼을 걸친 비쩍 마른 중 하나가 앉아 있다. 대나무로 얽어 짠 침상도 망가져 삐그덕거린다. 아쉬울 것 없다. 오랜 『주역』 공부는 이제 새로운 단계로 접어들었다. 그동안 송대 정이천^{程伊川}의 역학 위주로 하던 공부를 접었다. 한대^{漢代}로 거슬러 올라가는 읽기로 방향을 바꾸고 있다. 그게 뭘까? 왜 그랬을까? 다산 선생과 만난 뒤로 생각이 아주 복잡해졌다. 내 『주역』 공부는 새로운 단계로 접어들었다. 빈방 속의 생각이 끊어지지 않는다.

러 저술을 남겼는데 『순씨주역荀氏周易注』 11권이 유명하다 ㅣ 중상仲翔: 삼국시대 오나라 우번虞翻의 호. 역학에 조예가 깊어 『우주주역虞注周易』 9권을 남겼다

서쪽 하늘

어느 곳 청산인들 적막치 않으랴만
원래의 자취를 다 없애지 못하였네.
아득한 한생각은 서역 하늘 밖에 있어
어이해 허공 솟아 줄다리를 건너갈꼬.

何處靑山不寂寥　原來形跡未能消
하처청산부적료　원래형적미능소
迢迢一念西天外　那得騰空渡索橋
소소일념서천외　나득등공도삭교

—— 아암 혜장(兒庵 惠藏, 1772-1811), 「산거잡흥
(山居雜興)」 20-5

적료寂寥 : 적막하고 쓸쓸한 모양 | 형적形跡 : 형상과 자취 | 미능소未能消 : 능히 다
없애지 못하다 | 소소迢迢 : 아득히 먼 모양 | 서천西天 : 서역 하늘 | 나득那得 : 어이
얻겠는가? | 등공騰空 : 허공을 오르다 | 삭교索橋 : 줄로 엮어 허공에 매단 다리

산속이 적막한 것은 원래 그렇다. 번잡한 세상에 살던 몸이 아직도 그 습^習이 남아 한 번씩 세상 쪽으로 마음이 기울곤 한다. 하지만 아득한 한마음은 서방정토를 향할 뿐이다. 그래도 아직은 도를 닦음이 많이 부족하다. 허공에 번듯 솟구쳐서 절벽 사이로 줄을 걸어 얽은 다리를 건너 깨달음의 피안^{彼岸}으로 건너갈 그때는 언제일까?

목련

바위 구석 어여쁜 꽃 몇 겹으로 달렸는데
이곳 사람 목련이라 말하여주는구나.
한 가지 비스듬히 공중으로 뻗어가서
앞산의 옥순봉을 살짝 덮어 가려주네.

巖角仙花著數重　土人道是木芙蓉
암각선화착수중　토인도시목부용
一枝斜展空中去　微礙前山玉筍峯
일지사전공중거　미애전산옥순봉

── 아암 혜장(兒庵 惠藏, 1772-1811), 「산거잡흥

(山居雜興)」20-18

암각巖角 : 바위 모퉁이 ㅣ 선화仙花 : 신선의 꽃 ㅣ 착著 : 붙어 있다, 달렸다 ㅣ 수중數
重 : 몇 겹 ㅣ 토인土人 : 토착민 ㅣ 목부용木芙蓉 : 목련의 별칭 ㅣ 사전斜展 : 비스듬히
뻗다 ㅣ 미애微礙 : 살짝 가리다

흰 목련이 활짝 피어났다. 둥실둥실 신선 세계에 접어든 것 같다. 저게 무슨 꽃이냐고 묻자 목련이라고 알려준다. 허공으로 비스듬 히 뻗어 나간 가지 하나가 앞산의 옥순봉을 살짝 가려준다. 이따 금 바깥으로 향하던 마음마저 돌려 세우겠다는 듯이.

반나절 잠

우
리
선
시
삼
백
수

언덕 가득 구름 안개 다만 적막하여도
십 년간 병발甁鉢로 인간 세상 멀리했지.
나무 구멍 천종 녹을 멀리서도 알아서
소나무 창 반나절 잠과 맞바꾸지 않는다네.

一塢雲霞只寂然　十年甁鉢遠人煙
일오운하지적연　십년병발원인연

遙知槐穴千鍾祿　不博松牕半日眠
요지괴혈천종록　불박송창반일면

── 아암 혜장(兒庵 惠藏, 1772-1811), 「산거잡흥

(山居雜興)」20-19

일오一塢 : 온 언덕 | 운하雲霞 : 구름 안개 | 적연寂然 : 적막한 모양 | 병발甁鉢 : 물
병과 밥주발. 승려 생활의 비유 | 인연人煙 : 인가의 밥 짓는 연기 | 요지遙知 : 멀리
알다 | 괴혈槐穴 : 홰나무 그늘. 여관집 심부름하는 소년이 도사 여옹의 베개를 빌
려 인생의 부귀영화를 다 누린 꿈을 꾸고 깨어났는데 꿈속 왕국이 누워 있던 홰나
무 밑둥 구멍의 개미 왕국이었다는 고사. 인간의 부귀가 허망함을 말함 | 천종록千

적막한 산속에서 중 생활로 십 년을 지냈다. 인간 세상 밥 짓는 연기는 접한 지 오래다. 높은 산에서 내려다보면 저 산 아래로 떠다니는 부귀영화의 실체가 이제는 좀 보인다. 조금도 부럽지 않다. 잘 먹고 잘 입고 잘사는 게 대체 뭔가? 남 위에 군림하고 으스대고 멋대로 굴면 마음에 좋던가? 거친 옷에 박한 음식을 먹고 살아도 산속 암자에서 들창 열고 바람 맞으며 자는 반나절의 낮잠이 내게는 더 달고 고맙다. 바꾸지 않겠다.

鍾祿 : 많은 녹봉 | 불박不博 : 걸지 않다. 박博은 도박의 의미 | 송창松牕 : 소나무 창

애증

남 아끼면 남이 나를 사랑하지만
미워하면 남도 나를 미워한다네.
아끼고 미워함은 내게 달린 것
어이 굳이 산승에게 물으시는가?

愛人人我愛　憎人人我憎
애인인아애　증인인아증
愛憎惟在我　何必問山僧
애증유재아　하필문산승

── 월하 계오(月荷 戒悟, 1773-1849), 「석산 한상사의 시에 삼가
차운하다(謹次石山韓上舍)」

애인愛人 : 남을 사랑하다 | 증인憎人 : 남을 미워하다 | 애증愛憎 : 사랑과 증오 | 하
필何必 : 어이 굳이

지금 내게 사랑과 증오의 갈림을 물으시는 겁니까? 그야 간단하지요. 사랑하면 사랑 받고 미움 주면 미움 받습니다. 사랑이 사랑을 부르고 증오는 증오를 낳습니다. 무슨 특별한 원리가 있는 게 아녜요. 뿌린 대로 거두는 법이지요. 사랑을 받고 싶으신가요? 먼저 사랑하세요. 증오를 멀리하고 싶다고요? 남을 미워하는 마음부터 지우세요. 저 할 탓이지 남 탓이 아닙니다. 이런 간단한 이치를 뭐하러 여기까지 와서 산승에게 묻는답니까. 참 딱도 하십니다그려.

마음 간수

방심은 물욕에 말미암으니
정성을 간직함이 바로 천리다.
간직하고 간직해 놓지 말아야
신기神氣가 자욱이 일어나리라.

放心由物慾　存誠即天理
방심유물욕　존성즉천리
存存而勿放　神氣藹然起
존존이물방　신기애연기

── 월하 계오(月荷 戒悟, 1773-1849), 「구방심(求放心)」

방심放心 : 마음을 놓아 제멋대로 다니게 함 | 유由 : 말미암다 | 존성存誠 : 마음에
성실함을 간직함 | 존존存存 : 마음을 지니고 성실을 간직함 | 신기神氣 : 정신의 기
운 | 애연藹然 : 자욱한 모양

구방심求放心은 유가의 기본이 되는 공부법이다. 불교래서 다를 게 없다. 마음이 달아나면 그 즉시 허깨비 인생이 된다. 밤톨 없는 쭈 그렁 밤송이다. 마음을 지녀 지키려면 물욕부터 지워라. 공자께서 는 "간사한 것을 막아 성실함을 간직한다閑邪存其誠"고 했다. 제 마 음을 붙들어 세우고 거기에 성실함을 깃들이면 정신의 기운이 충 만해져서 삿된 기운이 침입할 틈이 없게 된다.

종

네 울음 너무도 맑고 우렁차
밤낮 없이 공이로 몸을 맞누나.
이 내 몸 또한 이와 다름없거늘
명예는 오히려 황송하다네.

爾鳴大瀏瀏　日夜也受棒
이오대유량　일야야수봉

吾人亦如此　名譽猶惶悚
오인역여차　명예유황송

—— 월하 계오(月荷 戒悟, 1773-1849), 「종(鐘)」

이爾 : 너 | 유량瀏瀏 : 해맑고 우렁차다 | 일야日夜 : 밤낮 | 수봉受棒 : 몽둥이를 받는
다, 공이가 종을 때린다 | 유猶 : 오히려, 도리어 | 황송惶悚 : 두려운 모양

저 종은 공이가 제 몸을 때릴 때마다 뎅그렁 운다. 맑고 깊고 또 우렁차다. 그 소리가 아니었다면 누가 그 종을 두드리겠는가? 공이에 맞은 종은 아파 울어도 그 울음에 중생이 깨어난다. 아픈 게 대수겠는가? 종이 울기 위해 태어났듯이 나도 그렇다. 당연한 일 하는데 명예는 가당치 않다. 나는 종이다. 나를 마음껏 두드려다오.

구름 속

꾀죄죄 흰머리 늙은 노인이
처마 밑서 땔나무 장작을 팬다.
지팡이 멈추고 앞길 물으니
손을 들어 구름 속 가리키누나.

白首龍鍾老　簷前柝火松
백수용종로　첨전탁화송

植杖問前路　擧手點雲中
식장문전로　거수점운중

──월하 계오(月荷 戒悟, 1773-1849), 「석문 노인

(石門老人)」

용종龍鍾 : 기운을 잃어 꾀죄죄한 모습 ┃ 첨전簷前 : 처마 앞 ┃ 탁柝 : 쪼개다. 여기서
는 장작을 패다 ┃ 화송火松 : 땔감용 소나무 ┃ 식장植杖 : 지팡이를 세우다 ┃ 거수擧
手 : 손을 들다 ┃ 점點 : 가리키다

"여보, 노인장! 절까지는 얼마나 더 가야 합니까?" 흐트러진 머리로 처마 밑에서 소나무 장작을 도끼로 패던 노인이 허리를 펴더니 말없이 앞산 구름 속을 손가락으로 가리킨다. 손가락 끝 따라가던 눈길이 그만 망연해진다. "스님! 잊어버리고 한참 더 가세요. 아직 멀었어요." 찾는 것은 늘 구름 속에 있었다. 길이 잘 보이지 않았다.

한때

물소리 다투어 귀에 이르고
꽃 웃음 몹시도 시 재촉하네.
갈 길이 먼 것은 생각도 않고
바위 위서 한때를 흘려보냈지.

水聲爭到耳　花笑甚催詩

수성쟁도이　화소심최시

不計前程遠　巖頭費一時

불계전정원　암두비일시

── 월하 계오(月荷 戒悟, 1773-1849), 「운문령을 넘다가

(踰雲門嶺)」

도이到耳 : 귀에 이르다 | 심甚 : 몹시 | 최시催詩 : 시를 지으라고 재촉하다 | 불계不計 : 헤아리지 않다 | 전정前程 : 앞길, 가야 할 길 | 비費 : 쓰다, 허비하다

운문령을 넘다가 계곡 바위에 올라앉아 땀을 들인다. 물소리 콸콸 내 귀에 넘치고, 꽃은 깔깔 웃으며 내 시 한 수 듣자 한다. 콸콸콸 깔깔깔 정신이 없다. 알았다, 알았다. 내 한 수 짓고 가마. 고개를 넘으려면 아직도 한참이나 남았는데, 물소리에 팔리고 꽃에 녹아 운문령 고개 바위 위에 앉아서 한참을 맥을 놓고 있었다.

마음

자취 없는 마음 봄은 허공 묘사 한가지니
쇠 산을 뚫을 때는 한 치 한 치 애를 써야.
만 길의 벼랑 위에 조도鳥道가 아슬해서
더위잡아 못 오르면 구덩이로 떨어지리.

見心無迹似描空　　用鑿金山寸寸功
견심무적사묘공　　용착금산촌촌공

萬仞懸崖危鳥道　　攀緣不得落坑中
만인현애위조도　　반연부득락갱중

── 월하 계오(月荷 戒悟, 1773-1849), 「면벽(面壁)」

견심見心 : 마음을 보다, 깨달음을 얻다 | 무적無迹 : 자취가 없다 | 묘공描空 : 허공
을 묘사하다. 어렵다는 뜻 | 용착用鑿 : 뚫다 | 금산金山 : 쇠로 된 산. 광산을 말함 |
촌촌寸寸 : 한 치 한 치 | 만인萬仞 : 만 길 | 현애懸崖 : 허공에 매달린 벼랑 | 조도鳥
道 : 새밖에 다닐 수 없는 위태로운 길 | 반연攀緣 : 더위잡아 오르다 | 갱중坑中 : 갱
도 속

자취 없는 마음을 보는 일은 아무것도 없는 텅 빈 허공을 붙잡아 묘사하는 것과 같다. 허공을 어떻게 붙들어둘 수 있나? 하지만 아예 불가능한 것은 아니다. 광산에서 채굴할 때 광부는 한 치 한 치의 곡괭이질을 통해 그 엄청난 쇳덩어리 같은 산에 아주 깊고 복잡한 갱도를 만들어낸다. 어림도 없어 보이는데 결국은 된다. 면벽하고 네 마음을 들여다보는 일도 다를 게 없다. 만 길 낭떠러지 위 벼룻길을 오르다 자칫 헛디디면 끝 모를 구덩이 속으로 떨어진다. 벽만 보고 앉았다고 면벽이 아니다. 잘못 간수해 헛생각을 지으면 마음은 달아나고 마귀가 설친다.

달빛

시절과 인간은 시들어짐 있건만
하늘의 꽃 소식은 매화에 먼저 오네.
돌집에서 늙은 중이 향 사르며 앉았자니
서창으로 든 달빛이 한동안 배회한다.

時節人間有謝來　上天花詔下先梅
시절인간유사래　상천화조하선매
老僧石屋焚香坐　月入西窓久徘徊
노승석옥분향좌　월입서창구배회

— 월하 계오(月荷 戒悟, 1773-1849), 「회포를 읊다

(咏懷)」

사래謝來 : 시들어오다. 사謝는 시들다 | 상천上天 : 하늘 | 화조花詔 : 꽃 소식 | 하선
매下先梅 : 매화에 먼저 내려오다. 매화가 제일 먼저 피었다는 의미 | 분향焚香 : 향
을 사르다 | 배회徘徊 : 맴돌며 서성이다

시절도 그렇고 인간도 그렇고 늘 신진대사新陳代謝가 활발하다. 묵은 것이 새것으로 바뀌어 시든 것을 대신한다. 조물주가 보낸 꽃소식이 매화에 먼저 내려왔구나. 꽁꽁 언 대지에 아연 핏기가 돈다. 이 늙은 중은 바위 굴에 앞을 막아 지은 돌집에 사려 앉아 향을 사른다. 굴속의 소식이 궁금했던지 서쪽 창으로 새벽 달이 아까부터 기웃기웃한다. 코끝의 매화 향기는 또 어찌하느냐는 말씀.

꿈

봉래산 옛 풀집을 꿈속에 들어가니
장자가 나비로 변한 일과 꼭 같았지.
깨고 난 베갯머리 아무런 소식 없고
주렴 앞 지지 않은 꽃만 남아 있구나.

夢入蓬山舊艸家　宛如莊叟化春蛾
몽입봉산구초가　완여장수화춘아

回來枕上無消息　惟有簾前未落花
회래침상무소식　유유염전미락화

── 월하 계오(月荷 戒悟, 1773-1849), 「춘흥(春興)」

봉산蓬山 : 봉래산의 줄임말. 금강산을 말한다 | 구초가舊艸家 : 예전에 살던 띠로
엮은 집 | 완여宛如 : 완연히 꼭 같다 | 장수莊叟 : 장자. 수叟는 노인의 경칭 | 춘아
春蛾 : 봄 나비. 장자의 호접몽胡蝶夢을 말한다 | 회래回來 : 정신이 돌아오다 | 침상
枕上 : 베개 위 | 무소식無消息 : 소식이 없다, 아무 기별이 없다 | 염전簾前 : 주렴 앞

금강산을 떠나온 지 오래라 그랬는지 꿈에 옛 살던 암자를 다녀
왔다. 장자가 꿈에 나비가 되었다더니 꼭 그 짝이다. 몸은 여기 있
는데 넋만 훨훨 날아가 옛 거처 여기저기를 꼼꼼히 둘러보고 왔
다. 꿈을 깨니 다시 여기다. 좀 전에 놀던 금강산은 어디 갔나? 발
을 걷고 내다보니 봄꽃이 아직 다 지지 않았다. 쩝쩝! 꾸다 만 봄
꿈이 아쉽다.

물새

석단의 바람 등불 오경에 가물대고
달도 잠든 뜨락 꽃엔 이슬 기운 서늘하다.
게다가 유인幽人은 잠을 못 이루는데
작은 난간 물새가 끼룩대며 지나간다.

石壇風燭五更殘　月宿庭花露氣寒
석단풍촉오경잔　월숙정화로기한
況復幽人長不寐　渚禽呼過小欄干
황부유인장불매　저금호과소난간

—— 월하 계오(月荷 戒悟, 1773-1849), 「피향당에 쓰다
(題披香堂)」

석단石壇 : 돌로 쌓은 단 | 풍촉風燭 : 바람에 흔들리는 등불 | 오경五更 : 동틀 무렵
새벽 세시에서 다섯시 사이 | 정화庭花 : 마당에 핀 꽃 | 유인幽人 : 숨어 사는 사람
| 장불매長不寐 : 길이 잠 못 이루다 | 저금渚禽 : 물가의 새 | 호과呼過 : 울며 지나간
다

밤을 지새운 등불이 새벽바람에 기운을 잃고 가물댄다. 달도 잠자리에 들려고 서편 산마루에 등을 기댔다. 마당의 꽃은 서리 기운이 오싹한지 진저리를 친다. 밤새 잠 못 이루고 그 모습들을 지켜보았다. 물새 한 마리가 난간 저편으로 울며 지나간다. 깨어나는 것들도 있구나. 이제 피곤한 등을 뉘여야 할지, 일어나 찬물에 세수하고 새 아침을 맞아야 할지 나는 잠시 망설인다.

낙화암

낙화암 아래에서 진 꽃에 근심 겨워
목메어 우는 물이 바위 머리 치누나.
참모습 도리어 고국 없음 부끄러워
아침 안개 끌고 와 골짜기에 띄웠네.

落花巖下落花愁　咽咽鳴泉打石頭
낙화암하낙화수　인인명천타석두

眞面還羞無古國　牽來朝霧洞天浮
진면환수무고국　견래조무동천부

──월하 계오(月荷 戒悟, 1773-1849), 「낙화암의 아침 안개
(題落花巖朝嵐)」

낙화암落花巖 : 백제 멸망 당시 의자왕의 삼천 궁녀가 뛰어내려 죽었다는 바위. 부
여에 있다 | 인인咽咽 : 목이 멘 모양 | 명천鳴泉 : 우는 소리를 내며 흐르는 강물 |
진면眞面 : 본래의 참모습. 여기서는 안개에 가려지지 않은 실경 | 환수還羞 : 도리
어 부끄럽다 | 고국古國 : 옛나라. 여기서는 백제 | 견래牽來 : 끌어당겨서 오다 | 조
무朝霧 : 아침 안개 | 동천洞天 : 골짜기 | 조람朝嵐 : 아침 안개. 람嵐은 산이나 강 위

옛날 여기서 삼천의 꽃다운 넋이 졌다. 무심히 꽃은 피고 봄은 다시 돌아와도 그날의 가슴 아픈 기억은 늘 현재진행형이다. 강물도 공연히 목이 멘 채 낙화암 바위 기슭을 친다. 넘실대는 물결이 바위에 대고 그때 왜 그랬냐며 주먹으로 치는 것 같다. 환한 대낮 또렷한 풍경으로는 스러진 백제의 옛 꿈을 바로 보기 부끄럽다. 그래서 아침 안개를 멀리서 끌고 와 낙화암 아래 백마강 위로 커튼 한 자락을 드리워놓았다. 풍경이 조금 희미해진다. 그래도 슬프다.

에 푸르스름하게 낀 안개 비슷한 기운

봄소식

꽃 내음 새소리에 해마다 봄 맞으니
봄마음의 기별은 무릉의 구름일세.
여승에게 묻노라 무슨 지식 깨달아
그때에 봄소식을 십분이나 잡았던가.

花鳥臭聲歲歲春   春心記莂茂陵雲
화조취성세세춘   춘심기별무릉운
問君尼輩何知識   謾捉當年春十分
문군니배하지식   만착당년춘십분

── 월하 계오(月荷 戒悟, 1773-1849), 「비구니의 오도시를 보고
(見尼僧悟道詩)」

취성臭聲 : 냄새와 소리 | 기별記莂 : 증명. 별莂은 고대에 계약서를 쓸 때 대쪽을 둘
로 나눠 하나씩 증명으로 간직한 것을 말함 | 문군니배問君尼輩 : 그대들 비구니
의 무리에게 묻는다 | 만착謾捉 : 멋대로 잡다 | 당년當年 : 그때, 그 당시 | 십분十
分 : 전부

송나라 때 여승이 쓴 오도시^{悟道詩}를 읽고 쓴 시다. 원래 시는 이렇다. "종일 봄을 찾았어도 봄을 보지 못하여, 산꼭대기 구름 속에 짚신 신고 가보았지. 돌아올 때 우연히 매화 향기 맡으니, 봄은 매화 가지 위에 십분이나 와 있었네^{終日尋春不見春, 芒鞋踏破嶺頭雲. 歸來偶把梅花臭, 春在枝上已十分.}" 제 집 마당에 핀 매화 향기를 못 맡고 산꼭대기까지 종일 찾아 헤맸더란 얘기다. 그대 비구니에게 이제 내가 묻는다. 무릉 땅 산마루 구름 속에 피어나던 봄꽃과 우짖던 새소리에 과연 어떤 한소식을 얻었던가? 그 소식을 보여다오. 내가 점검해보리라.

청산

세상일 보아 하니 험하고도 힘들어서
이내 신세 일부러 숲속에 의탁했지.
구름과 새 오고 감은 어찌할 수 없겠지만
다만 그저 청산과 마주 보며 한가롭다.

世事看來險且艱　故將身勢託林間
세사간래험차간　고장신세탁임간
雲來鳥去渾無賴　只與靑山相對閒
운래조거혼무뢰　지여청산상대한

— 철선 혜즙(鐵船 惠楫, 1791-1858), 「산거잡영(山居雜詠)」4-1

간래看來 : 보아 하니 ㅣ 험차간險且艱 : 험하고 또 힘들다 ㅣ 고장故將 : 일부러 장차 ㅣ
탁託 : 맡기다, 의탁하다 ㅣ 혼渾 : 모두, 온통 ㅣ 무뢰無賴 : 어찌해볼 재간이 없다 ㅣ 지
只 : 다만

험한 세상일을 멀리하려 숲속에 깃들어 산다. 이곳에서도 구름은 흐렸다 개었다 할 게고 새는 멋대로 들락거릴 것이다. 그 정도쯤은 세상일에 견주면 아무것도 아니니 참을 수밖에. 그래도 날마다 저 푸른 산을 마주 보고 앉아 한가로운 대화를 나눌 수 있음이 기쁘다.

능엄경

몇 떨기 오죽이 빗긴 처마 들어와
한 칸 방 청량하여 자못 호사스럽다.
높은 가지 새 달이 떠오르길 기다려
한가로이 책상 기대 『능엄경』을 외우노라.

數叢烏竹入斜檐　一室淸凉頗不廉

수총오죽입사첨　일실청량파불렴

每待高枝上新月　閒憑經几誦楞嚴

매대고지상신월　한빙경궤송능엄

── 철선 혜즙(鐵船 惠楫, 1791-1858),「산거잡영(山居雜詠)」4-2

수총數叢 : 몇 떨기 | 사첨斜檐 : 비스듬히 빗긴 처마 | 청량淸凉 : 맑고도 시원하다
| 파頗 : 자못 | 불렴不廉 : 검소하지 않다, 호사스럽다 | 매대每待 : 매번 기다린다 |
한빙閒憑 : 한가로이 기대다 | 경궤經几 : 경전을 얹은 책상 | 송誦 : 외우다 | 능엄楞
嚴 : 능엄경

날렵한 처마 밑으로 달빛이 파고들자 문종이 위에 대나무 그림이 새겨진다. 꾸민 것 없는 빈방이 갑자기 호사스럽다. 저 대나무 가지 끝에 새 달이 걸릴 때를 기다려 매번 나는 책상 앞에 기대 앉아 『능엄경』을 읽는다. 바람이 지나가도 달빛은 꼼짝 않는데 대나무 그림자만 덩달아 흔들린다. 상쾌한 풍경 앞에 독경의 가락이 한층 더 낭창낭창해진다. 뼛속까지 맑고 투명하다.

보슬비

강 하늘 보슬비가 산자락을 지나더니
몇 점 남은 이끼에 초록이 새롭고야.
미친 노루 멋대로 짓뭉갤까 염려되어
참대를 휘어다가 냇가를 둘러쳤지.

江天小雨過山垠　　數點殘苔綠更新
강천소우과산은　　수점잔태록갱신
只恐狂麕來踏破　　自揉叢竹護溪濱
지공광균래답파　　자유총죽호계빈

── 철선 혜즙(鐵船 惠楫, 1791-1858), 「산거잡영(山居雜詠)」 4-3

강천江天 : 강과 하늘 | 소우小雨 : 보슬비 | 산은山垠 : 산기슭 | 잔태殘苔 : 남은 이끼
| 갱신更新 : 새롭다, 새로워지다 | 지공只恐 : 다만 걱정이다 | 광균狂麕 : 미친 노루,
정신 나간 노루 | 래답파來踏破 : 와서 밟아 짓뭉개다 | 자유自揉 : 직접 휘어놓다.
참대를 둥글게 휘어 노루가 다니지 못하게 했다는 의미 | 총죽叢竹 : 참대 | 계빈溪
濱 : 냇가

봄비가 산자락을 적시는가 싶더니 산자락 소로길 이끼에 초록빛
이 짙어졌다. 물색없는 노루가 그 여린 초록을 함부로 밟아 뭉개
면 어쩌하나. 걱정이 생긴 그는 풀숲의 참대 줄기를 둥글게 휘어
서는 냇가에 작은 울타리를 쳤다. 이제 겨우 마음이 놓인다.

거미줄

두 그루 복사 오얏 지난해에 옮겨 심어
햇볕 쬐고 안개 젖어 가지마다 꽃 가득해.
팔랑팔랑 나비 모습 아껴 보려 하여서
지팡이로 거미줄을 자주 없애주노라.

兩株桃李去年移　烘日蒸霞也滿枝
양주도리거년이　홍일증하야만지
爲愛翩翩蝴蝶影　頻持竹杖去蛛絲
위애편편호접영　빈지죽장거주사

—— 철선 혜즙(鐵船 惠楫, 1791-1858), 「산거잡영(山居雜詠)」4-4

양주兩株 : 두 그루 | 도리桃李 : 복숭아나무와 오얏나무 | 홍일烘日 : 햇볕에 그을리
다 | 증하蒸霞 : 노을 안개에 찌다 | 편편翩翩 : 새나 나비가 훨훨 나는 모양 | 호접蝴
蝶 : 나비 | 빈頻 : 자주, 빈번히 | 죽장竹杖 : 대나무 지팡이 | 거去 : 없애다, 제거하다
| 주사蛛絲 : 거미줄

지난해 오얏나무와 복숭아나무를 한 그루씩 절 마당에 옮겨 심었다. 햇볕과 안개가 번갈아 말리고 적셔주니 일 년 새 튼튼히 자라서 올봄엔 꽃이 잔뜩 피어 가지가 찢어질 지경이다. 꽃꿀을 빨기 위해 온 산의 나비와 벌이 한꺼번에 몰려들었다. 그러자 이번엔 그 나비를 노려 거미가 나무 둘레에 거미줄을 두른다. 나는 행여 예쁜 나비가 거미줄에 걸려 거미 밥이 될까 봐 날마다 대지팡이 들고 나가 거미줄을 걷느라 부산하다. 꽃은 활짝 피고 나비는 훨훨 날고 거미는 촘촘히 그물을 치고 나는 열심히 그물을 걷는다. 밀고 당기는 실랑이 속에 유정한 산사의 봄날이 간다.

산비둘기

가파른 산 마른 뼈를 석대石臺에 기대이니
오래 앉은 포단에 이끼조차 돋아날 듯.
벌 나비 놀며 날며 바쁘게 지나가고
산비둘기 비 부르며 꾸룩꾸룩 우는구나.

鶴骨崚嶒倚石臺　蒲團坐久欲生苔
학골능증의석대　포단좌구욕생태

游蜂飛蝶恩恩過　又有山鳩喚雨來
유봉비접총총과　우유산구환우래

── 철선 혜즙(鐵船 惠楫, 1791-1858), 「봄날(春日即事)」

학골鶴骨 : 학의 뼈처럼 바싹 여윈 모습. 시인 자신을 가리키는 표현 | 능증崚嶒 : 산
이 험준하고 가파른 모양 | 의倚 : 기대다 | 포단蒲團 : 부들로 짠 방석 | 생태生
苔 : 이끼가 돋다 | 유봉비접游蜂飛蝶 : 노는 벌과 나는 나비 | 총총恩恩 : 서둘러, 바
쁘게 | 산구山鳩 : 산비둘기 | 환우喚雨 : 비를 부르다. 비둘기가 울면 비가 오므로
환우는 비둘기의 별칭으로도 쓴다

가파른 산비탈 위 석대石臺에 방석을 깔고 가부좌를 튼 지 오래다. 학처럼 말랐다. 말없이 오래 앉았으니 나를 바위로 알아 몸에 이끼라도 돋을 판이다. 벌 나비도 나를 돌을 보듯 해서 신경 쓰지 않고 내 앞을 왔다 갔다 한다. 봄비라도 내리려나 아까부터 숲속에서 산비둘기가 구구거리며 운다. 봄날 하루가 참 길다.

고드름

한 떨기 찬 등불에 불경을 읽느라고
밤 눈이 빈 뜰 가득 쌓인 줄도 몰랐네.
깊은 산 나무들은 아무런 기척 없고
처마 밑 고드름만 섬돌 위로 떨어진다.

一穗寒燈讀佛經 不知夜雪滿空庭
일수한등독불경 부지야설만공정

深山衆木都無籟 時有檐氷墮石牀
심산중목도무뢰 시유첨빙타석상

— 철선 혜즙(鐵船 惠楫, 1791-1858), 「눈오는 밤(雪夜)」

일수一穗 : 한 떨기. 수穗는 벼 이삭. 여기서는 등불의 모양 | 공정空庭 : 빈 뜰 | 도
都 : 모두, 온통 | 무뢰無籟 : 소리가 없다 | 시유時有 : 이따금 ~이 있다 | 첨빙檐
氷 : 처마에 달린 얼음, 고드름 | 타墮 : 떨어지다 | 석상石牀 : 섬돌

등불 심지 돋우고 낭창낭창 불경을 읽는다. 문득 사방이 괴괴하다. 평소 같으면 우르르 골짝을 이리저리 몰려다니는 바람 소리로 소란스러울 시간이다. 불경을 잠깐 밀쳐두고 창밖의 소리에 귀를 기울인다. 역시 이상하다. 보통 때와 다르다. 창밖은 어찌 이리 환한가. 스님이 일어나 들창을 여는 순간, 세상에나! 그새 천지는 온통 하얀 눈 세상이 되어 있었다. 바람도 숨을 죽인 밤, 이따금 처마 밑에 길게 매달렸던 고드름이 섬돌 위로 떨어져 산화하는 소리가 산사의 깊은 적막을 깨운다.

나비

대 씻고 솔 다듬고 홀로 문을 닫고서
내가 나를 잊은 채 적막히 말이 없다.
늦은 나비 날아와 그 무슨 심사인지
밝은 창에 착 붙더니 동산 향해 가누나.

洗竹科松獨掩門　我還忘我寂無言
세죽과송독엄문　아환망아적무언
飛來晩蝶何心事　忽著明囪卻向園
비래만접하심사　홀착명창각향원

— 철선 혜즙(鐵船 惠楫, 1791-1858),「홀로 앉아(獨坐)」

세죽洗竹 : 대나무를 씻어주다 | 과송科松 : 소나무의 잔가지를 솎아주다 | 엄문掩
門 : 문을 닫아걸다 | 환還 : 도리어 | 비래飛來 : 날아오다 | 만접晩蝶 : 저물녘의 나비
| 홀착忽著 : 갑자기 붙다 | 명창明囪 : 환한 창 | 각卻 : 도리어

말수가 자꾸 준다. 대나무를 물로 닦아주고 소나무 잔가지를 가위 들고 나가서 전지剪枝했다. 말쑥하다. 그러고는 닫아건 문 안에 다시 혼자다. 가끔 투명하게 내가 나를 잊을 때가 있다. 아무 말이 필요 없다. 저물녘 나비가 무슨 마음이 들었던지 불빛 비치는 환한 창에 달려들어 붙었다가 이내 잔광이 설핏한 꽃동산을 향해 날아간다. 불빛 안의 풍경이 잠깐 궁금했던 걸까? 아니면 따뜻함이 그리웠나? 잠깐 파닥이다 지워진 그림자를 나는 오래도록 물끄러미 바라보았다.

자적 自適

무엇하러 괴롭게 불경을 보나
광명이 일어남을 막을 수 없네.
시 짓기는 제 뜻에 맞으면 그만
남 향해 읊조림을 뉘라 즐기리.

何用看經苦　光明起莫禁
하용간경고　광명기막금
構詞惟自適　誰肯向人吟
구사유자적　수긍향인음

— 철선 혜즙(鐵船 惠楫, 1791-1858), 「유연(悠然)」

하용何用 : 어찌 ~하는가? | 간경看經 : 불경을 읽다 | 기막금起莫禁 : 일어남을 금할
수가 없다 | 구사構詞 : 시를 구상하다 | 자적自適 : 자신의 뜻에 맞다 | 수긍誰肯 : 누
가 기꺼워하겠는가?

마음속에서 환희심이 걷잡을 수 없이 솟아난다. 그저 있어도 주체하지 못할 판인데 불경을 들춰 읽어 머리로 따질 겨를이 없다. 자적의 마음을 못 가누어 시로 쓴다. 이렇게라도 하지 않으면 이 광명의 불길을 잡을 수가 없다. 남을 향해 뽐내자는 게 아니다.

국화

진작에 석대 서편 국화를 심었더니
여린 잎 성근 줄기 작은 시내 비춘다.
계절 돌아 가을 되어 꽃술을 터뜨리면
온갖 새들 적막히 울지 않음 비웃으리.

曾將菊種石臺西　嫩葉疎莖映小溪
증장국종석대서　눈엽소경영소계

轉到霜天方吐萼　笑他百鳥寂無嗁
전도상천방토악　소타백조적무제

—— 철선 혜즙(鐵船 惠楫, 1791-1858),「산거(山居)」 3-1

증장曾將 : 일찍이 ｜ 국종菊種 : 국화를 심다 ｜ 눈엽嫩葉 : 곱고 보드라운 잎 ｜ 소경疎
莖 : 성근 줄기 ｜ 영映 : 비추다 ｜ 전도轉到 : 바뀌어 이르다 ｜ 상천霜天 : 서리가 내리
는 날씨 ｜ 방方 : 막, 바야흐로 ｜ 토악吐萼 : 꽃을 토하다 ｜ 소타笑他 : 그를 비웃다 ｜
적무제寂無嗁 : 적막히 울지 않다

봄에 석대 서편에 국화를 심어 가을 오길 기다린다. 여린 잎이 성근 가지에 송송 돋아 시내를 비춘다. 서리 가을에 희고 노란 꽃을 피우면 시내가 환해지겠지. 봄꽃 아래서 즐거워 노래하는 새들아. 지금은 너희가 국화를 거들떠도 안 보지만 국화가 매운 꽃을 피워낸 장한 가을에 너희는 모습조차 찾지 못할 게다.

파초

한 그루 파초를 뜨락에 심어두니
밤 되자 보슬비 소리조차 들리누나.
매운 바람 툭 쳐서 꺾을까 걱정되어
아이 시켜 돌 주워 와 터진 담장 고친다네.

芭蕉一樹種幽庭　中夜猶聽細雨聲
파초일수종유정　중야유청세우성

剛怕疾風輕破折　囑兒拾石補虧牆
강파질풍경파절　촉아습석보휴장

—— 철선 혜즙(鐵船 惠楫, 1791-1858), 「산거(山居)」 3-2

유정幽庭 : 그윽한 마당 | 중야中夜 : 한밤중 | 유청猶聽 : 오히려 들린다 | 강파剛
怕 : 몹시 염려하다 | 경輕 : 가볍게, 함부로 | 파절破折 : 부수어 꺾다 | 촉아囑兒 : 아
이에게 당부하다 | 습석拾石 : 돌을 줍다 | 보補 : 고치다, 보완하다 | 휴장虧牆 : 이지
러진 담장

늘씬한 파초 한 그루가 뜰 가운데 우뚝 솟았다. 덕분에 한밤중 보슬비 소리까지 잘 들린다. 빗방울이 굵어지면 넓은 파초 잎에 듣는 빗소리가 제법 들을 만하다. 하지만 오늘은 바람이 맵다. 잉잉대며 이리저리 몰려다닌다. 저 녀석이 저 여린 파초 잎에 심통을 부릴까 봐 걱정되어 사미승을 부른다. "얘! 너 나가서 돌 좀 주워 온. 아래쪽 담장 터진 틈을 그 돌로 다 메우거라. 파초 다칠라."

물아物我

물아物我가 한 뿌리임 진작에 알았으니
손길 따라 등불 밝혀 겹겹 어둠 깨뜨리리.
백 년간 마음잡아 묵은 종이 뚫는대도
의심 깸이 운문산에 앉음만 같겠는가?

已知物我是同根　順手明燈破重昏
이지물아시동근　순수명등파중혼
百歲將心鑽古紙　白拈爭似坐雲門
백세장심찬고지　백염쟁사좌운문

— 철선 혜즙(鐵船 惠楫, 1791-1858), 「산집의 그윽한 흥취
(山居幽趣)」3-3

물아物我 : 사물과 나 ∣ 동근同根 : 한 뿌리 ∣ 순수順手 : 손길 따라 ∣ 중혼重昏 : 겹겹
의 어둠 ∣ 장심將心 : 마음을 가지고 ∣ 찬고지鑽古紙 : 묵은 문종이를 뚫다. 방 안에
들어온 벌이 환히 열린 문으로는 나가지 않고 문종이가 발린 창문만 두드리는 것
을 말함. 미망에 사로잡혀 깨달음의 대도를 보지 못하는 상태 ∣ 백염白拈 : 백염적
白拈賊의 줄임말. 백주 대낮에 남의 물건을 자취도 없이 훔쳐내는 도적. 선종에서

너와 나는 하나다. 사물과 나는 간격이 없다. 이 환한 이치를 몰
라 깊은 어둠 속을 헤맨다. 가르고 나누고 따지며 싸운다. 방 안에
든 벌은 환하게 열린 문을 못 보고 자꾸 닫힌 창문의 문종이에 헤
딩을 한다. 백 년을 끌어도 광명한 꽃밭으로 나갈 길이 없다. 지금
앉은 이 자리에서 의심을 깨서 내던져라. 공연히 구도求道를 핑계
대고 깊은 산속으로 찾아들 일이 없다.

학인들의 망상과 집착을 흔적도 없이 소멸시키는 솜씨를 가리킨다 | 쟁사爭似 : 어
찌 ~비슷하겠는가? 쟁爭은 어찌 | 운문雲門 : 중국 절강성 소흥 남쪽에 있는 산 이
름. 명산의 의미

금강산

가을바람 날 일으켜 금강산에 가게 하니
강물은 푸르고 들판 벼는 향기롭다.
곧장 비로봉 정상 향해 올라서자
대천세계 작기가 해당화와 한가질세.

秋風起我送金剛　江水蒼蒼野稻香

추풍기아송금강　강수창창야도향

直向毘盧頂上立　大千世界小如棠

직향비로정상립　대천세계소여당

—— 철선 혜즙(鐵船 惠楫, 1791-1858), 「금강산(金剛山)」

기아起我 : 나를 일으키다 ｜ 야도野稻 : 들판의 벼 ｜ 직향直向 : 곧장 향해 가다 ｜ 비로
毘盧 : 금강산의 제일 높은 봉우리 ｜ 대천세계大千世界 : 광대무변한 큰 세계 ｜ 소여
당小如棠 : 작기가 해당화와 같다

금강산 구경의 해묵은 소원을 마침내 이뤘다. 강물은 넘실넘실 흐르고 누렇게 고개 숙인 들판의 벼 이삭은 향기롭다. 내 마음도 둥실둥실 그 향기 위를 넘논다. 거침없이 비로봉 정상까지 내달아 우뚝 서서 대천세계를 내려다보니 그 넓던 세상이 고작 꽃 한 송이만 하다. 큰 산에 오르니 내 스케일이 좀 커진 모양이다.

사나이

또렷하고 분명하고 신령스런 사나이를
현재의 몸 속에선 알기가 어렵다네.
알기가 어려운 중 직접 친히 보게 되면
범인凡人과 성인聖人 중에 늘 서로 따르리라.

了了昭昭靈靈漢　　現在身中難可知
요요소소령령한　　현재신중난가지
難可知中親自見　　在凡在聖長相隨
난가지중친자견　　재범재성장상수

── 화담 법린(華曇 法璘, 1843-1902),「또 짓다(又)」

요요了了 : 또렷하고 분명한 모양 | 소소昭昭 : 환하고 명백한 모양 | 령령靈靈 : 신령
스러운 모양 | 한漢 : 남자, 사내 | 난가지難可知 : 알기가 어렵다 | 재범재성在凡在
聖 : 보통 사람이건 성인聖人에 있어서건 | 장長 : 언제나

내 속에 또렷하고 명백하고 신령스런 사내가 산다. 그가 누구인지 어디 있는지를 내가 모를 뿐이지 내가 그와 맞대면할 수만 있다 면 범성凡聖의 갈림이 문제될 것 없다. 아무 데도 걸림 없이 시원 스러워질 것이다. 그는 어디 있나? 그를 어찌 만날까? 내 안의 그 를 불러내기 위해 오늘도 나는 수행을 거듭한다.

안팎

하늘 떨쳐 이불 삼고 땅을 베개 삼으니
점차로 허공 통해 안과 밖이 없도다.
벌떡 일어나 이불 베개 둘 다 모두 밀치자
석가모니 마야부인 배 속에서 벗어난 듯.

揮天爲衾地爲枕　轉轉虛通無內外
휘천위금지위침　전전허통무내외

忽起雙推衾與枕　釋迦解脫摩耶肚
홀기쌍추금여침　석가해탈마야두

——화담 법린(華曇 法璘, 1843-1902), 「이부자리에서 누웠다

일어나는 노래(衾枕臥起頌)」

휘천揮天 : 하늘을 떨치다 ┃ 전전轉轉 : 점차, 어느새 ┃ 허통虛通 : 텅 비어 통함 ┃ 홀
기忽起 : 갑자기 일어나다 ┃ 금여침衾與枕 : 이불과 베개 ┃ 해탈解脫 : 벗어나다 ┃ 마
야두摩耶肚 : 마야부인의 배. 마야는 석가모니의 어머니

하늘 한 자락을 활짝 펼쳐 이불로 삼고 대지를 요와 베개로 여긴다. 그 넓은 천지의 품 안에 눕자 안팎의 구분도 없이 시원하다. 아니다. 이것도 갑갑하다. 벌떡 일어나 하늘 이불과 땅 베개를 한꺼번에 밀쳐 걷어내버린다. 석가모니 부처님이 어머니 마야부인의 배에서 처음 나와 텅 빈 허공에 두 팔과 두 다리를 아무 걸림 없이 쭉 뻗으며 "천상천하天上天下, 유아독존唯我獨尊"이라 외치던 그 대자유의 심경을 알 수 있을 것 같다. 만세!

관음보살

관음전 안에는 관음보살 앉아 계셔
때도 없이 설법하여 중생을 제도하네.
중생의 법도 없음 모두 다 건져내니
여러 부처 그러하고 나 또한 그러하다.

觀音殿裏坐觀音　無時說法度衆生
관음전리좌관음　무시설법도중생
度盡衆生無度相　諸佛亦然我亦然
도진중생무도상　제불역연아역연

── 화담 법린(華曇 法璘, 1843-1902), 「관음전(觀音殿)」

관음전觀音殿 : 관음보살을 모신 불전 | 무시無時 : 정한 때 없이, 언제나 | 도중생度
衆生 : 중생을 제도하다 | 도진度盡 : 모두 제도하다, 다 건지다 | 무도상無度相 : 무
도無度, 즉 법도 없는 모습

관음전에는 천수관음보살이 앉아 계신다. 천수천안千手千眼의 가없는 사랑으로 중생을 위해 설법을 그치지 않고 중생의 소망을 다 이뤄주신다. 중생이 무도한 짓을 해도 다 머금어 용서하고 더 큰 사랑으로 품어 안는다. 어디 관음보살만 그러하겠는가? 모든 부처님이 다 그러하다. 어디 모든 부처님뿐이겠는가? 나도 그러하다. 제도중생濟度衆生의 서원을 이루기까지는 그가 아프니 나도 아프다.

불과佛果

어버이 묻힌 옛 동산을 멀리서 생각자니
몸은 비록 못 가지만 마음만은 늘 앞서네.
사람들아 내 가는 길 비웃지 말려마
인하여 깨달으면 불과佛果가 원만하리.

遙憶親鄕古壟山   身雖未赴意常前
요억친향고롱산   신수미부의상전

世人莫笑吾行履   因卽悟時佛果圓
세인막소오행리   인즉오시불과원

── 화담 법린(華曇 法璘, 1843-1902),「추석날 성묘하러 가지
못하고(秋夕未赴省墓)」

요억遙憶 : 멀리서 생각하다 | 친향親鄕 : 어버이의 고향 | 고롱산古壟山 : 옛 무덤이
있는 산 | 미부未赴 : 미처 가지 못하다 | 의상전意常前 : 뜻은 항상 앞서간다 | 막소
莫笑 : 비웃지 말라 | 행리行履 : 가는 길 | 즉오卽悟 : 즉각 깨닫다 | 불과佛果 : 수행
의 결과로 성불을 얻음 | 원圓 : 원만하다

추석이 되면 나도 고향 생각을 안 하는 것은 아니다. 잡초에 묻혀 있을 부모님의 무덤을 생각하면 눈물이 흐른다. 몸은 여기 있어도 마음은 늘 그 언저리를 맴돈다. 이런 내 마음을 사람들아 웃지 마라. 수행을 통해 앉은 자리에서 통쾌하게 한소식을 깨치면 삼생三生의 윤회를 박차고 나가 부처님의 인과因果가 투철하고 영롱할 것이다.

염려

문 앞에 도반이 드문 것을 염려하여
사방 문 활짝 열어 사립문도 환하다.
오고 오고 가고 가는 평범한 사람들아
그저 뜬 빛 취하여서 그저 가지 말려마.

我恐門前道伴稀　洞開四戶辟松扉
아공문전도반희　동개사호벽송비
來來去去等閑客　但取浮光莫謾歸
래래거거등한객　단취부광막만귀

——화담 법린(華曇 法璘, 1843-1902), 「초암에서 읊다(草菴吟)」

도반道伴 : 함께 도를 닦는 짝 | 희稀 : 드물다 | 동개洞開 : 시원스레 열리다 | 사
호四戶 : 사방의 문 | 벽辟 : 환하다 | 송비松扉 : 소나무로 엮은 문 | 래래거거來來
去去 : 오고 가다 | 등한객等閑客 : 보통의 사람 | 단취但取 : 다만 취하다 | 부광浮
光 : 뜬 빛 | 막만귀莫謾歸 : 멋대로 돌아가지 말라

아무도 깨달음의 소식에 귀를 기울이지 않는다. 그게 안타까워 사방 문을 활짝 열고 사립문도 뻥 뚫어놓았다. 지나가는 사람들아, 다 들어와서 환한 가르침의 말씀을 듣고 가는 것이 어떤가? 그저 절 보러 왔다가 단청 구경만 하고 돌아가면 그 인생이 너무 안타깝지 않겠는가?

방초 언덕

가고 옴 온통 도가 아님이 없고
잡고 놓음 모두가 선禪일 뿐일세.
봄바람에 방초 깔린 산언덕에서
다리 뻗고 한가롭게 낮잠을 잔다.

去來無非道　執放都是禪
거래무비도　집방도시선
春風芳草岸　伸脚打閒眠
춘풍방초안　신각타한면

── 해담 치익(海曇 致益, 1862-1942),「혼자 읊다(自吟)」

거래去來 : 가고 오다 | 무비도無非道 : 도 아님이 없다 | 집방執放 : 잡고 놓다, 집착
과 방착 | 도都 : 모두 | 신각伸脚 : 다리를 쭉 뻗다

가고 오는 일이 다 도^道다. 집착하는 일과 그 집착을 내려놓는 것이 모두 선^禪 공부다. 깨달음은 어디에나 다 있다. 방편을 묻지 말고 방향을 따지지 마라. 봄풀이 사분거리는 방초 언덕 그늘로 봄바람이 분다. 두 다리 쭉 뻗고 달게 낮잠을 자는 것이 오늘의 내 수행이다. 가뜬하고 개운하다.

목동 일

목동 일 오래 하여 소 성품 아니
언덕 위 풀이 한창 향기롭구나.
해질녘 길고 긴 시내 길 따라
거꾸로 타고서 초당 지나네.

久牧知牛性　岸頭草正芳
구목지우성　안두초정방
夕陽長澗路　倒騎過草堂
석양장간로　도기과초당

── 해담 치익(海曇 致益, 1862-1942), 「참구(參句)」

구목久牧 : 소 먹이는 일을 오래하다 ǀ 우성牛性 : 소의 성품 ǀ 초정방草正芳 : 풀이
한창 향기롭다 ǀ 장간로長澗路 : 길게 이어진 시냇가 길 ǀ 도기倒騎 : 쇠등에 거꾸로
올라타다 ǀ 참구參句 : 조사祖師의 화두를 들고 참구參究하는 것. 참선의 한 방편이
다

나는 해묵은 목동이다. 소를 잘 알고 소도 나를 잘 알아 서로 믿고 따른다. 낮에는 저 좋아하는 풀이 많은 언덕 위 초지草地에 풀어놓고 나는 그 그늘에서 달게 잔다. 해가 뉘엿해지면 시내 길을 따라 쇠등에 거꾸로 앉아 끄덕이며 온다. 길은 소가 혼자 알아서 가고 나는 해 지는 광경을 보면서 온다. 나는 소를 잊었고 소도 나를 잊었다. 석양 볕에 풍경이 문득 지워진다.

제목을 「참구」라 했으니 글 속의 소는 여느 소가 아니라 마음의 비유다. 목동은 마음을 다루는 수행자다. 오랜 수행 끝에 마침내 걸림이 없어졌다. 아주 편해졌다.

바보

입 다물면 분별도 적어질 테고
기억하지 않아서 시비도 잊네.
온종일 귀머거리 바보인 듯이
그 가운데 도가 절로 자라나리라.

不言分別小　無記是非忘
불언분별소　무기시비망
終日如愚聾　個中道自長
종일여우롱　개중도자장

── 해담 치익(海曇 致益, 1862-1942), 「만음(謾吟)」

불언不言 : 말하지 않다 | 분별分別 : 나누어 편 가르는 일 | 무기無記 : 기억하지 않
는 것 | 우롱愚聾 : 바보와 귀머거리 | 개중個中 : 그 가운데 | 도자장道自長 : 도가 절
로 자라다

말이 많으면 분별도 많아진다. 애초에 기억하지 않으면 시비를 가릴 일도 없다. 말을 하다보니 분한 것도 많아지고 서운한 일이 늘어난다. 잊지 않고 기억하니 따질 일이 많고 속상할 일이 자꾸 생긴다. 나는 바보가 되겠다. 나는 귀머거리로 살겠다. 따질 줄 모르는 바보, 들리지 않는 귀머거리로 지내겠다. 분별과 시비를 걷어 내겠다. 내 안에서 오로지 깨달음을 향한 성심만 자라나게 하겠다.

염불

부르고 불러서 입묘入妙 부르고
외고 외워 귀진歸眞을 염송하누나.
부르고 염불함이 만나는 곳에
여래께서 즉시로 현신하시리.

呼呼呼入妙　念念念歸眞
호호호입묘　넘넘넘귀진
呼念相交處　如來卽現身
호념상교처　여래즉현신

── 해담 치익(海曇 致益, 1862-1942),「염불(念佛)」

호호呼呼 : 부처님의 이름을 부르고 부름 | 입묘入妙 : 묘경에 들다 | 넘넘念念 : 외우
고 외우다 | 귀진歸眞 : 참뜀에 귀의하다 | 호념呼念 : 염불하다 | 상교처相交處 : 서
로 엇갈리는 곳 | 현신現身 : 몸을 드러내다

부처님의 명호를 부지런히 외우고 또 외운다. 어느 사이에 나는 묘경妙境의 법열法悅 속을 노닐고 있다. 염불하고 또 염불하니 참됨의 세계 속에 돌아가 있다. 이상하다. 같은 말을 반복하는 것일 뿐인데 새로운 세계가 열린다. 부르고 간직하는 말의 가락 속에 여래의 현신이 내 앞에 또렷하다.

천추만고

밝은 달빛은 천추의 빛깔
해맑은 물은 만고의 마음.
천성千聖의 길을 전부터 아니
사물마다 천진天眞함 드러내누나.

月白千秋色　水澄萬古心
월백천추색　수징만고심
故知千聖路　物物露天眞
고지천성로　물물로천진

─ 해담 치익(海曇 致益, 1862-1942), 「지월 스님에게

보여주다(示指月禪子)」

수징水澄 : 물이 맑다 | 만고심萬古心 : 만고에 변함없는 마음 | 고지故知 : 예전부터
알다 | 천성로千聖路 : 일천 성인이 걸어온 길 | 로露 : 드러내다, 드러내 보이다

밝은 달빛과 맑은 물빛은 천추만고에 변함이 없다. 옛 성인이 앞
서 가신 길도 이처럼 명명백백하다. 보라! 천지간 어느 사물 하나
천진함을 드러내 보이지 않음이 없다. 달빛 가리키는데 손가락 끝
만 보지 말고 의심 없이 지체 말고 받게나.

옛길

악함 없고 선함 또한 없는 것이니
법마다 텅 빈 줄을 깨달아 아네.
평탄한 옛길로 돌아오는데
도처에 수양버들 바람이 분다.

無惡亦無善　了知法法空
무악역무선　료지법법공
坦平還古路　到處綠楊風
탄평환고로　도처록양풍

—— 해담 치익(海曇 致益, 1862-1942), 「요공 스님에게
주다(示了空禪子)」

료지了知 : 깨달아 알다 | 탄평坦平 : 평탄하다 | 환還 : 돌아오다 | 도처到處 : 이르는
곳마다

선악의 분별을 잊게. 일체 제법諸法이 공空임을 알아야 하리. 잘 닦
여진 옛길로 돌아오는 길, 수양버들 너울너울 시원한 바람을 보내
주네.

새벽

해오라기 가을 포구 달빛에 자고
닭은 새벽 산 구름을 깨뜨리누나.
집집마다 이곳을 다투는 일들
고기 소금 바다 어귀 잔뜩 쌓였다.

鷺眠秋浦月　鷄破曉山雲
노면추포월　계파효산운

爭利家家事　魚鹽積海門
쟁리가가사　어염적해문

── 해담 치익(海曇 致益, 1862-1942), 「마산포에서
묵으며(宿馬山浦)」

노鷺 : 백로, 해오라기 ㅣ 추포秋浦 : 가을 포구 ㅣ 쟁리爭利 : 이익을 다투다 ㅣ 어염魚
鹽 : 물고기와 소금

가을 포구에 달이 떴다. 해오라기 한 마리 외발로 서서 잔다. 아무 소리가 없다. 새벽 산은 구름에 잠겨 천지가 고요한데 장닭 한 마리가 꼬끼오 하며 어둠을 홰친다. 그 서슬에 산 구름이 갈라져 아침이 왔다. 잠잠하던 인간 세상에 갑자기 활기가 넘친다. 한 푼이라도 더 벌어야지 하며 바리바리 부려놓은 물고기와 소금이 포구에 온통 산처럼 쌓였다. 이편도 좋고 저편도 좋다. 다 좋다.

입조심

좋은 말도 한두 번, 길면 병이 되거늘
하물며 나쁜 말을 여러 번씩 함이랴.
만약에 좋지 않은 남의 말을 들었다면
내 입에 옮기지 말고 다물고 말을 말라.

好言一二長爲病　況是多番不好言
호언일이장위병　황시다번불호언

如或聽人言不好　莫移吾口默無言
여혹청인언불호　막이오구묵무언

── 해담 치익(海曇 致益, 1862-1942), 「입조심(誠口)」

황시況是 : 하물며 | 다번多番 : 여러 번 | 여혹如或 : 혹시 ~한다면 | 막이莫移 : 옮기
지 말라

듣기 좋은 말도 한두 번이지 자꾸 하면 욕이 된다. 아예 작정하고
내뱉는 남 욕하는 말이야 따로 말할 것이 없다. 좋은 말이라고 덧
없이 되풀이하지 말고, 나쁜 말은 입에 올리지도 옮기지도 말라.
입으로 쌓는 악업이 크다. 듣지 말고 말하지 말고 옮기지 말라.

분수

조악한 옷과 음식 도에 방해 안 되니
인간 향해 이익 명예 낚으려 하지 말라.
이 구하면 이익 명예 내게서 멀어지나
구하잖고 도 닦으면 이름 절로 높아지리.

惡衣惡食無妨道　莫向人間釣利名
악의악식무방도　막향인간조리명
求利利名還自遠　不求勤道自高名
구리리명환자원　불구근도자고명

—— 해담 치익(海曇 致益, 1862-1942),「분수를 지키다(守分)」

악의악식惡衣惡食 : 조악한 의상과 거친 음식 | 방도妨道 : 도에 방해가 되다 | 막향
莫向 : 향하지 말라 | 조리명釣利名 : 이익과 명예를 낚시질하다 | 환還 : 도리어 | 불
구不求 : 이익과 명예를 구하지 않다 | 근도勤道 : 도를 부지런히 닦다

나쁜 옷 거친 음식이 부끄러우면 애초에 도 닦을 생각하면 안 된다. 이익과 명예를 탐하는 마음을 품고 세상을 기웃거리면 그길로 끝난다. 이익을 구하면 이익도 못 얻고 도를 부지런히 닦으면 이익과 명예는 제 발로 찾아온다. 사람이 빵만 구하면 빵도 못 얻고 빵 이상의 것을 구하면 빵은 저절로 얻어진다. 수도자가 본분의 일을 놓치고 분수 이상의 것에 마음을 주면 빈껍데기만 남는다.

여색

여색이 사람 빠뜨리잖고 사람이 빠져드니
빠졌을 땐 후회할 맘 어이해 알겠는가?
철석같은 마음으로 여색을 본다 하면
여색은 허망하여 마음을 못 무느리.

色不陷人人自沒　沒時豈識悔來心
색불함인인자몰　몰시기식회래심

心堅鐵石觀其色　色是浮虛不壞心
심견철석관기색　색시부허불괴심

—— 해담 치익(海曇 致益, 1862-1942), 「마음을 경계함(警心)」

색불함인色不陷人 : 여색이 사람을 빠뜨리는 것이 아니다 ㅣ 기식豈識 : 어찌 ~을 알
겠는가? ㅣ 회래심悔來心 : 후회하는 마음 ㅣ 심견철석心堅鐵石 : 마음이 쇠나 돌처럼
굳세다 ㅣ 부허浮虛 : 들뜨고 허망하다 ㅣ 불괴심不壞心 : 마음을 무너뜨리지 못한다

수도자에게 여색은 함정이요 덫이다. 헛디뎌 빠져들면 헤어날 길
이 없다. 여색에 빠지는 것은 내가 좋아 뛰어든 것이니 여색 탓을
할 것이 없다. 여색에 빠져 헤어나지 못할 때는 눈에 뵈는 게 없
어 뒷날의 후회를 살피지 못한다. 마음을 철석같이 다잡아 명명백
백한 진상을 보아라. 색은 텅 빈 거죽이니 거기에 홀려 마음을 허
물지 말라.

믿음

내가 남을 안 버리매 남이 어이 등질까
남 등지면 그이 또한 내게 등을 돌리리.
내가 홀로 믿어주고 그가 믿지 않으면
잘못은 그에 있지 내게 있지 않다네.

吾不負人人豈負　負人人亦負其吾

오불부인인기부　부인인역부기오

吾其獨信人非信　曲在於人不在吾

오기독신인비신　곡쟁어인불재오

―― 해담 치익(海曇 致益, 1862-1942), 「사람 알기(知人)」

부인負人 : 남을 저버리다, 남과 등지다 | 독신獨信 : 홀로 믿다 | 곡曲 : 허물, 잘못

사람을 알아보는 안목은 믿음에 달려 있다. 내가 그에게 진심을 다하면 그도 나를 저버리지 않는다. 내가 먼저 그를 배반하면 그도 내게 등을 돌리는 것이 당연하다. 내가 신의를 버리지 않았건만 저가 나를 믿지 않는다면 어찌할까? 그래도 나는 그에 대한 내 믿음을 거두지 않겠다. 허물이 내게서 시작되게 하지는 않겠다.

뿌린 대로

세간의 어떤 물건 허공에서 솟아날꼬
들판마다 뿌리잖은 새싹이란 없는 것을.
부지런히 공을 쌓은 뒤라야 가능하니
빈 밭서 절로 싹 돋기는 기다리지 말지니라.

世間何物從空出　野野都無不種芽
세간하물종공출　야야도무부종아
勤力積功然後可　空田莫待自生芽
근력적공연후가　공전막대자생아

── 해담 치익(海曇 致益, 1862-1942), 「대중에게 보이다(示衆)」

.

하물何物 : 어떤 물건 ｜ 종공출從空出 : 허공을 좇아 나오다 ｜ 야야野野 : 들판마다
｜ 도무都無 : 하나도 없다 ｜ 부종아不種芽 : 뿌리지 않고 나온 싹 ｜ 근력적공勤力積
功 : 부지런히 힘을 쏟아 공을 쌓다 ｜ 공전空田 : 빈 밭 ｜ 막대莫待 : 기다리지 말라 ｜
자생아自生芽 : 절로 돋아난 싹

뿌린 대로 거두는 법이다. 씨는 뿌리지 않고 거두려고만 드는 것은 도둑놈 심보다. 어느 논밭이고 뿌리지 않고 돋아나는 싹이 있던가? 애써 뿌리고 정성 쏟아 김매고 가꿔야 거둘 것이 있다. 뿌리지도 않고 빈 밭에서 저 혼자 돋아나는 싹만 기다린대서야 얻을 보람이 없다. 콩 심은 데 콩 나고 팥 심은 데 팥 난다. 아무것도 안 심으면 잡초만 잔뜩 돋은 쑥대밭이 된다. 노력 없이는 수확도 없다. 거저먹을 생각은 꿈에도 하지 마라.

자업자득

남의 재물 공으로 얻음 좋다고 하지 말라
내 복이 아닐진대 절로 사라지느니.
부지런히 내 힘으로 가업을 이뤄야만
취해 써도 다함없어 사라지지 않으리.

莫使人財空得好　苟非吾福自爲消
막사인재공득호　구비오복자위소

乾乾吾力成家業　取用無窮永不消
건건오력성가업　취용무궁영불소

── 해담 치익(海曇 致益, 1862-1942), 「자신의 일을 즐겨라

(樂自業)」

막사莫使 : 하여금 ~하지 말라 | 인재人財 : 남의 재물 | 공득空得 : 공짜로 얻다 | 구
苟 : 진실로 | 자위소自爲消 : 절로 소멸된다 | 건건乾乾 : 부지런히 애쓰는 모양 | 취
용取用 : 취하여 쓰다 | 영불소永不消 : 영구히 스러지지 않는다

제 복은 제가 짓는다. 남의 것 공으로 얻어 제 것 되는 법이 없다. 그저 굴러온 복은 흔적 없이 사라지게 되어 있다. 오로지 내 힘, 내 역량으로 노력해 얻은 것이라야 온전히 내 것이 된다. 헛 복 바라지 말고 남의 복 넘보지 말라. 내 복은 내가 짓는다. 하는 대로 딱 그만큼 받게 되어 있다.

초가을

이슬 내린 찬 하늘에 달빛이 막 물결치자
오동 그늘 물속인 양 온 뜰에 가득하다.
어지러운 가을 꿈은 거두기가 어려운데
바닷가 이름난 산 몇 번이나 지났던고.

露下涼天月始波　梧雲如水滿庭多

노하양천월시파　오운여수만정다

紛然秋夢難收得　環海名山第幾過

분연추몽난수득　환해명산제기과

—— 석전 영호(石顚 暎湖, 1870-1948), 「초가을 밤중에 앉아

(新秋夜坐)」 3-1

노하露下 : 이슬이 내리다 | 양천涼天 : 찬 하늘 | 월시파月始波 : 달이 처음으로 물
결지다 | 오운여수梧雲如水 : 오동나무의 구름 같은 그늘이 마치 물속 같다. 오운梧
雲은 원래 창오蒼梧의 구름이란 뜻으로 순舜 임금이 창오의 들판에서 세상을 뜨
자 그곳에 장사 지낸 데서 나온 표현이나, 여기서는 달빛에 오동잎이 뜨락에 비쳐
흔들리는 모습이 마치 물속에서 물풀이 흔들리는 듯하다는 의미로 썼음 | 분연紛

초저녁 잠에서 설핏 깨어났다. 속세에서 지고 올라온 근심 때문이
었을까? 뒤숭숭한 꿈자리가 맑게 개지 않는다. 멍한 상태가 한동
안 계속된다. 창밖을 무심히 내다보니 이슬 내린 초가을 밤 달빛
이 이제 막 마당 위로 금물결을 흘리고 있다. 오동나무 넓은 잎이
달빛을 받아 바람에 흔들리자 그림자가 어룽져서 온 마당이 마치
물속에 잠긴 듯하다. 좀 전의 어지럽던 꿈은 이미 간 데가 없다.
이곳에 올 때마다 그랬다. 찌든 몸 들고 올라와 개운해져서 돌아
오곤 했다.

然 : 어지럽고 뒤숭숭한 모습 | 난수득難收得 : 거둬들이기가 어렵다 | 환해環海 : 바
다를 두르다 | 제기과第幾過 : 다만 몇 번을 지나갔던가?

비바람

화산서 온 나그네 판자문을 두드릴 때
찬 기운 나무 흔들고 초승달 돋아났지.
아까워라 어젯밤 미친 듯한 비바람에
떨어진 난초꽃이 축축해 날리잖네.

客自華山款板扉　　新涼撼樹月生微
객자화산관판비　　신량감수월생미

絶憐昨夜狂風雨　　倒折蘭花濕不飛
절련작야광풍우　　도절난화습불비

　　─ 석전 영호(石顚 暎湖, 1870-1948), 「초가을 밤중에 앉아

(新秋夜坐)」 3-3

자自 : ~로부터 | 관款 : 두드리다, 노크하다 | 판비板扉 : 판자로 엮은 문 | 신량新
涼 : 초가을의 한기 | 감수撼樹 : 나무를 흔들다 | 월생미月生微 : 달이 미세하게 생겨
나다, 초승달이 돋다 | 절련絶憐 : 너무 불쌍하다 | 도절倒折 : 꺾여 떨어지다 | 습불
비濕不飛 : 꽃잎이 축축하게 젖어서 바람에도 날리지 않는다

초저녁 무렵 화산서 출발한 걸음이 이곳 절집 판자 대문을 두드렸을 때 그 노크 소리를 타고 초가을 서늘한 한기가 나무를 한차례 흔들었다. 그 진동을 느꼈던 걸까? 나무 위로 초승달이 그 순간 살짝 얼굴을 내밀었다. 문을 두드려 찬 기운이 나무를 흔들고, 그 진동에 초승달이 모습을 드러낸다. 이 얼마나 신통한 도미노인가? 여기에 가을 난초의 향기까지 풍겨왔으면 금상첨화련만, 어젯밤 모진 비바람이 몰아쳤던지 여태 젖은 꽃잎이 바닥에 딱 붙어 건들바람에도 꼼짝 않고 있다. 다 좋을 수야 없겠지. 이만해도 너끈하다.

소식

부엌에서 불붙이다 눈이 홀연 밝아지니
이로부터 옛길의 인연 따름 깨끗하다.
누가 내게 서쪽에서 온 뜻을 묻는다면
바위 아래 샘 울어도 소리는 젖지 않는다고.

着火廚中眼忽明　從玆古路隨緣淸
착화주중안홀명　종자고로수연청

若人問我西來意　岩下泉鳴不濕聲
약인문아서래의　암하천명불습성

— 석전 영호(石顚 暎湖, 1870-1948), 「오도송(悟道頌)」 2-1

착화着火 : 불을 붙이다 ㅣ 주중廚中 : 부엌 가운데 ㅣ 종자從玆 : 이로부터 ㅣ 수연隨緣 : 인연을 따르다 ㅣ 약若 : 만약 ㅣ 서래의西來意 : 달마가 서쪽에서 온 뜻 ㅣ 불습성不濕聲 : 소리가 젖지 않다

부뚜막에서 불을 붙였다. 깜깜하던 어둠이 불씨 하나에 저만치 물러난다. 칠흑 어둠 속에 순간 광명이 돌아왔다. 불이 어둠을 밝히는 순간 내 안에서도 등불 하나가 문득 켜졌다. 이제부터 나는 내 길을 간다. 옛길과의 인연은 깨끗이 청산한다. 무얼 깨달았느냐고 묻는다면, 바위 밑에서 샘물은 울며 흘러도 그 소리는 결코 젖지 않는다고 대답하겠다. 나도 젖지 않았다. 뽀송뽀송하다.

마음속 달빛

촌 삽살개 마구 짖음 길손 의심함이요
산새가 따로 읊은 사람 놀리는 듯해.
만고에 환히 빛난 마음속의 저 달빛이
하루아침 세상 풍진 말끔히 쓸어갔네.

村尨亂吠常疑客　山鳥別鳴似嘲人
촌방난폐상의객　산조별명사조인
萬古光明心上月　一朝掃盡世間風
만고광명심상월　일조소진세간풍

—— 석전 영호(石顚 暎湖, 1870-1948),「오도송(悟道頌)」2-2

촌방村尨 : 촌 삽살개 | 난폐亂吠 : 어지러이 짖다 | 상의객常疑客 : 항상 손님을 의심
하다 | 별명別鳴 : 따로 울다 | 사조인似嘲人 : 사람을 조롱하는 듯하다 | 심상월心上
月 : 마음속에 뜬 달 | 소진掃盡 : 쓸어 없애다 | 세간풍世間風 : 세간의 풍진

시골 삽살개는 낯선 사람만 보면 마구 짖는다. 저게 도둑이지 싶
은 게다. 산새는 저만치 떨어져서 따로 운다. 마치 사람을 빙글빙
글 놀리는 것만 같다. 하지만 마음속에 보름달 하나 둥실 뜬 이후
로 개도 짖지 않고 새도 따로 울지 않는다. 티끌세상의 바람 먼지
는 깨끗이 날려가서 흔적 하나 없다. 환히 빛난다.

벚꽃

지난겨울 눈이 마치 꽃과 같더니
올봄엔 꽃이 흡사 눈이로구나.
눈과 꽃이 모두 다 참은 아닌데
어이해 마음 이리 찢어지는가.

昨冬雪如花　今春花如雪
작동설여화　금춘화여설
雪花共非眞　如何心欲裂
설화공비진　여하심욕열

── 용운 만해(龍雲 萬海, 1879-1944), 「벚꽃을 보고
느낌이 있어(見櫻花有感)」

작동昨冬 : 작년 겨울 | 공공共共 : 함께, 모두 | 비진非眞 : 참이 아니다 | 심욕열心欲
裂 : 마음이 찢어지려고 한다 | 앵화櫻花 : 벚꽃

봄 맞아 벚꽃이 희게 피었다. 일제의 옥에 갇혀 추운 겨울을 났다. 감옥 창살 너머로 눈꽃이 분분히 날릴 때는 꽃잎 같더니 꽃샘바람에 벚꽃 잎이 어지러이 날리자 눈꽃 같구나. 다 지나가는 허상일 뿐 마음의 본체야 그것 따라 이리저리 휘둘릴 일이 아니다. 그런데 잘 모르겠다. 내 가슴 한편이 이렇듯 아릿아릿 아려오는 이유를.

앵무새

농산의 앵무새는 말을 능히 잘하는데
저 새만도 훨씬 못한 이 내 몸이 부끄럽다.
웅변이 은이라면 침묵은 금일러니
이 금으로 자유의 꽃 모두 다 사들이리.

隴山鸚鵡能言語　愧我不及彼鳥多
농산앵무능언어　괴아불급피조다

雄辯銀兮沈黙金　此金買盡自由花
웅변은혜침묵금　차금매진자유화

── 용운 만해(龍雲 萬海, 1879-1944),「하루는 옆방 죄수와 얘기하는데
간수가 이를 몰래 듣고 두 손을 이 분 동안 가볍게 묶기에 그 자리에서
읊다(一日與隣房通話, 爲看守竊聽, 雙手被輕縛二分間, 卽唫)」

농산隴山 : 앵무새가 많이 나는 중국 산의 이름 | 괴아愧我 : 내가 부끄럽다 | 매진買
盡 : 전부 사버리다

감방에 갇혀 옆방 죄수와 대화를 주고받았더니 간수가 징벌한다
고 내 손을 쇠창살에 묶는다. "여보게! 이 사람. 웅변은 은이고 침
묵은 금이니, 내게 은을 버리고 금을 취하라는 겐가? 내가 입을
다문대도 자네가 내 자유를 온전히 구속하진 못할 걸세. 내 침묵
으로 나는 자유의 꽃을 사겠네."

파초

아무 일도 없는 것이 고요함은 아니니
첫 맹세 안 저버림 새로움이 이것이라.
파초처럼 비온 뒤에 우뚝 설 것 같으면
이 몸 어이 티끌세상 내달림을 마다하랴.

絶無一事還非靜　莫負初盟是爲新
절무일사환비정　막부초맹시위신
倘若芭蕉雨後立　此身何厭走黃塵
당약파초우후립　차신하염주황진

── 용운 만해(龍雲 萬海, 1879-1944), 「오세암(五歲庵)」

절무絶無 : 아예 없다 │ 환還 : 도리어 │ 막부莫負 : 저버리지 않는다 │ 당약倘若 : 혹시
~할 것 같으면 │ 하염何厭 : 어찌 싫어하겠는가?

고요함은 아무 일도 없는 상태를 말하는 것이 아니다. 텅 빔은 아무것도 없는 것이 아니다. 새로움은 전에 없던 낯선 것이 아니다. 오히려 예전부터 지녀온 마음을 늘 새것처럼 간직하는 정신이다. 저 비 맞고 파초는 또 한층 제 몸을 솟구친다. 일신우일신日新又日新의 정신을 어찌 다른 데서 찾으랴. 이런 각오라면 내 굳이 깊은 산속만을 파고들 이유가 없다. 티끌세상 속에서도 내 마음은 지극히 고요하다. 낡은 것 가운데서 나는 늘 새롭다.

적막

못 봉우리 한데 모여 창 안으로 들어오고
눈보라 매서워라 지난해와 다름없네.
사람 자취 적막하다 낮 기운도 싸늘하여
매화꽃 지는 곳에 삼생이 텅 비었다.

群峰蝟集到窓中　風雪凄然去歲同
군봉위집도창중　풍설처연거세동
人境寥寥晝氣冷　梅花落處三生空
인경요요주기냉　매화낙처삼생공

── 용운 만해(龍雲 萬海, 1879-1944), 「산속의 대낮(山晝)」

위집蝟集 : 한데 모이다, 고슴도치 털처럼 촘촘하게 모인 모양. 위蝟는 고슴도치
| 처연凄然 : 춥고 찬 모양 | 요요寥寥 : 적막한 모양 | 주기晝氣 : 낮 기운 | 삼생三
生 : 전생前生과 금생今生, 후생後生

겨울 산사에는 눈보라만 몰려다닌다. 에워싼 봉우리들도 고슴도
치처럼 옹송그려 몸을 잔뜩 움츠렸다. 대낮이 될 때까지 사람 기
척 하나 없다. 빈방 안에 사려 앉아 나는 저 눈보라 속에 꽃을 피
워낸 저 매화의 매운 뜻을 생각한다. 저마저 바람에 불려 떨어지
니 세상 천지가 텅 빈 듯하다. 과거도 현재도 미래도 없이 모두
텅 비었다. 나는 혼자다.

작자 소개

우세 의천(祐世 義天, 1055-1101)

고려 중기의 승려. 고려 11대 왕 문종의 넷째아들로 11세에 출가해 1067
년 왕에게 우세라는 호와 함께 승통僧統의 직책을 받았다. 1085년 송나
라로 유학하여 수도인 변경汴京의 계성사啓聖寺에 머물면서 화엄의 대
가인 유성법사有誠法師와 교유하였다. 이후 여러 고승대덕과 교유하고,
1086년 불전 3천여 권을 가지고 귀국해 흥왕사興王寺의 주지가 되어 천
태교학을 정리하고 제자 양성에 힘을 쏟았다. 1097년 국청사國淸寺의 초
대 주지가 되어 천태교학을 강의하였다. 이때 처음으로 천태종이 성립되
어 회삼귀일會三歸一과 일심삼관一心三觀의 교의를 펼쳐 선禪과 교教의
화합을 도모하였다. 저서에 『신편제종교장총록新編諸宗教藏總錄』 3권,
『신집원종문류新集圓宗文類』 22권, 『석원사림釋苑詞林』 250권, 『대각국
사문집大覺國師文集』 23권, 『대각국사외집大覺國師外集』 13권, 『간정성
유식론단과刊定成唯識論單科』 3권, 『천태사교의주天台四敎儀註』 3권, 『계
악권선면학誡惡勸善勉學』 1권, 『팔사경직석八師經直釋』 『소재경직석消災
經直釋』 등이 있다. 그 밖에 『화엄경』 180권을 비롯하여 국어로 번역하여
강의한 것이 300여 권이다. 시호는 대각국사大覺國師, 문하에 교웅教雄,
징엄澄儼 등 160여 명의 고승을 배출했다.

무의 혜심(無衣 惠諶, 1178-1234)

고려 후기의 승려. 속성은 최씨崔氏, 자는 영을永乙, 자호는 무의자無衣

子. 전남 나주 출신. 1201년 사마시에 급제하여 태학에 들어갔다. 모친
사망 후 조계산으로 들어가 지눌知訥의 제자가 되고 그를 이어 수선사修
禪社의 제2세 사주社主가 되었다. 간화선看話禪을 강조하여 수선사의 교
세를 확장했다. 문하시중 최우崔瑀가 그에게 두 아들을 출가시켰고, 고종
高宗은 그에게 대선사를 제수하고 1220년 단속사斷俗寺 주지로 명하였
다. 저서에 『선문염송집禪門拈頌集』30권, 『심요心要』1편, 『조계진각국
사어록曹溪眞覺國師語錄』1권, 『구자무불성화간병론狗子無佛性話揀病論』
1편, 『무의자시집無衣子詩集』2권, 『금강경찬金剛經贊』1권, 『선문강요禪
門綱要』1권 등이 있다. 문하에 몽여夢如, 진훈眞訓, 각운覺雲 등이 있다.
세상을 뜨자 고종은 진각국사眞覺國師의 시호를 내렸다. 이규보가 지은
진각국사비眞覺國師碑는 전라남도 강진군 월남사月南寺에 있다.

원감 충지(圓鑑 沖止, 1226-1292)

고려 후기의 승려. 속명은 위원개魏元凱, 자호는 복암宓庵, 법명은 충지沖
止. 전라남도 장흥 출신. 9세에 경서經書와 자사子史를 외우고 17세에 사
원시司院試를 마쳤다. 19세에 춘위春闈에서 장원을 하고 영가서기永嘉書
記를 지냈다. 일본에 사신으로 가서 활약했고 벼슬이 금직옥당禁直玉堂
에 이르렀지만, 29세에 선원사禪源社의 원오국사 문하에서 출가했다. 원
오圓悟의 법을 이어 수선사 제6세 국사가 되었다. 1269년에 삼중대사三
重大師가 되었고, 3년 뒤에 순천의 수선사로 옮겼다. 1274년 원나라 세조
에게 「상대원황제표上大元皇帝表」를 올려 군량미 명목으로 빼앗겼던 전
답을 되돌려받았다. 이후 원나라 세조의 흠모를 입어 1275년 원나라 서
울로 가니 세조가 스승의 예로 환대하였다. 귀국 후 충렬왕이 대선사의
승계를 내렸다. 1292년 1월 10일 제자들에게 설법과 게송을 남긴 뒤 법
랍 39세로 입적하였다. 불교 경전에 대한 이해가 깊었고 문장과 시로 유

림의 추앙을 받았다. 그의 선풍은 무념무사無念無事를 으뜸으로 삼았고, 지관止觀의 수행문 중 지止를 중시하였다. 선교일치禪敎一致를 주장하여 지눌의 종풍宗風을 계승하였다. 저서에 문집『원감국사집圓鑑國師集』1권이 있다.『동문선』에도 많은 시문이 수록되어 있다.

태고 보우(太古 普愚, 1301-1382)

고려 말의 승려. 속성은 홍씨洪氏, 호는 태고太古, 첫 법명은 보허普虛, 나중의 법명이 보우普愚. 아버지는 홍연洪延이며, 어머니는 정씨鄭氏이다. 13세에 출가하여 회암사檜巖寺와 가지산迦智山에서 수행했다. 1338년 깨달음을 얻어 양근楊根의 초당에서 어버이를 봉양하며 1,700칙 공안을 점검했다. 1346년 원나라 연경 대관사大觀寺에 머물며 궁중에서『반야경般若經』을 강설했다. 1347년 7월 호주湖州 천호암天湖庵에서 석옥石屋에게 도를 인정받고,「태고암가太古庵歌」의 발문과 가사袈裟를 받았다. 1348년 귀국하여 중흥사重興寺에 있다가, 미원迷源의 소설산小雪山에서 4년 동안 깨달음 뒤의 수행을 하였다. 1352년 궁중에서 설법하였고, 1356년 공민왕의 청으로 봉은사奉恩寺에서 설법했다. 그해 4월 왕사王師로 책봉되었다. 1368년 신돈辛旽의 참소로 속리산에 금고되었다가 이듬해 소설산으로 돌아왔다. 1371년 공민왕이 그를 국사로 봉했다. 1382년 소설산에서 입적했다.

벽송 지엄(碧松 智儼, 1464-1534)

조선 전기의 승려. 속성은 송씨宋氏, 호는 야로野老, 당호는 벽송당. 전북 부안 출신. 어려서 기골이 장대해 무과에 합격, 1491년 여진족 침입 때 장수로 출전해 공을 세웠다. 28세 때 계룡산 조계대사에게서 출가했다. 1508년 금강산 묘길상암에서 수행 중 득도했다. 이후 1520년 함양 지리산에 들어가 1일 1식의 수행에 전념했다. 1534년 11월 1일 수국암에서 『법화경』 강의를 마친 후 입적했다. 벽송사에 진영이 남아 있다. 진영 위에는 서산대사 휴정이 지은 찬문이 적혀 있다. 찬문의 일부는 다음과 같다. "어두운 거리의 한 줄기 불빛, 불법佛法의 바다에 외로운 배. 오호라 스러지잖고 천추만세 전하리昏衢一燭, 法海孤舟. 嗚呼不泯, 萬世千秋." 저서에 『벽송당야로송碧松堂埜老頌』이 있다.

허응 보우(虛應堂 普雨, 1509-1565)

조선 중기의 승려. 호는 허응당虛應堂 또는 나암懶菴. 1530년 금강산 마하연암에 들어가 6년 만에 하산했다. 1548년 명종 3년 명종의 어머니 문정왕후의 신임을 얻어 봉은사 주지로 불교 부흥을 주도했다. 1550년 선교禪敎 양종을 부활시키고 1551년 선종판사禪宗判事로 300여 개의 사찰을 나라의 공인公認 정찰淨刹로 만들었으며, 도첩제에 따라 2년 동안 승려 4천여 명을 선발하여 자격을 인정하고 과거에 승과僧科를 두게 했다. 1559년 봉은사로 돌아와 도대선사都大禪師에 올랐다. 1565년 문정왕후 사후 승직이 박탈되고 제주에 유배되었다가, 제주목사 변협邊協에 의해 참형되었다. 저서에 『허응당집虛應堂集』『선게잡저禪偈雜著』『불사문답佛事問答』 등이 있다.

청허 휴정(清虛 休靜, 1520~1604)

조선 중기의 승려. 속명은 최여신崔汝信, 호는 청허清虛. 평안도 안주 출신. 묘향산에 오래 살아 서산대사西山大師로 불렸다. 숭인崇仁 문하에서 출가, 일선一禪에게서 구족계를 받고, 영관靈觀의 법을 이었다. 1549년

승과에 급제, 선교양종판사禪教兩宗判事가 되었다. 임진왜란이 일어나자 제자 처영處英, 유정惟政 등과 함께 의승병을 일으켰다. 승병 1,500여 명이 평양성 전투에 참여하여 평양성 탈환에 크게 기여하였다. 환도 후 공적을 기려 국일도대선사선교도총섭부종수교보제등계존자國一都大禪師禪教都摠攝扶宗樹教普濟登階尊者의 칭호를 내리고 당상관을 하사했다. 1604년 묘향산 원적암에서 입적했다. 저서에 『선가귀감禪家龜鑑』『유가귀감儒家龜鑑』『도가귀감道家龜鑑』『선교석禪教釋』『선교결禪教訣』『심법요초心法要抄』『운수단雲水壇』『설선의說禪儀』『삼로행적三老行蹟』『청허당집淸虛堂集』등이 있다.

정관 일선(靜觀 一禪, 1533-1608)

조선 중기의 승려. 속성은 곽씨郭氏, 호는 정관靜觀, 법명은 일선一禪. 충남 연산 출신. 휴정 문하 4대 문파의 하나인 정관문靜觀門의 개산조다. 15세에 출가하여 선운禪雲에게 『법화경』을 배웠다. 한때 속리산 법주사法住寺에 머물고, 만년에 휴정의 강석에 참학參學, 인가를 받았다. 임진왜란 당시 승려가 의승군義僧軍으로 전쟁에 참여함을 개탄했다. 경전 보급에 큰 공이 있다. 저서에 『정관집靜觀集』이 있다.

제월 경헌(霽月 敬軒, 1542-1633)

조선 중기의 승려. 본관은 장흥長興, 속성은 조씨曺氏, 법호는 순명順命, 당호는 제월당霽月堂, 법명은 경헌敬軒. 15세에 출가하여 천관사天冠寺에서 옥주玉珠의 제자가 되고 지리산의 현운玄雲에게서 경經·율律·논論 삼장三藏의 교리를 익혔다. 1576년 묘향산으로 휴정을 찾아가 득도했다. 1592년 임진왜란 때 승병장으로 참여했다. 이후 금강산, 오대산, 치악산,

보개산 등 여러 명산에 머물렀고, 금강산을 가장 좋아해 30여 년간을 그곳에서 지냈다. 1633년 여름 치악산의 영은사로 옮겨 2년을 지내다가 나이 91세, 법랍 76세로 입적하였다. 제자로는 도일道一, 밀운密雲, 홍택洪澤 등이 있고, 저서에 『제월당집霽月堂集』 2권이 있다.

부휴 선수(浮休 善修, 1543-1615)

조선 중기의 승려. 속성은 김씨金氏, 호는 부휴浮休. 전남 남원 출신. 20세에 출가해 지리산에 들어가 신명信明의 제자가 되었고, 부용芙蓉의 문하에서 득도했다. 글씨에 능해 왕희지체를 익혀 사명당四溟堂과 함께 당대의 이난二難이라 불렸다. 높은 도력으로 많은 이적을 보였다. 광해군의 지우를 입어 사후에 부휴당부종수교변지무애추가홍각대사선수등계존자浮休堂扶宗樹教辯智無礙追加弘覺大師善修登階尊者의 시호를 내렸다. 문하 700여 명의 제자 중 벽암碧巖, 뇌정雷靜, 대가待價, 송계松溪, 환적幻寂, 포허抱虛, 고한孤閑 등이 조선 중기의 불교계 11파 중 7파를 형성했다. 서산대사의 법맥을 이어 격외선格外禪을 계승하였고, 일념회기一念回機, 일념회광一念回光, 회광반조回光返照를 강조해 임란 이후 불교계 정비에 공을 세웠다. 저서에 『부휴당대사집浮休堂大師集』이 있다.

송운 유정(松雲 惟政, 1544-1610)

조선 중기의 승려. 본관은 풍천豐川, 속성은 임씨任氏, 속명은 응규應奎, 자는 이환離幻. 호 사명당泗溟堂으로 더 알려졌다. 송운松雲, 종봉鍾峯의 호도 썼다. 시호는 자통홍제존자慈通弘濟尊者이다. 형조판서에 추증된 임수성任守城의 아들로 경남 밀양에서 태어났다. 1556년 명종 11년 13세 때 직지사直指寺의 신묵信默을 찾아가 승려가 되었다. 1561년에 승과에 급제했고, 서산대사 휴정의 법을 이었다.

1592년 임진왜란 때 승병을 모집, 휴정의 휘하로 들어가 이듬해 승군도 총섭僧軍都摠攝이 되었다. 명나라 군사와 함께 평양 수복에 공을 세우고, 도원수 권율과 의령에서 왜군을 격파했다. 1594년 왜장 가토 기요마사加藤淸正의 진중을 세 차례 방문, 화의 담판을 했다. 1604년 국왕의 친서를 들고 일본에 건너가 도쿠가와 이에야스德川家康를 만나 강화를 맺고 이듬해 전란 때 잡혀간 조선인 3천여 명을 인솔하여 귀국했다. 만년에 해인사에 머물다가 1610년 8월 26일 설법 후에 결가부좌한 채 입적하였다. 초서草書를 잘 썼으며 밀양의 표충사表忠祠, 묘향산의 수충사酬忠祠에 배향되었다. 저서에 『사명당대사집泗溟堂大師集』 7권과 『분충서난록奮忠紓難錄』 1권 등이 있다.

청매 인오(靑梅 印悟, 1548-1623)

조선 중기의 승려. 자는 묵계默契다. 지리산 연곡사鷰谷寺에 머물며 임진왜란 때 구국과 불교중흥에 앞장섰던 고승이다. 문장이 뛰어났고 휴정 문하에서 유정과 함께 두각을 드러냈다. 31세 때 임진왜란이 일어나자 휴정의 뜻에 따라 의승장이 되어 3년 동안 왜적과 싸워 큰 공을 세웠다. 이후 전국을 행각하며 수도하다가 만년에 지리산 연곡사로 들어갔다. 1617년 왕명으로 정심正心, 지엄智嚴, 영관靈觀, 휴정, 선수善修 등 5대 종사의 영정을 그려 제문을 지어 제사를 올렸다. 76세로 입적하자 천왕봉 아래 영당을 짓고 영정을 봉안했다. 청매파靑梅派를 열어 조선 중기 선종 발전에 이바지했다. 법전제자에 쌍운雙運이 있다. 저서 『청매집靑梅集』 2권이 전한다.

기암 법견(奇巖 法堅, 1552~1634)

조선 중기의 승려. 호는 기암奇巖. 서산대사의 고제高弟로, 임진왜란이 일어났을 때 스승의 분부로 승병을 모집해 의승장으로 활약했다. 1594년 입암산성 축조 시에 이를 감독했고, 성이 완성된 뒤 총섭으로 산성수장을 맡았다. 주로 지리산과 금강산에서 수도하였다. 지리산에 있을 때는 학도들을 맞아 선을 가르쳤는데 외전外典에도 두루 통달했다. 금강산에 머물렀을 때에는 많은 시를 남겼다. 83세의 나이로 입적하였다. 문집『기암집奇巖集』3권 1책이 남아 전한다.

진묵 일옥(震默 一玉, 1562-1633)

조선 중기의 승려. 전북 김제 불거촌佛居村 출신. 7세에 출가하여 전주 봉서사鳳棲寺에서 불경을 읽으니 주지승의 꿈에 신중神衆들이 나타나 부처의 예불을 받을 수 없다고 말했다. 휴정의 법사法嗣로 세상 사람들은 그를 석가모니불의 소화신小化身이라고 했다. 신통묘술과 기행 이적을 많이 행하여 여러 일화가 전해진다. 1633년에 72세로 입적하였다. 봉서사에 부도와 조사전祖師殿이 있다. 1850년에 초의선사草衣禪師가 짓고 봉서사에서 간행한『진묵대사유적고震默大師遺蹟考』가 있다.

중관 해안(中觀 海眼, 1567~ ?)

조선 중기의 승려. 속성은 오씨吳氏, 호는 중관中觀. 전남 무안 출신. 처음 처영處英을 은사로 득도하고, 뒤에 휴정의 문하에서 인가를 받았다. 임란 당시 영남에서 의승군을 일으켜 전공으로 총섭에 올랐다. 전란 후 화엄사에서 대화엄종주大華嚴宗主로서 법화法化를 폈다. 만년에는 지리산 귀정사歸正寺 소은암小隱庵의 옛터에 대은암大隱庵을 중창하고 그곳에서 참선수도에 정진하였다. 몰년은 분명치 않으나 1636년 화엄사 사적기를 남긴 것으로 보아 70세 이후에 입적한 것으로 보인다. 저서에 『중관대사유고中觀大師遺稿』1책과 『죽미기竹迷記』1책, 『화엄사사적華嚴寺事蹟』1책, 『금산사사적金山寺事蹟』1책 등이 있다.

월봉 무주(月峯 無住, 1623-?)

조선 중기의 선승. 이름은 행립幸立, 호는 월봉月峯, 속성은 알 수 없다. 경북 성주 출신. 12세에 가야산 해인사로 출가하여 15세에 안로安老를 스승으로 승려가 되었다. 25세에 지리산에서 벽암에게 교학教學을 전수받았고, 30세에 금강산 의심義諶의 밑에서 선을 수행하다가 취암翠巖의 법맥을 이었다. 치악산 금선암金仙庵과 성주 불영사佛靈寺를 비롯해 강원도의 여러 사찰에 머물며 후진을 훈도했다. 자심自心이 곧 부처이니 마음 밖에서 부처를 구하지 말 것을 강조해 자성불自性佛을 염불하게 했다. 저서에 『월봉집月峯集』이 있다.

한계 현일(寒溪 玄一, 1630-1716)

조선 중기의 승려. 법호는 한계寒溪. 벽암의 문하로 삼교에 능통했다. 자세한 행적은 알려진 것이 없다. 문집 『한계집寒溪集』1권 1책이 있다.

동계 경일(東溪 敬一, 1636-1695)

조선 중기의 승려. 속성은 전주 이씨李氏, 도호道號는 태허太虛. 어려서부터 자질이 빼어나, 지리산 승려 신해信海가 근기를 알아보고 출가시켰다. 금강산 유점사楡店寺 벽암대사의 문하에서 공부하였고 사대부들과의 교유가 많았다. 해인사의 강주講主를 거쳐 화엄법회를 주관하였다. 문집으로『동계집東溪集』4권 1책이 있다.

풍계 명찰(楓溪 明詧, 1640~1708)

조선 중기의 승려. 속성은 박씨朴氏, 자는 취월醉月, 호는 풍계楓溪. 서울 출신. 11세에 승려가 되어 1652년 의천義天과 함께 금강산에 들어가 의심義諶에게서 법을 받았다. 1690년 해인사에서 스승 의천이 죽자 그의 전기를 썼다. 1704년 청량산에서 가야산 백련암白蓮庵으로 옮겨 통도사通度寺의 사리탑을 중수하고 경찬대회慶讚大會를 주재했다. 시문詩文으로 이름이 높아『유완록遊翫錄』과『풍계집楓溪集』을 남겼다.

함월 해원(涵月 海源, 1691-1770)

조선 후기의 승려. 속성은 전주 이씨, 자는 천경天鏡, 호는 함월涵月. 함경남도 함흥 출신. 어머니 조씨趙氏가 큰 물고기를 잡는 꿈을 꾸고 임신하여 열두 달이 지나서야 낳았다. 14세 때 도창사道昌寺에서 출가하였다. 이후 여러 선지식善知識을 찾아가 법을 구하다가 지안대사志安大師의 법맥을 이었다. 삼장에 해박하였고, 특히『화엄경』과『염송拈頌』에 밝았다. 수행과 지계持戒가 엄정하고 인욕행忍辱行이 남달라 모든 이의 존경을 받았다. 40년간 대강사大講師로서 후학을 이끌다가 나이 79세, 법랍 65세로 염불 도중 입적하였다. 법을 이은 제자에 성규聖奎와 궤홍軌泓 등 24인이 있다. 제자들이 고향의 명찰인 석왕사釋王寺에 탑을 세우고, 화엄대회의 도량인 대둔산에 영의정 김상복金相福의 글을 받아 비를 세웠다. 저서로『천경집天鏡集』2권이 전한다.

월파 태율(月波 兌律, 1695-?)

조선 후기의 승려. 속성은 김씨, 호는 월파月波. 전북 전주 출신. 15세에
출가에 뜻을 두어 묘향산 불지암佛智庵 삼변장로三卞長老에게 나아가
『사기史記』를 배웠다. 1년 뒤 아버지가 죽자 장례를 치르고 다시 출가하
여 운봉雲峰을 은사로 득도하였다. 이후 혜월慧月, 환암幻庵 등 여러 스
승을 찾아 사교四敎, 사집四集의 경론을 익혀 명성이 점차 알려졌다. 29
세에 안릉의 원적암圓寂庵으로 굉활선사宏闊禪師를 찾아가 『기신론起信
論』과 『반야경』을 배웠다. 이후 도반道伴 3인과 함께 영남과 호남의 여러
절을 돌며 무각無覺, 남악南岳, 호암虎巖, 암영巖影, 상월霜月 등으로부터
『화엄경』『원각경』『능가경』『선문염송』을 배웠고 호암의 법을 이었다.
묘향산을 중심으로 30여 년간 교화하였으므로 사람들이 향산香山 제일
의 장로라 불렀다. 뛰어난 제자를 배출하지는 못했다. 입적 시기는 불분
명하나 팔순에 가까웠을 것으로 본다. 저서에 『월파집月波集』 1권이 있
다.

괄허 취여(括虛 取如, 1720~1789)

조선 후기의 승려. 속성은 여씨余氏, 호는 괄허括虛. 어려서부터 천재로
소문났다. 14세 때 문경 사불산 대승사大乘寺에서 능파凌波를 은사로 하
여 삭발하고, 진속선사眞俗禪師에게서 구족계를 받았다. 환암幻庵에게
선을 배우고 담숙曇淑의 법맥을 이었다. 영남의 여러 사찰을 순방하며
후진 양성과 가람 중수에 힘을 쏟았다. 법제자에 척전陟詮 등이 있다. 나
이 69세, 법랍 57세로 경북 운봉사雲峯寺 양진암養眞庵에서 임종게를 남
기고 입적했다. 저서에 『괄허집括虛集』 1권이 있다.

연담 유일(蓮潭 有一, 1720~1799)

조선 후기의 승려. 속성은 천씨千氏, 자는 무이無二, 법호는 연담蓮潭. 전남 화순 출신. 어려서부터 명석해 유가 경전을 두루 익혔고, 조실부모한 후 18세에 승달산 법천사法泉寺의 성철性哲에게서 출가했다. 22세 때 해인사 체정體淨 문하에서 선리를 터득했다. 58세 때 해인사에 있으면서 서산대사의 비석을 대둔사에 세웠다. 교학과 선학을 함께 닦았고 서산의 의발을 전수해 해남 대둔사의 12대 종사 중 한 사람이 되었다. 31세 이후 30여 년간 강석講席에 있으면서 각종 불경의 사기私記를 남겨 후학의 길잡이가 되었다. 입으로만 외우는 염불을 경계하고 자심정토自心淨土와 자성미타自性彌陀의 원활한 현전現前을 말해 염불과 참선의 일치를 주장했다. 문집 『임하록林下錄』 외에 수많은 사기를 남겼다.

경암 응윤(鏡巖 應允, 1743-1804)

조선 후기의 승려. 속성은 민씨閔氏, 본관은 여흥驪興, 호는 경암鏡巖. 3세 때 어머니를 여의고 5세 때 서당에서 공부를 시작했다. 9세 때 경사經史에 능통하였다. 13세 때 아버지를 여의고 입산하여 진희장로震熙長老에게 머리를 깎고 한암寒巖에게서 구족계를 받았다. 추파秋波의 문하에서 공부를 마쳤다. 20여 년 뒤 환암喚庵의 문하에 들어가 선지禪旨를 얻었다. 만년에는 두류산 정상에 움막을 짓고 2, 3명의 제자와 함께 매일 네 번씩 정진을 하면서 세상에 나오지 않았다. 1804년 1월 13일 대중으로 하여금 서쪽을 향하여 염불하게 하고는 임종게를 남기고 입적하였다. 시문집으로 『경암집鏡巖集』 3책이 있다.

아암 혜장(兒庵 惠藏, 1772-1811)

조선 후기의 승려. 속성은 김씨, 자는 무진無盡, 호는 연파蓮坡 또는 아암
兒庵, 법명은 혜장惠藏. 전남 해남 출신. 어려서 대둔사로 출가하여 월송
화상月松和尙에게 구족계를 받고, 내외전을 두루 익혀 명성이 자자했다.
대강백 유일有一과 정일鼎馹에게 불교 공부를 계속하다가 27세 때 정암
晶巖의 밑에서 선리를 터득하여 문신文信의 적손嫡孫이 되었다. 30세에
두륜대회頭輪大會를 주도했을 정도로 두각을 나타냈다. 1805년 강진에
유배온 정약용과 깊은 교우를 맺었다. 특별히『주역』에 밝았고,『수능엄
경首楞嚴經』과『대승기신론大乘起信論』에 뛰어났다. 35세 이후 시와 술
에 빠져 1811년 두륜산 북암北庵에서 입적하였다. 제자에 색성賾性, 자굉
慈宏, 응언應彦, 법훈法訓 등이 있다. 저서에『아암집兒庵集』3권이 있다.

월하 계오(月荷 戒悟, 1773-1849)

조선 후기의 승려. 속성은 안동 권씨權氏, 자는 붕거鵬擧, 호는 월하月荷.
아버지는 모현慕賢이며, 어머니는 밀양 박씨이다. 어려서부터 시에 능했
고 11세에 팔공산에서 출가해 월암月庵의 제자가 되었고, 침허枕虛에게
구족계를 받고 우기祐祈의 법을 이었다. 지극한 효심으로 어머니를 봉양
했고 기도로 노모의 시력을 회복시키기도 하였다. 울산 석남사石南寺에
오래 머물렀다. 초서에 능해 비문과 편액을 많이 남겼고,『천자문』을 초
서로 써서 판각하기도 했다. 60세 이후로는 시문을 놓고 염불과 참선에
만 정진했다. 77세로 가지산 석남사 연등정사燃燈精舍에서 입적했다.『가
산집伽山集』4권이 전하고 석남사에 초서체 '천자문 판각'이 보관되어 있
다.

철선 혜즙(鐵船 惠楫, 1791-1858)

조선 후기의 승려. 속성은 김씨, 법명은 혜즙惠楫, 법호는 철선鐵船. 전남 영암 출신. 14세 때 두륜산 대흥사로 출가해 19세 때 완호玩虎와 연암조사에게서 각종 경전을 익혔고, 수용袖龍의 법을 받았다. 시문집 『철선소초鐵船小艸』 1책이 남아 있다.

화담 법린(華曇 法璘, 1848-1902)

속성은 김씨, 호는 화담華曇. 전북 덕흥 출신. 18세까지 유학을 공부하다 19세 때 내장산에서 안양安養을 은사로, 서관瑞貫을 계사戒師로 득도하였다. 이후 덕진德眞의 선법을 참구해 그 법을 이었다. 계율을 엄히 지키고 관음주觀音呪에 힘을 쏟아 참선하다가 백암산에 들어가서 관음암을 창건하고 후학을 지도하다가 55세로 입적했다.

해담 치익(海曇 致益, 1862-1942)

속성은 서씨徐氏, 호는 치익致益. 19세에 출가하여 통도사 춘담화상春潭和尙의 제자가 되었다. 용문사 해주海珠에게 불경을 배우고 1894년 고종 31년에 고운사孤雲寺 음관화상音觀和尙의 법을 이었다. 통도사 강주로 후진을 양성했고, 1929년 선교양종칠교정禪敎兩宗七敎正의 1인으로 추대되었다. 계율에 엄해 율사律師의 칭호를 들었고 보살계법회의 수계사授戒師로 활동했다. 1942년 양산 통도사에서 입적했다. 문집 『증곡집曾谷集』이 전한다.

석전 영호(石顚 暎湖, 1870-1948)

일제 강점기의 승려. 자는 한영漢永, 호는 석전石顚, 불명佛名은 정호鼎鎬 또는 영호暎湖. 전북 완주에서 태어나 전주, 김제 등에서 활동하였다. 박한영으로 더 잘 알려져 있다. 19세에 위봉사 금산錦山 스님을 찾아가 출가하면서 정호鼎鎬라는 법명을 받았고, 26세에 순창 구암사에서 처명處明의 법法을 이어 법호를 영호暎湖라 했다. 1910년 한일합방 이후 만해 한용운과 함께 불교의 유신에 노력을 기울였고, 해인사 주지 이회광李晦光이 조선 불교를 일본의 조동종曹洞宗과 통합하려 할 때 이를 막았다. 1913년 불교잡지『해동불교海東佛教』를 창간하여 불교의 혁신과 한일합방의 부당함을 일깨웠다. 1946년까지 동국대학교의 전신인 중앙불교전문학교 교장을 역임하고, 8·15 해방 후 조선 불교 중앙총무원회의 제1대 교정으로 선출됐다. 1948년 내장사에서 입적하였다. 금봉, 진응과 함께 근대 불교의 3대 강백講伯으로 추앙받았다. 저서에『석전시초石顚詩抄』『석림수필石林隨筆』등이 있다.

용운 만해(龍雲 萬海, 1879-1944)

근세의 승려. 만해 한용운으로 더 잘 알려져 있다. 자는 정옥貞玉, 속명은 유천裕天, 법명은 용운龍雲, 호는 만해萬海. 충남 홍성에서 태어났고 본관은 청주. 어려서 서당에서 한학을 수학했다. 1896년 설악산 오세암에 들어가 불교를 공부했고, 노령과 시베리아 등지를 여행했다. 1905년 백담사에서 연곡선사蓮谷禪師를 은사로 출가했다. 1910년 불교 개혁을 외친『조선불교유신론』을 탈고해 1913년 발간했다. 1911년 이회광 일파가 일본 조동종과의 합병을 발표하자 박한영, 진진응, 김종래 등과 함께 송광사에서 승려궐기대회를 개최하였다. 1914년『고려대장경』을 독파한 후『불교대전』을 간행하였고, 1918년에는 불교잡지『유심惟心』을 창간하였다. 1919년 민족대표 33인의 한 사람으로 3·1 만세운동을 주도했다. 이후로도 1922년 물산장려운동을 지원하고 1924년에는 불교청년회 회장에 취임해 총독부에 사찰령의 폐지를 요구하였다. 1927년에는 신간회에 발기인으로 참여하고, 1930년에는 청년 불교도의 비밀 항일운동단체인 만당卍黨의 당수로 취임했다. 1926년 시집『님의 침묵』을 간행하고, 소설 작품도 여럿 남겼다. 55세 때인 1933년 성북동에 심우장尋牛莊을 짓고 여기서 여생을 보냈다. 1944년 6월 29일 입적했다. 불교 의식에 따라 화장하고 유해를 망우리 공동묘지에 안장했다.